Sabine Hartmann
Abgebrannt

Im Verlag CW Niemeyer sind bereits folgende Bücher der Autorin erschienen:

Ausweichmanöver
Mords Idylle
Nur ein Katzensprung
Sechs, Sieben, Cache!
Eiskalt verzockt
Abgeräumt oder niemand lügt für sich allein
Katzenmelodie
Wutbürger

Bibliografische Information der Deutschen Nationalbibliothek
Die Deutsche Nationalbibliothek verzeichnet diese Publikation in der Deutschen Nationalbibliografie; detaillierte bibliografische Daten sind im Internet abrufbar über http://dnb.ddb.de

www.niemeyer-buch.de

Der Umschlag verwendet Motive von shutterstock.com
Burnt wood Bohbeh 2014, Smoke ben bryant 2014
Druck und Bindung: Nørhaven, Viborg
Printed in Denmark
ISBN 978-3-8271-9465-7

Sabine Hartmann

Abgebrannt

CW Niemeyer

Der Roman spielt hauptsächlich in allseits bekannten Stätten in Hildesheim und Umgebung, doch bleiben die Geschehnisse reine Fiktion. Sämtliche Handlungen und Charaktere sind frei erfunden.

Über die Autorin:

Sabine Hartmann wurde 1962 in Berlin geboren. Seit 1982 lebt sie in Sibbesse. Sie ist verheiratet und hat zwei erwachsene Söhne. Nach vielen Jahren als freiberufliche Übersetzerin und Dozentin in der Erwachsenenbildung arbeitet sie heute als Schulleiterin in Alfeld. Als Tochter eines Polizisten interessierte sie sich schon früh für Detektivgeschichten und Krimis. So lag es nah, dass sie, als sie die Schreiblust packte, dieses Genre bevorzugte. Neben Krimis für Erwachsene und Jugendliche schreibt sie auch Geschichten für Kinder. Im Regionalkrimibereich hat sie bisher im Leinebergland und im Weserbergland morden lassen. In Lesungen, Vorträgen und Schreibworkshops versucht sie, auch andere für Krimis zu interessieren. Für ihre Kurzkrimis, die in Anthologien und Zeitschriften erschienen sind, hat sie zahlreiche Preise und Auszeichnungen erhalten. Sie ist Mitglied bei den ‚Mörderischen Schwestern' und im ‚Syndikat'.

Für Gisela

„Von seinen Eltern lernt man lieben, lachen und laufen. Doch erst wenn man mit Büchern in Berührung kommt, entdeckt man, dass man Flügel hat."

(Helen Hayes)

1

Hildesheim, Freitag, 16. November 2012

Ich freute mich erstaunlich viel mehr als ich erwartet hatte, als Kriminalkommissar Kofi Kayi anrief und sagte, dass er sich heute Abend gern noch einmal mit mir treffen würde.

Zu einem Abschiedsessen.

Bevor er Hildesheim verließ, was er allerdings nicht aussprach.

Sofort klappte ich die Homepage der Stiftung Warentest zu, auf der ich gerade unterwegs war. Eine neue Kamera konnte ich mir auch morgen kaufen, oder übermorgen.

„Ich könnte in etwa zwanzig Minuten an der Arneken Galerie sein", sagte ich und dachte an den Auftrag, durch den wir uns kennengelernt hatten und der mich meine Kamera gekostet hatte. Er unterbrach meine Gedanken.

„Iris", sagte er fröhlich, „mir schwebt etwas anderes vor. Wie wär's, wenn wir es so machen: Ich hol' dich von zu Hause ab, und wir fahren ein Stück aus der Stadt heraus, komm einfach in einer halben Stunde herunter", schlug er vor. „Ich warte in meinem Auto vor deiner Haustür, okay?"

Ich stimmte zu, ohne weiter darüber nachzudenken, freute mich auf den Abend mit ihm.

Und dann stand ich kurz darauf in meinem Schlafzimmer und fragte mich, was ich anziehen sollte.

Wie blöd war das denn? Der Fall war gelöst, seine Abordnung nach Hildesheim hatte sich dadurch erledigt. Er würde nach Holzminden zurückkehren, wollte sich nur von mir verabschieden. Weiter nichts. Kein Date. Kein Rendezvous.

Ich entschied mich für Bluejeans und einen bunten Pullover, dazu flache Turnschuhe. Er gehörte schließlich nicht zu den groß gewachsenen Männern.

Natürlich wartete ich viel zu früh am Straßenrand auf ihn. Doch das konnte jemand, der einen abholte, letztendlich nicht sehen. Es war schon dunkel draußen. Die Straßenlaterne vor meinem Wohnblock brannte nicht, nur das Licht über dem Klingelbrett glomm gelblich. Gnädigerweise regnete es nicht.

Ich schaute mich um. Niemand zu sehen. Da es kühler war, als ich erwartet hatte, schlang ich meine Arme um mich. Jetzt könnte er ruhig kommen.

Schlagartig wurde mein Mund trocken, als Kofis Wagen um die Ecke bog, abbremste und am Bordstein vor meinem Haus anhielt.

Ich trat aus dem Hauseingang und ging zu ihm hinüber. Er hatte sich über den Beifahrersitz gebeugt und die Tür für mich aufgeschoben. „Guten Abend, schön, dass du so spontan Zeit hattest."

„N'Abend, danke für die Einladung."

Ich lächelte ihn an, stieg ein, zuppelte meine Jacke glatt, legte den Gurt an und fühlte mich auf einmal so unsicher wie in der vierten Klasse, als ich mich vor die Tafel stellen und vor allen Mitschülern vorsingen sollte.

Kofi hatte mir nur einen kurzen Blick zugeworfen und war dann losgefahren, über die Umgehungsstraße, durch Ochtersum, an Neuhof vorbei. Schweigend erreichten wir den Heidekrug kurz vor Diekholzen.

Der Kellner brachte uns zu einem Tisch am Fenster, wir bestellten beide Hirschgulasch. Er mit Spätzle, ich mit Klößen.

Zuerst war alles irgendwie äääh. Ich plapperte über die Abstammung des Familiennamens Raudis, nur um kurz darauf verlegen zu schweigen. Erst nach dem Salat und dem Aperitif aufs Haus entspannten wir uns beide.

Kofi deutete noch einmal umständlich an, dass die Metalldiebstähle gelöst seien und er beruhigt an seinen Holzmindener Schreibtisch zurückkehren konnte. Mehr durfte er nicht sagen. Mehr brauchte ich auch nicht zu wissen. Mehr sprachen wir nicht über die Arbeit, weder über seine noch über meine.

Kurz vor Mitternacht brachte er mich nach Hause zurück. Bevor ich ausstieg, streichelte er mit einem Finger sanft meinen Hals und hauchte mir einen vorsichtigen Kuss auf die Wange. „Sehen wir uns wieder?", fragte er.

Ich konnte nur nicken, legte die Hand auf den Türöffner.

„Ich warte, bis du im Haus bist, bevor ich losfahre", sagte er.

Ich presste seine dunkle Hand mit der hellen Handfläche an meine Wange und stieg schnell aus. Sonst hätte ich ihm angeboten, mit ihm nach Holzminden zu fahren. Oder nach Amsterdam oder bis zum Mond.

Nachdem ich die Haustür aufgeschlossen hatte, winkte ich ihm, erkannte, dass er den Motor wieder angelassen hatte, weil die Scheinwerfer heller wurden. Er fuhr los. Ich schaute ihm hinterher. Wehmütig. Hätte ich doch ...?

Plötzlich packte mich jemand an der Schulter und drehte mich zu sich um. Ich sah nur eine Skimaske und dunkle Augen. „Gute deutsche Frauen treiben sich nicht mit Niggern herum“, sagte eine gutturale Stimme beinahe sanft. Ich zappelte, um mich aus seinem Griff herauszuwinden. Er ließ los. Ich taumelte rückwärts, prallte gegen einen zweiten Mann. „Er wird das nicht mehr lernen. Aber dir geben wir noch eine Chance“, flüsterte der in mein Ohr.

Aus dem Augenwinkel sah ich seine Faust kommen, versuchte mich zu ducken. Dann verschlang mich ein großer Schmerz.

Als ich wieder aufwachte, steckte mir gerade jemand eine Kanüle in den Handrücken. Mein Gesicht brannte. Meine Nase war zugeschwollen. Meine Lippen gehorchten mir nicht. Ich röchelte, hustete, wedelte mit den Händen. „Polizei!“, nuschelte ich. „Polizei!“

„Ich bin schon hier.“ Jemand berührte mich an der Schulter. Ich starrte den Mann an, der sich über mich beugte, brauchte einen Moment, um ihn zu erkennen.

Moll.

Er musste mir zuhören.

Unbedingt.

Jetzt gleich.

Mein Arm ließ sich nur mit großer Mühe bewegen. Trotzdem schaffte ich es. Meine Hand landete zwar auf seiner Wange und hinterließ dort einen hässlichen roten Fleck, doch er verstand mich und neigte seinen Kopf zu mir herunter. „Sie wollen Kofi umbringen. Anrufen. Warnen.“ Meine Hand fiel herunter, ohne dass ich sie daran hindern konnte. Sie knallte auf eine Metallstrebe, das tat höllisch weh. „Anrufen!“, krächzte ich noch einmal. „Sie müssen ihn warnen.“

Moll nickte, zog sein Handy aus der Tasche.

Er wählte.

Ich konnte das Klingeln hören.

Einmal, zweimal, dreimal.

Kofi nahm ab, meldete sich mit einem fröhlichen: „Kayi?"

Gott sei Dank.

„Moll hier, hör zu."

„Hallo Molli, was is'n los?"

„Wo bist du?"

„Gerade vor meinem Haus angekommen. Ich hab einen Parkplatz direkt vor ..."

„Steig nicht aus. Verriegel den Wagen. Fahr sofort wieder los." Moll brüllte so laut, dass er eigentlich kein Telefon gebraucht hätte.

„He, was soll das?"

Ich hörte einen Ruf, dann ein fürchterliches Krachen und kurz darauf lautes Gelächter. Höhnisch.

Danach Stille.

Moll brüllte weiter ins Handy, klopfte dagegen. Plötzlich ließ er es sinken. „Nichts mehr", wisperte er in meine Richtung. Er beugte sich zu mir herunter, versuchte mir in die Augen zu schauen. „Haben Sie den Angreifer gesehen?"

Ich versuchte zu nicken, röchelte: „Zwei, mit Skimasken." Bevor es mir gelungen war, das Wort Baseballschläger herauszustottern, richtete er sich auf.

„Ich fahre hin, ich fahre sofort hin."

Ich schüttelte den Kopf und bemühte mich, noch einmal das Wort ‚Polizei' zu artikulieren und ‚Holzminden'. Anscheinend verstand er mich, denn er nickte und wählte erneut.

Als die Sanitäter mich in den Rettungswagen brachten, hatte Moll scheinbar jemanden erreicht, denn er gestikulierte wild und lief währenddessen auf seinen Wagen zu, der halb auf dem Bürgersteig stand.

Nachdem die Wagentüren zugeklappt waren, schloss ich die Augen und dachte an Kofi, an seine Hand auf meiner Wange, sein Lachen. Seine Frage: ‚Sehen wir uns wieder?'

Der Wagen ruckelte an, und ich spürte, dass dieses durchsichtige Zeugs, das in meine Venen tröpfelte, zu wirken begann. Ich fühlte mich seltsam leicht, zwar konnte ich noch immer nicht richtig atmen, aber es war mir so was von egal.

Ich musste grinsen.

Dann fiel mir das höhnische Gelächter ein.

Kofi.

Wo bist du?

„Sehen wir uns wieder?"

2

Hildesheim, Freitag, 11. Januar 2013

„Das war ja so was von klar“, murrte Moll, hielt Caroline aber trotzdem die schmiedeeiserne Pforte zum Friedhof auf. Ohne ihn zu beachten, schritt sie hindurch, damit beschäftigt, den Reißverschluss ihrer Lederjacke zuzuziehen. Er selbst trug seinen dunklen Tuchmantel und fühlte sich schon unangemessen gekleidet, weil er nur einen grauen Schal besaß und keinen schwarzen. Obwohl er selbstverständlich dafür gesorgt hatte, dass nicht das kleinste Stückchen davon hervorschaute, solange er den Mantel nicht aufknöpfte.

Caroline Maiworm hingegen stapfte in schweren Stiefeln vor ihm her, in die sie ihre Alltagsjeans gesteckt hatte. Weder die roten Lederapplikationen noch das farbenfrohe Logo auf dem Rücken des Kleidungsstücks hatten sie davon abhalten können, ihre aktuelle Lieblingsjacke zu tragen. Matthias Moll schüttelte den Kopf. Und nun kamen sie außerdem so spät, dass sie garantiert keinen Platz mehr in der Friedhofskapelle bekommen würden.

Vorsichtshalber tastete er in seinen Taschen nach den Handschuhen. Immerhin, sie befanden sich, wo sie sein sollten.

Er schritt hinter Caroline den schmalen Kiesweg entlang. Nickend ging er an der Reihe der Kolleginnen und Kollegen vorbei, die in kleinen Grüppchen auf den beiden Rasenflächen rechts und links des Weges standen. Viele kannte er, einige nur vom Sehen, andere aus gemeinsamen Schichten, Einsätzen oder Arbeitsgruppen.

Gemeinsam trat er mit Caroline an das Pult. Sie schaute ihn fragend an und trug dann auf sein Nicken hin ihre beiden Namen in das Kondolenzbuch ein.

Nachdem sie an der geöffneten Tür der Kapelle kurz verharrt hatten, gingen sie die wenigen Schritte bis zum Sarg. Moll roch das Wachs der Kerzen und den süßlichen Geruch verblühender Blumen. Der Sarg war fast vollständig unter Kränzen und Gestecken verborgen. Obwohl er mit gesenktem Kopf etwas seitlich vor dem Sarg stand, versuchte er einen kurzen Blick auf die Angehörigen zu erhaschen, sah allerdings nur gesenkte Köpfe. Leises Schluchzen erreichte ihn von der rechten Seite. Er glaubte, die Stimme zu erkennen.

Jetzt hatte er genug mit sich selbst zu tun. Das Schlucken fiel ihm schwer, hastig legte er die Handflächen aneinander, verneigte sich andeutungsweise.

Er hörte Gemurmel hinter ihnen. Caroline stieß ihn an. Er schrak ein wenig zusammen. Was wollte sie?

Ach so, sie standen zu lange hier herum, andere wollten auch.

Natürlich.

Langsam drehte er sich um, schlurfte beinahe den Gang hinunter. Eine kleine Gruppe kam ihnen entgegen, ging an ihnen vorüber. Dabei vermied er es absichtlich, irgendjemandem direkt ins Gesicht zu schauen. Auf keinen Fall wollte er sehen, wer nach ihm an den Sarg trat. Auf keinen Fall sollte dieser Jemand die Tränen sehen, die über seine Wangen rollten.

Erst nachdem sie die Kapelle wieder verlassen hatten, wischte er sich verstohlen übers Gesicht.

Selbst Caroline neben ihm schniefte vernehmlich in ein Taschentuch.

So etwas sollte einfach nicht passieren. Nur alte Menschen sollten sterben, am besten friedlich, im eigenen Bett. Morgens nicht wieder aufwachen, direkt aus dem Traum ins Paradies. Aber nicht so.

Plötzlich und unerwartet, bisher hatte er das immer für eine Floskel gehalten. Und nun? Jetzt stand er vor dieser Kapelle und wartete auf das Läuten der Glocken, die den Beginn der Beerdigungszeremonie ankündigten.

Die Beerdigung eines Kollegen.

Eines Kollegen, mit dem er kurz vor seinem Tod noch gelacht hatte, mit dem er sich darüber gefreut hatte, wie schnell sie den Überfall aufgeklärt hatten.

Und dann das.

Moll schüttelte den Kopf, schob die Bilder zur Seite, die sich augenblicklich einstellten.

Wie ein Blitz war die Nachricht durch die Dienststelle gerast. ‚Kollege betroffen!' hatten die Uniformierten sofort gemeldet, nachdem sie den Tatort gesichert hatten.

Zu spät.

Sinnlos.

Wenn er nur eine Minute später losgefahren wäre. Oder früher. Oder, wenn er eine andere Strecke gewählt hätte? Auf dem Weg noch ein Brot kaufen, hätte ihn das gerettet?

Das Läuten der Glocken der kleinen Friedhofskapelle riss ihn aus seinen Gedanken.

Warum tat er sich das an?

Ein Kollege war gestorben. Na und.

Musste er deswegen hier in der Kälte stehen? Musste er deswegen den Angehörigen auf die Pelle rücken? Sie in ihrem Leid bespitzeln?

Moll schüttelte den Kopf. Er hätte sich freiwillig heute für den Dienst eintragen sollen. So was war nichts für ihn.

Jetzt ging auch noch das Gejaule los.

Tatsächlich waren die Lautsprecher knackend und knarrend zum Leben erwacht. Die ersten Orgeltöne klangen eher wie ein ertrinkender Hirsch als nach Musik. Kaum war eine schleppend langsame Melodie zu erkennen, setzte das Gefiepe ein. Er hatte noch nie verstanden, warum alle Kirchenlieder so unerträglich hoch gesungen wurden. Musste das so sein?

Ohne, dass er es wollte, tauchte der Text in ihm auf. ‚Befiehl du deine Wege, und was dein Herze kränkt, der allertreusten Pflege, des, der den Himmel lenkt.' Er sprach ihn leise mit, dann murmelte er: „Paul Gerhardt, wieso weiß ich das noch?"

Caroline wandte sich zu ihm um und fragte: „Was sagst du?"

Er winkte ab. „Nichts, schon gut."

Sie runzelte die Stirn.

Konnte sie ihn nicht einfach in Ruhe lassen?

In der Zwischenzeit hatte die nächste Strophe begonnen. ‚Dein ewge Treu und Gnade, o Vater, weiß und sieht, was gut sei oder schade ... Wie viele Strophen wollten sie denn noch singen?' Er verlagerte sein Gewicht auf den anderen Fuß, strich den Mantel glatt und steckte dann beide Hände tief in die Taschen. ‚Die mussten doch gesehen haben, dass nicht alle in die Kapelle gepasst hatten und sich einige hier draußen den Hintern abfrieren mussten.'

Als die letzten Orgeltöne verweht waren, vernahm er ein lautes Schluchzen, das sich direkt einen Weg in seinen Bauch bahnte und ihn unendlich traurig machte.

Niemand sollte so früh sterben müssen.

Unwillkürlich ballte er die Fäuste.

Was nützte es, dass die Täter in Haft saßen?

Nicht das Geringste. Sie schaukelten sich die Eier und der Kollege ...

„Wir haben uns hier versammelt", unterbrach die salbungsvolle Stimme des Pfarrers seine Gedanken, „um Abschied zu nehmen von unserem lieben Ehemann, Bruder, Sohn und Vater, Kollegen und Freund. Von unserem geliebten Konrad Jannowitz, den die meisten von Ihnen vermutlich unter seinem Spitznamen, Konny, kannten und liebten."

„Konny", flüsterte Moll. Vier Jahre waren sie ein Team gewesen, dann geschah der Unfall, der ihn fast ein Dreivierteljahr außer Gefecht gesetzt hatte. Konny hatte gekämpft, hatte gerade wieder angefangen, einige Stunden täglich zu arbeiten, als er nach einem langen Arbeitstag, auf dem Heimweg auf einen Tankstellenüberfall zukam. Ohne nachzudenken, lief er in das Gebäude, um der Kassiererin zu helfen. Ihr ging es gut, und Konny starb wenig später an inneren Blutungen.

Die beiden jugendlichen Täter hatten ihn mit einem Baseballschläger so unglücklich getroffen, dass der Notarzt nichts mehr für ihn tun konnte.

„Wat 'ne Scheiße", flüsterte er.

Caroline nickte. „Das kannste laut sagen. Er war ein guter Kollege."

‚Nicht nur ein Kollege', dachte Moll. ‚Auch ein Freund. Mein Freund.'

3

Bad Salzdetfurth, Donnerstag, 25. April 2013

Wenig später wimmelte es in dem niedrigen Keller von Menschen. Jochen und Krüger saßen auf der untersten Treppenstufe und sahen zu, wie Polizeibeamte akribisch die Arbeit ausführten, die sie eigentlich hatten erledigen sollen.

Innerhalb kürzester Zeit waren Lehm, Balken, Strohreste und Bretter vom Fundort entfernt worden. Leistungsfähige Halogenstrahler erhellten den Kellerraum bis in den letzten Winkel. Glänzende Stahlstützen sicherten Wände und Decken. Ein Glatzkopf hatte den Keller aus jedem Blickwinkel fotografiert. Gerade ging einer der Männer mit Latexhandschuhen, Pinsel und Lupe daran, die Knochen und die Überreste der Fässer freizulegen, als Schritte auf der Treppe zu hören waren.

Ein grauhaariger Mann in einer dunkelbraunen, abgenutzten Lederjacke und eine Frau mit raspelkurzen Haaren kamen herunter.

„Polizeihauptkommissar Markus Heitkämper, guten Tag, Sie haben das Skelett entdeckt?“

Jochen und Krüger rappelten sich auf.

„Wir sollten den ganzen Müll aus dem Haus und dem Keller rausschaffen“, sagte Krüger. „Hier soll ein Tourismusbüro rein.“

„Verstehe“, antwortete Heitkämper. „Ist Ihnen irgendetwas aufgefallen, das darauf hinweisen könnte, dass sich erst vor Kurzem jemand an dieser Stelle zu schaffen gemacht hat?“

Bevor Krüger antworten konnte, mischte sich die Frau ein. „Kannst du dir sparen, Markus. Rolf sagt“, dabei zeigte sie auf den Mann mit den Latexhandschuhen, „der Tote liegt schon seit mehr als 100 Jahren hier.“

Kofi verzog das Gesicht zu einem hämischen Grinsen. Die Latexhandschuhe. Gab es ein größeres Klischee? Er dachte an all die Kollegen aus der Rechtsmedizin, denen er in seinem Berufsleben bereits über den Weg gelaufen war. Klar, sie trugen diese Dinger, aber sie definierten sich nicht darüber. Ups, jetzt hatte er etwas verpasst. Er musste sich konzentrieren, auch wenn es schon spät am Abend war, wenn er etwas von dieser Lesung haben wollte.

„Dann ist das kein Fall für uns?“

Rolf ging zu den beiden Kriminalbeamten herüber. Dabei zog er sich einen Handschuh aus, um den Kollegen die Hand geben zu können. Gleich darauf wischte er sich über die Stirn. „Durch die Scheinwerfer wird es in diesem niedrigen Keller echt heiß. Wir haben noch nicht alles ausgegraben, sind uns aber einig. Bisher sieht es eher nach 'nem Unfall aus, noch dazu nach einem, der ziemlich lange her ist.“

„Kannst du bereits sagen, wen es erwischt hat? Mann oder Frau, jung oder alt?“

Rolf zog die Nase kraus. „So wie's aussieht, einen Mann, zum Alter kann ich noch nichts sagen, das Becken und das Brustbein habe ich bisher nicht so genau untersuchen können. Aber wir haben ein paar Stoffreste, einen Gürtel und andere Gegenstände gefunden, die uns vermutlich bei der Einordnung helfen können.“

„Ihr macht weiter?“

„So was können wir uns gar nicht entgehen lassen.“

„Na, dann viel Spaß. Wir verdrücken uns lieber, hier riecht's mehr als ein bisschen muffig.“

„Nehmt die beiden Arbeiter mit. Die können erst einmal nicht weitermachen.“

Markus nickte bestätigend.

Kofi saß in der letzten Reihe auf einem Korbsessel, der sich als gemütlicher erwiesen hatte als er aussah. Das Kissen hatte er so hingeknüllt, dass er ohne Schmerzen sitzen konnte. Zwischendurch schweifte sein Blick von der Autorin, die vor dem Regal mit den Kinder- und Jugendbüchern stand, und aus ihrem aktuellen Kurzkrimi vorlas, ab und scannte das Krimiregal neben sich. Ob es sehr unhöflich war, wenn er nicht nur diese Anthologie ‚Mords Idylle' kaufte, sondern auch noch den neuen Fitzek mitnehmen würde? Durften die überhaupt andere Bücher verkaufen, so nach dem offiziellen Ladenschluss? Er wusste es nicht, aber fragen kostete nichts.

Andererseits konnte er natürlich morgen Nachmittag, nach den Anwendungen wiederkommen. Es erschien ihm unwahrscheinlich, dass jemand anderer ihm den Band vor der Nase wegkaufte, während er im Solebad seine Runden schwamm. Und wenn doch, für so eine kleine Bücherstube gab es hier eine große Auswahl an Kriminalromanen. Er verrenkte sich beinahe den Hals, um besser ins Regal schauen zu können. Vielleicht sollte er auch einem der anderen Regionalautoren eine Chance geben. Die kannten sich unter Garantie genauer in Hildesheim aus als er. Möglicherweise konnte er die eine oder andere Besonderheit herauslesen und Moll oder den anderen Kollegen damit imponieren.

Dieses Lamspringe, in dem der Krimi spielte, den die Autorin gerade vorlas, würde er auf jeden Fall besuchen und diese Apenteichquellen in der Nähe von Winzenburg sowieso. Dass es Orte mit so alter Geschichte gab, ließ ihn immer wieder staunen. Und dass es Plätze gab, die schon unsere Steinzeitvorfahren begeistert und die bis heute ihren Reiz nicht verloren hatten, faszinierte ihn, seit er als Kind mit der Schule einen Ausflug zu den Externsteinen unternommen hatte. Er erinnerte sich gern daran und fragte sich manchmal, wie er den Ort wohl heute wahrnehmen würde.

Jetzt wollte er allerdings lieber hören, wie es in dem Kurzkrimi weiterging. Die Autorin konnte gut lesen. Sein Kopfkino funktionierte jedenfalls gut.

Vor dem Ratskeller zog Markus sein Handy aus der Tasche und wählte eine Nummer.

„Markus hier, wenn ich du wäre, würde ich mich mal für die Arbeiten im Ratskeller in Lamspringe interessieren."

Lisa Grundberg konnte nicht hören, was der andere antwortete, aber Markus sagte mit einem heiseren Lachen: „Eine schöne alte Leiche, und Rolf leitet die Untersuchung."

...

„Das dachte ich mir. Tschüss."

„Wer war das, die Presse?" Lisa stützte erbost die Hände in die Hüften.

‚Aha, jetzt kommt Bewegung ins Spiel', dachte Kofi. Ihm gefiel, wie die Autorin mit den beiden Zeitebenen spielte, immer wieder zwischen dem 19. Jahrhundert und heute wechselte. Vielleicht sollte er sich einen historischen Roman aussuchen. Ob es die über Hildesheim überhaupt gab?

Er würde nach der Lesung danach fragen. Die Buchhändlerin schien freundlich zu sein und sich gut auszukennen.

Gleich am nächsten Tag hatte er den, selbstverständlich von der Autorin nach der Lesung signierten, Kurzkrimiband bereits ausgelesen. Er hatte Eselsohren in die Seiten gemacht, die Orte im Landkreis Hildesheim beschrieben, die er besuchen wollte, nachdem er hierhergezogen war.

... wenn er hergezogen war.

... falls er hierherziehen würde.

Hatte er sich denn schon entschieden?

Endgültig?

Wohlgefühlt hatte er sich hier, so viel stand fest.

Matthias Moll hatte ihm damals das Ankommen und die Zusammenarbeit erleichtert. Caroline Maiworm war in jeder Hinsicht phänomenal, na ja, und dann hatte er Iris Bender kennengelernt. Erstaunlicherweise hatte er sich sofort zu ihr hingezogen gefühlt. Obwohl sie so gar nicht sein Typ war, eigentlich.

Und älter als er war sie auch.

Er spürte, wie sich ein Grinsen auf sein Gesicht stahl, sobald er an sie dachte.

Aber war das eine geeignete Grundlage für eine Versetzung? Quasi sein ganzes Leben hatte er in Holzminden verbracht. Kofi war zwei Jahre alt gewesen, als seine Eltern Togo verließen und mit ihm nach Deutschland kamen. Er hatte am Campe-Gymnasium sein Abitur gemacht. Abgesehen von den drei Jahren an der Polizeiakademie hatte er Holzminden nicht verlassen und kannte sich dort hundertmal besser aus als so mancher dort geborene Einheimische. Und vor allem besser als hier in Hildesheim. Doch genau diese Orts- und Menschenkenntnis machte oft genug den Unterschied aus zwischen einem gelösten Fall und einer Pleite.

Hinzu kam noch ein weiterer gravierender Grund:

Die Polizeiinspektion Hildesheim hatte ihn angefordert. Sie hatten ihn schätzen gelernt, als er im vergangenen Jahr gemeinsam mit dem Kollegen Moll und dessen Team die Metalldiebe gefasst hatte. So hatten sie an ihn gedacht, als eine Stelle frei wurde. Genau da lag eben der Hase im Pfeffer begraben.

Die Stelle war frei geworden, weil ein Kollege verstorben war, nach Dienstschluss erschlagen, weil er einer Frau helfen wollte, deren Tankstelle überfallen wurde.

Kofi hatte ihn kennengelernt, bei seinem Einsatz hier. Konny, Konrad Jannowitz, nach einem Unfall noch etwas angeschlagen, hatte gerade mit der Wiedereingliederung begonnen.

Auf Kofi hatte er still gewirkt, ein wenig verbissen. Aber was bedeutete das schon nach so einer kurzen Bekanntschaft?

Irgendwie fühlte er sich wie ein Leichenfledderer, wie jemand, der von dem Unglück eines anderen profitierte.

‚Such is life', dachte er und seufzte.

Als sein Telefon klingelte, zuckte er zusammen. Er zog es unter der Zeitung hervor und nahm das Gespräch an. „Hi!"

„Selber hi, wie geht's dir, Alter?"

„Molli? Neue Nummer?"

„Smartphone mit Flatrate, Kathi hat mich beraten."

Kofi lächelte. „Demnach hast du zwei neue Smartphones gekauft."

„Woher weißt du das?" Moll schien wahrhaftig erstaunt zu sein.

„Sozusagen als Beraterhonorar?"

„Genau so hat sie es formuliert."

„Hat sie dich denn gut beraten?", erkundigte sich Kofi.

Moll antwortete nicht gleich. Schließlich sagte er zögernd: „Du darfst es ihr auf keinen Fall erzählen. Versprochen?"

„Klaro. Ich werd' doch meinen Freund und Kollegen nicht bei seiner vierzehnjährigen Tochter verpfeifen."

Moll seufzte erleichtert. „Das Ding scheint einen eigenen Willen zu haben. Du glaubst gar nicht, wie viele Videos ich schon von meiner Hosentasche gedreht habe. Ständig piepst, knurrt und trällert es, weil ich eine SMS bekomme, einen Termin habe oder eine E-Mail eingegangen ist, außerdem müssen die Pups-App und das Pieps-Programm geupdated werden ..." Er atmete hörbar aus. „Das ist so was von anstrengend. Manchmal wünsche ich mir ein Telefon mit Wählscheibe und fünf Meter Kabel."

Kofi musste lachen. Er konnte sich lebhaft vorstellen, wie Molli in seinem riesigen Schreibtischstuhl saß, das Phone vor sich liegend und mit ausgestrecktem Zeigefinger verdrossen über den Bildschirm wischte.

Er musste wohl eindeutige Laute von sich gegeben haben, denn Moll sagte betont indigniert: „Schön, wenn ich den Herrn aufgeheitert habe."

Nach einer kurzen Pause fragte er: „Wie geht's dir inzwischen?"

„Jeden Tag besser. Ich wollte gerade einen Spaziergang durch den Kurpark machen."

„Klingt gut. Wie wär's, wenn wir uns an der Sonne treffen und ein Eis essen gehen?"

„Kein Mettbrötchen?"

„Spaghetti-Eis und einen Cappuccino, da wär' mir mehr nach."

„Okay, wie lange brauchst du?"

„Zwanzig Minuten, und du?"

„Dito!"

„Übertreib's lieber nicht. Der Kurpark zieht sich hin."

„He, ich bin hier zur Reha und nicht im Altenheim."

„Musst du wissen. Bis bald."

Kofi steckte das Handy weg und zog seine Jacke über. Wenn er nicht sofort aufbrach, schaffte er es nie in zwanzig Minuten bis zur Skulptur der Sonne, die vor dem Kurmittelhaus stand. ‚Besser die Hüfte als der

Kopf', dachte er und schob alle Gedanken an den Überfall vor fünf Monaten weit von sich.

Die Verletzungen waren längst verheilt. Nun hatte er die letzte Instandsetzungsoperation überstanden und musste nur noch vollends gesund werden und seine alte Kraft und Beweglichkeit zurückgewinnen. Laufen und Radfahren, davon träumte er, seit der Frühling begonnen hatte.

Die Albträume hatte er hinter sich gelassen, nicht zuletzt durch die kompetente Hilfe einer Polizeipsychologin, gegen die er sich anfangs so sehr gewehrt hatte. Jetzt war er ihr dankbar.

Kofi ging los, belastete beide Beine gleichmäßig, achtete auf jeden Schritt. Ihm graute davor, über eine Unebenheit zu stolpern, zu stürzen, sich erneut zu verletzen.

Schon nach wenigen hundert Metern geriet er außer Atem. ‚Kondition wie eine Weinbergschnecke', dachte er.

„Sie wollen zu viel auf einmal", hatten ihm diverse Ärzte in den letzten Monaten attestiert.

‚Na und', hatte er nicht geantwortet, aber jedes Mal gedacht. Er hasste es, so hilflos zu sein. Diese Einschränkungen machten ihn rasend. Selbst seine Mutter hatte gelegentlich die Geduld mit ihm verloren und ihn angefahren. Auch sie hatte ihm geraten, sich Zeit zu nehmen, auf seinen Körper zu hören.

Ein wenig besser war es mit ihm geworden, nachdem die beiden Schläger gefasst worden waren. Die Angst, sie könnten ihn noch einmal attackieren, war von ihm abgefallen, genauso wie der beinahe unbändige, ständig an ihm nagende Wunsch, sie zu schnappen.

Er passierte gerade die Adventure-Golfanlage, als ihm einfiel, dass Moll ihn bestimmt fragen würde, ob er nach Hildesheim kommen würde.

Was sollte er antworten?

4

Hildesheim, Samstag, 30. November 2013

Der Alarm ging um 4.23 Uhr in der Regionalleitstelle ein. Um 4.28 Uhr verließ der erste Löschzug die Halle und raste den Kennedydamm hinunter, dem am Horizont lodernden Feuerschein entgegen. Bis zur Moltkestraße brauchten die Feuerwehrleute weniger als vier Minuten.

Dass die Flammen meterhoch aus dem hinteren Teil des Dachstuhls des alten Schulgebäudes schlugen, sahen sie wegen der engen Bebauung rundherum erst, nachdem sie mit dem Fahrzeug auf dem Schulhof standen. Sofort beorderte der Einsatzleiter weitere Kräfte und empfahl, die Abrollbehälter, Atemschutz und Kommunikation für einen baldigen Transport zum Brandort vorzubereiten.

Am Einsatzort benötigten die Feuerwehrkameraden keine Worte, jeder wusste, wie gefährlich die Lage war. Das alte Backsteingebäude war auf allen vier Seiten von Wohngebäuden umrahmt. Und die Straßen dazwischen waren gerade mal vier Meter breit, sodass zwei Autos aneinander vorbeifahren konnten, falls niemand schief parkte oder ein LKW sich hindurchschlängelte.

Einsatzleiter Armin Kusch überlegte, ob er die umliegenden Häuser sofort evakuieren sollte, entschied sich dann aber dafür, die ersten Rückmeldungen seiner Löschangriffstrupps abzuwarten. Bisher schien nur eine Hälfte des Gebäudes zu brennen.

Die ersten Pressluftatmer betraten das Gebäude von zwei Seiten, von der Giebelseite aus und durch den Haupteingang, als ein grauhaariger Mann sich laut schimpfend zum Einsatzleitwagen durchdrängelte.

Atemlos rief er: „Ich bin der Hausmeister. Ich habe die Schlüssel. Ihr braucht nichts aufzubrechen."

Bevor Kusch reagieren konnte, hatte einer seiner Truppführer sich den Mann geschnappt und ihn zum Kellereingang dirigiert.

‚Gute Idee', dachte Armin Kusch, denn ihm war ebenfalls aufgefallen, dass dunkle Rauchschwaden aus den Kellerfenstern quollen.

So ruhig wie möglich scannte er die Einsatzbögen zu diesem Gebäude noch einmal, die vor ihm auf dem Tisch ausgebreitet waren. Keine Solaranlagen auf dem Dach, die Gaszufuhr für die Heizung war bereits unterbrochen. Gut. Mitten in der Nacht war wohl nicht damit zu rechnen, dass sich Menschen in dem Schulgebäude aufhielten. Noch besser. „Abgesehen von eventuellen Brandstiftern", murmelte er vor sich hin.

Da es sich um eine Grundschule handelte, würden seine Männer weder auf explosive oder sogar strahlende Chemikalien noch auf Gas- oder Wasserstoffflaschen stoßen. Dann fiel ihm ein, dass das Gebäude sowieso leer stand.

Das war doch die Paul-Heyse-Grundschule, die im Sommer geschlossen worden war. Die Stadt wollte sie entweder verkaufen oder abreißen.

Kusch knirschte mit den Zähnen, so sehr presste er die Kiefer aufeinander. Was war hier passiert?

Hatte sich jemand in dem leer stehenden Haus eingenistet? Würden sie vielleicht trotz allem auf Verletzte treffen? Oder gar auf Tote?

Die ersten Dampfwolken drangen durch die geborstenen Fenster und zeigten zuverlässig, wo seine

Männer sich aufhielten und die ersten Wasserstrahlen aus den beweglicheren C-Rohren auf die Flammen trafen. Der Löschangriff von außen erfolgte parallel dazu mithilfe der schwerfälligeren B-Rohre. Dieser ließ sich von seinem Standort aus einwandfrei beobachten und verlief seines Erachtens reibungslos.

Ein Feuerwehrmann kam auf den VW-Transporter zugelaufen. „Es brennt tatsächlich nur eine Gebäudehälfte. Der zweite Brandabschnitt hält bisher. Eigentlich unglaublich. Das Feuer ist im Erdgeschoss ausgebrochen, das Treppenhaus muss durch ein Loch im Dach wie ein riesiger Kamin gewirkt haben. Wir brauchen mehr PA-Träger. Viel mehr."

„Sind schon unterwegs."

„Und die Schaulustigen müssen da weg."

„Die Kollegen von der Polizei kommen mit ihren Fahrzeugen im Moment nicht durch. Sie rücken zu Fuß von den Seitenstraßen an, schicken die Menschen weg und sperren gleichzeitig alles ab."

Tatsächlich konnte er trotz des Lärms durch das Feuer die Megafondurchsagen hören. Was gesagt wurde, war nicht zu verstehen, doch Kusch ging davon aus, dass die Anwohner aufgefordert wurden, Fenster und Türen geschlossen zu halten und auf Radiodurchsagen zu achten. Vor allem aber sollten sie nicht auf der Straße herumlaufen und die Löscharbeiten oder anrückende Fahrzeuge behindern.

Er schaute auf die Uhr. Vierzehn Minuten seit Beginn des Löschangriffs.

Die ersten Trupps mussten sicher schon umkehren, mehr als zwanzig Minuten waren auf einer Treppe als Einsatzort auch für durchtrainierte Kameraden nicht drin.

Erleichtert vernahm er die Nachricht des Funkers, dass weitere PA-Träger eingetroffen waren und bereitstanden.

Eben wollte er den Transporter verlassen, als ein Redakteur der Hildesheimer Allgemeinen Zeitung an die Scheibe klopfte.

„Der hat mir gerade noch gefehlt", murmelte Kusch. „Und vor allem, wie ist er bis hierher vorgedrungen, ohne dass ihn jemand aufgehalten hat."

„Moin, moin, Brandstiftung, was?", fragte der Mann, dessen Name Kusch ausgerechnet jetzt nicht einfiel.

„Das wissen wir noch nicht genau", erwiderte er. „Außerdem dürften Sie gar nicht hier sein. Der Schulhof ist für Zuschauer gesperrt. Sie bringen sich und uns gleichermaßen in Gefahr." Damit ließ er ihn stehen und lief auf die zweite Kellertür in dem Gebäudeteil zu, der nicht brannte. Er traute seinen Augen kaum. Versuchte dieser Hausmeister tatsächlich, sich in das Gebäude zu schleichen?

„He, Mann, bleiben Sie stehen. Was denken Sie, was Sie da tun?" Kusch musste sich beeilen. Der Kerl war bereits die Stufen hinuntergegangen. Nur sein Kopf ragte noch über die Mauer hinweg. „He, sofort stehen bleiben, habe ich gesagt. Können Sie nicht hören?"

Jetzt drehte der andere sich um. Schien zu schwanken, ob er gehorchen sollte, ging aber immerhin nicht weiter.

Endlich war Kusch bei ihm angekommen. „Sind Sie verrückt geworden?", brüllte er ihn an. „Oder einfach nur lebensmüde?"

„Nein, nein, natürlich nicht."

„Was wollten Sie dann da drinnen?", fragte Kusch.

Der Hausmeister zuckte mit den Schultern.

Sogleich verstärkte sich Kuschs Argwohn. „Was haben Sie da drin versteckt? Was ist so wichtig, dass Sie dafür Ihr Leben riskieren? Ihre Pornosammlung?"

„Nein, wie kommen Sie darauf?"

„Was weiß ich, sagen Sie es mir."

Der Mann erbleichte, lehnte sich gegen die Mauer und flüsterte etwas, das Kusch nicht verstehen konnte. Kurz entschlossen packte er den Hausmeister am Arm und zerrte ihn vom Gebäude weg.

„Nicht, ich muss nachsehen."

„Müssen Sie nicht", knurrte Kusch. „Wenn einer etwas nachgucken geht, dann sind das ausgebildete Feuerwehrmänner, verstanden?"

Der Hausmeister schüttelte wild den Kopf, zappelte mit den Armen, resignierte schließlich und sank in sich zusammen.

„Nun reden Sie schon, Mann."

Er zuckte zusammen, als hätte ihn jemand geschlagen. „Da, da, sind vielleicht, aber nur vielleicht, so kalt war es ja nicht, also, vielleicht ..." Er unterbrach sich, holte tief Luft und sagte anschließend: „Da sind vielleicht noch Menschen drin."

„Warum haben Sie das nicht gleich gesagt? Wo?"

Der Hausmeister zeigte vage auf den Kellereingang.

„Genauer, wo genau?

„Ehemalige Hausmeisterwohnung."

„Wie viele?" Vor seinem geistigen Auge sah er ganze Asylantenfamilien mit Kleinkindern und Babys, die sich hier versteckt hielten. Hatten die Rauchschwaden sie alle im Schlaf überrascht?

„Einer, höchstens zwei", krächzte der Hausmeister. „Obdachlose."

Kusch schaltete sofort, drehte sich um und rannte zum Einsatzleitwagen zurück. Seine Befehle kamen präzise, obwohl ihm der Schweiß auf der Stirn stand und seine Hände zitterten. Wer konnte damit rechnen?

Wenig später erhielt er die Nachricht. „Hilflose Person gefunden, korrigiere, Toter gefunden." Danach folgten Knistern, Knacken und Knarzen, dann wieder die Stimme des Meldenden: „Wir brauchen die Kripo."

5

Hildesheim, Samstag, 30. November 2013

Moll machten die Nachtschichten nichts aus. Zu Hause wartete niemand auf ihn, er brauchte nicht so viel Schlaf, und irgendwie gefiel ihm die nächtliche Atmosphäre in der Inspektion. Alle Geräusche klangen gedämpft, die Menschen bewegten sich langsamer, quasi vorsichtig, so als wollten sie niemanden stören.

Außerdem gab es in den frühen Morgenstunden die skurrilsten Einsätze. Aus Übermut entstandene, über die man nach Jahren noch lachen konnte. Aber auch abgrundtief traurige, weil Einsamkeit oder Depressionen sie ausgelöst hatten.

Heute Nacht hatten sie eine Gruppe angetrunkener Jugendlicher vom Parkdeck der Arneken Galerie holen müssen, die sich prächtig amüsierten, als sie merkten, dass sie mit der Polizei Verstecken spielten. Moll war schon lange nicht mehr so viel gelaufen. Er betrachtete daher die bedröppelten Gesichter der meisten Jugendlichen als gerechte Entschädigung, als sie von ihren Erziehungsberechtigten abgeholt wurden, nachdem die Polizei sie morgens um zwei Uhr aus den Betten geklingelt hatte.

Ein Wildunfall am Berliner Kreisel, eine Schlägerei vor der Bavaria Alm und eine alte Dame, die sich nicht traute, in ihre Wohnung zu gehen, weil die Tür nur angelehnt war. Moll selbst hatte die Räume kontrolliert. Trotzdem weigerte sich die Frau, hineinzugehen. Sie würde immer zuschließen, immer. Deshalb wäre es ganz und gar unmöglich, dass sich kein Einbrecher in ihrem Heim verbarg.

Moll hatte ihren Arm ergriffen und war mit ihr gemeinsam durch den Flur gegangen. Sie hatten die Küche überprüft, hatten im Schlafzimmer den Schrank kontrolliert und unter das Bett geschaut. Im Wohnzimmer saß niemand hinter dem Sofa, und auch die Badewanne war leer.

Erleichtert schenkte die Dame ihm eine Tafel Nussschokolade.

Moll hatte lapidar das Wort ‚Hilfeleistung' als Beschreibung des Einsatzes in seinen Computer eingegeben. Er fragte sich, ob man das wohl selbst noch mitbekam, wenn Wahrnehmung und Realität auseinanderzuklaffen begannen? Hatte die alte Dame deswegen beinahe beschwörungsartig wiederholt, dass sie immer abschließt, immer?

Weil nicht sein kann, was nicht sein darf?

Weil sich die Erinnerung letztendlich den Wünschen und Vorstellungen anpasst?

Moll spürte eine vage Traurigkeit in sich aufsteigen. Er schüttelte den Kopf, surfte im Netz, um sich auf andere Gedanken zu bringen. Doch die Tischtennisergebnisse von gestern Abend erfreuten ihn auch nicht wirklich.

Gerade hatte er die Maske aufgerufen, um einen weiteren Bericht einzugeben, da bekam er einen unendlichen Durst und musste unbedingt zur Teeküche gehen. Der Bericht wurde tatsächlich fertig. Kein Einsatz störte ihn, kein Kollege schaute vorbei. Friede, Freude, Eierkuchen, wie langweilig. Er gähnte. Seine Schicht war noch lange nicht vorbei. Doch so müde wie heute hatte er sich schon ewig nicht mehr gefühlt.

Als der Anruf der Regionalleitstelle einging, hatte er sich gerade wieder einmal eine Tasse Kaffee geholt und wollte sich übers Internet ein Basketballspiel anschauen.

Hastig trank er die halb gefüllte Tasse leer, bevor er auf den Hof lief und zu seinem Kollegen Gunnar Bergmann, einem Frischling, in den Wagen stieg. Gunnar schien fest daran zu glauben, dass es ihn davor schützte, irgendeine Entscheidung treffen zu müssen, wenn er den Einsatzwagen fuhr.

Moll war das im Prinzip einerlei. Er fuhr, wenn er musste, genoss es aber auch, sich gedanklich mit anderen Dingen beschäftigen zu können, bevor sie den Einsatzort erreichten. Auf die Karte zu gucken, gehörte für ihn beispielsweise dazu. Auf einen stinknormalen uralten Faltplan. Es half ihm, die Lage einzuschätzen, Fluchtwege, Zufahrtsmöglichkeiten, Gefährdungslagen und so weiter.

Diesmal runzelte er die Stirn. „Ein Großbrand in so enger Bebauung. Wenn das man gut geht."

Die Regionalleitstelle dirigierte sie in eine Nebenstraße und empfahl dann, weiterzugehen. „Zu Fuß?", fragte Moll entrüstet.

„Äh, im Handstand wäre auch möglich", antwortete der Kollege über Funk trocken.

Moll entfernte sich im Einsatz ungern so weit von seinem Fahrzeug. Er betrachtete es als dritten Kollegen, der ihm Rückendeckung gab und den Fluchtweg offen hielt.

Na ja, vielleicht war das übertrieben, aber was konnte er schon für seine Gefühle!

Gunnar Bergmann fand eine Parklücke, rangierte den Wagen genau in deren Mitte, absolut parallel zum Bürgersteig. Moll musste grinsen. Derart straßenverkehrsordnungsgemäß war dieser Einsatzwagen, soweit er wusste, noch nie abgestellt worden.

Sie waren gerade ausgestiegen und Moll hatte Gunnar erklärt, dass sie die ganzen schönen Ausrüstungsgegenstände im Kofferraum lassen würden, als ein Transporter an ihnen vorbeischepperte, abrupt abbremste und quer in eine Einfahrt fuhr. Das Fahrzeug stand noch nicht ganz still, da öffnete sich bereits die Beifahrertür. Ihre Kollegin Caroline Maiworm plumpste heraus und winkte. „Hallo Molli, auch schon da? Cool. Dann könnt ihr uns tragen helfen."

Die Lage an der brennenden Paul-Heyse-Schule musste in der Tat brenzlig sein, wenn nicht einmal die Spurensicherung direkt vorfahren konnte.

Gunnar schnappte sich zwei Koffer, Moll nahm die Kamera und ein Stativ, nachdem er Caroline zur Begrüßung umarmt hatte. Ihre beiden Teamkollegen empfing er mit einem Kopfnicken, als sie aus dem Fahrzeug kletterten.

Sie strahlte ihn an. „Mensch, Molli, wir beide hatten ja schon lange keinen Fall mehr zusammen, was?" Nach diesen Worten drehte sie sich um und marschierte los. Sie redete weiter, sodass Moll sich beeilen musste, wenn er an ihrer Seite bleiben wollte.

„Eine Leiche im Keller, habe ich gehört, weißt du mehr?"

„Es soll sich um einen Obdachlosen handeln", erwiderte er.

„Obdachlos im Schulkeller? So kalt ist es doch noch gar nicht." Caroline pustete eine Strähne aus ihrem Gesicht.

„Mich würde viel mehr interessieren, woher sie wissen, dass sie uns dafür brauchen."

„Na, ist doch wohl eindeutig kein natürlicher Tod."

„Das nicht, aber Einsatzleiter Kusch hat explizit von einem Mord gesprochen.“ Caroline warf ihm einen fragenden Blick zu.

Moll zuckte mit den Schultern.

Gunnar lief direkt hinter ihnen. Er war so erpicht darauf, am Tatort anzukommen, dass er sie wahrscheinlich umgerempelt hätte, wenn sie stehen geblieben wären. Moll murmelte: „Irgendwann muss er seine ersten Erfahrungen machen.“

Caroline verdrehte demonstrativ die Augen.

Moll sagte leise: „Mir wäre es lieber, ich könnte ihn vorbereiten, aber so läuft das im Polizistenleben nicht. Wird schon nicht so schlimm werden.“

„Eine Brandleiche? Nicht so schlimm?“

Jetzt war es an Moll, zu stutzen. „Wieso Brandleiche? Uns hat man gesagt, der Tote läge in dem Bereich des Hauses, der nicht gebrannt hat. Also Rauchvergiftung oder so, dachte ich.“

Caroline antwortete nicht mehr, da sie nun das Schulgelände erreicht hatten und durch den schmiedeeisernen Zaun auf den Hof gucken konnten. Sie reckte den Hals, ohne ihre Geschwindigkeit zu verringern.

Moll stellte zuerst fest, dass er keine Flammen entdecken konnte. Dichter, schwarzer Rauch quoll aus dem Dach und den Fensteröffnungen. Feuerwehrmänner liefen zwischen zahlreichen Fahrzeugen über den Hof.

Wasser rauschte, prasselte, zischte, Befehle wurden gerufen, Motoren und Pumpen brummten, Kupplungen klirrten. Niemals hätte Moll gedacht, dass es beim Löschen so laut zuging.

Normalerweise waren die Tatorte, zu denen er gerufen wurde, still. Weil im Angesicht des Todes alle ihre Stimmen dämpften?

Natürlich kannte Matthias Moll den Einsatzleitwagen des ersten Löschzuges. Doch die Lage auf dem Schulhof war so unübersichtlich, dass er einen Feuerwehrmann, der gerade seinen Helm abgenommen hatte, um sich den Schweiß aus dem Gesicht zu wischen, um Hilfe bitten musste.

Er begleitete sie, scheinbar froh über die Unterbrechung.

Moll fragte ihn: „Habt ihr das Feuer unter Kontrolle?"

Der Mann atmete schwer, nickte aber. „Ging schneller als erwartet. Altes Ziegelgebäude und kaum noch etwas drin. Keine Möbel, keine Gardinen. Selbst die Treppe besteht aus Stein und hat ein Geländer aus Metall."

„Was hat den Brand verursacht?", mischte Caroline sich ein.

Der Mann schüttelte den Kopf. „Keine Ahnung. Da muss einer nachgeholfen haben."

„Brandstiftung?"

„Oder Unachtsamkeit." Der Mann wies mit dem Kinn auf den Teil des Gebäudes, der scheinbar nicht gebrannt hatte. „Da sind ja wohl welche untergekrochen. Na ja, kann man keinem verdenken, wenn so ein großes Haus mitten in der Stadt leer steht."

Sie hatten den Einsatzleitwagen erreicht, und der Mann klopfte. Was er erfuhr, nachdem die Tür geöffnet worden war, verstand Moll nicht.

Der Mann drehte sich zu ihnen um. „Armin ist im Keller, bei dem Toten. Kommen Sie, ich bring Sie hin."

Ohne ihre Reaktion abzuwarten oder auf Pfützen oder Rinnsale zu achten, stapfte er voran.

Moll bemerkte, dass es langsam hell wurde. Trotzdem brannten in den umliegenden Häusern die

Lampen. Er konnte hinter den meisten Fenstern dunkle Silhouetten ausmachen. Besorgte Anwohner, die das Geschehen beobachteten? In Angst um ihr eigenes Hab und Gut? Oder einfach nur neugierig? Sah ihnen der Brandstifter womöglich auch zu? Ärgerte er sich, dass das Feuer so schnell gelöscht werden konnte?

„Verflixt!" Moll hatte nicht auf den Boden geachtet und war über einen Schlauch gestolpert. Außerdem wurde dieses dämliche Stativ immer schwerer.

Endlich erreichten sie das Gebäude. Der Feuerwehrmann dirigierte sie zu einem Kellereingang. „Da müssen Sie rein", sagte er und ließ sie stehen.

Moll drehte sich zu seinem Kollegen um. „Hör zu, Gunnar, du bleibst hinter mir, bis ..."

Caroline unterbrach ihn. „Nichts da. Ich gehe als erste hinein, dann zählt ihr schön langsam bis zehn, und danach dürft ihr euch gemächlich, ganz in aller Ruhe dem Eingang nähern." Sie blitzte Gunnar an. „Ich hasse es, wenn mir Frischlinge aufgeregt in den Nacken hecheln, klar?"

„Verstanden, Frau Maiworm."

Moll musste grinsen. Fehlte nicht viel und Gunnar hätte ihr die Kehle zum Biss angeboten.

Während Caroline im Dunkel des Kellerganges verschwand, deponierten die Kollegen und er die Materialien neben der Tür.

Moll massierte seine Hände, das Metall hatte mächtig viel Kälte abgestrahlt. Überhaupt wunderte es ihn, dass es hier nicht wärmer war.

Gunnar stieß ihn an. „Ich bin bei zwölf. Können wir jetzt reingehen?"

„Ich zuerst", sagte Moll und knipste seine Taschenlampe an.

Er schritt durch den Türrahmen, und sofort begannen seine Augen zu tränen. Er konnte zwar keinen Rauch mehr sehen, aber riechen. Er leuchtete auf den Boden. Trocken.

Dann richtete er seine Aufmerksamkeit auf die Geräusche, die aus einem Raum drangen, der rechts vom Kellergang lag.

Beinahe gleißendes Licht durchflutete ihn.

Moll stellte sich so, dass seine Schultern möglichst viel von der Türöffnung zum Raum verdeckten. Zwar spürte er Gunnar hinter sich, doch er wollte sich zuerst einen Überblick verschaffen. Wenn es gar zu schrecklich war, konnte er den Jungen immer noch mit einer Aufgabe nach draußen schicken. Obwohl er davon überzeugt war, dass der sich mit Händen und Füßen dagegen wehren würde.

Scheinbar hatten die Feuerwehrkameraden ihre eigenen Halogenstrahler in den Raum gebracht. Molls Augen benötigten einen Moment, bevor sie sich an die Helligkeit gewöhnt hatten.

Ein typischer Kellerraum, etwa zwei Meter hoch, ein vergittertes Fenster fast unter der Decke. ‚Der Fahrradkeller', dachte Moll, als er entdeckte, dass einige Rahmen, Räder und andere Einzelteile in einem Regal lagen, das an der gegenüberliegenden Wand stand.

Der Tote lag auf dem Bauch. Mit den Füßen zur Tür. Einen Arm nach vorn ausgestreckt, den anderen konnte Moll nicht erkennen.

Die Kleidungsstücke, eine mehrfach geflickte Hose aus dunklem Stoff und ein Bundeswehrparka, waren auf dem Teil des Rückens, den Moll sehen konnte, angeschmort. So als wären Funken darauf geflogen und hätten sich in das Material eingebrannt.

Ein Schuh fehlte, die Socke war angekokelt, und der Fuß scheinbar auch, wie Moll bei genauerem Hinsehen entdeckte.

Caroline hockte vor dem Kopf des Toten.

Ein Feuerwehrmann, bei dem es sich vermutlich um Armin Kusch, den Einsatzleiter handelte, stand neben ihr und beobachtete, was sie tat. Er hielt ein Funkgerät in der Hand und lauschte immer mal wieder angestrengt. Scheinbar hörte er nichts, was ihn alarmierte oder sein Eingreifen erforderlich machte, denn er machte keine Anstalten, den Keller zu verlassen. An der Wand neben der Tür lehnte ein grauhaariger Mann, der Molls Blick auswich, ihn aber heimlich beobachtete.

Caroline seufzte. „Definitiv!", sagte sie und erhob sich.

„Definitiv was?", fragte Moll.

„Mord."

„Mord?", echote Gunnar und versuchte an Moll vorbei in den Raum zu schauen.

Moll seufzte und ließ ihn vorbei. „Was hast du gefunden?"

„Komm herum, dann zeige ich es dir", sagte sie.

Er schaute sie fragend an.

„Hier sind schon Dutzende durchgetapert. Da finden wir eh keine verwertbaren Spuren mehr. Allerdings hat niemand den Toten bewegt. Vielleicht finden wir unter ihm etwas Interessantes."

Moll ging zu ihr auf die andere Seite, dicht gefolgt von Gunnar.

Sie hockte sich wieder hin und wies mit ihrem Stab, den sie immer bei sich trug, auf eine blutverkrustete Stelle am Kopf des Toten. Das dunkle Blut war im strähnigen grauen Haar deutlich zu erkennen.

Moll räusperte sich. „Die kann er sich auch bei einem Sturz zugezogen haben, oder?"

„Nur, wenn er auf eine Kaffeekanne oder etwas Ähnliches gefallen ist. Siehst du die Splitter?" Ihr Stab zuckte über die Haare.

Tatsächlich entdeckte Moll weiße und farbige Splitter. „Das ist Porzellan?"

„Ja." Sie zeigte ihm einen, den sie in einem Beutel aufbewahrte. „Eindeutig."

In Gedanken ging Moll die Optionen durch. Dann sagte er: „Ich gehe davon aus, dass es keine Vitrinen mit Kaffeegeschirr, Pokalen oder so in dem Haus gegeben hat."

Der Grauhaarige, der an der Wand lehnte, sagte leise: „Nein, es wurde alles ausgeräumt."

Caroline ergänzte: „Wie du siehst, befindet sich die Verletzung am seitlichen Hinterkopf. Er wurde von schräg oben getroffen."

Während sie sprachen, begannen Carolines Teammitglieder, den gesamten Raum zu fotografieren. Einer widmete sich der Leiche und achtete darauf, wirklich jeden Aspekt im Detail und in der Übersicht aufzunehmen. Zwischendurch notierte er etwas, rückte eine der kleinen Zahlmarkierungen zurecht.

„Das heißt, der Täter ist größer?"

„Oder er hat auf der Treppe über ihm gestanden."

„Wie kommst du ausgerechnet auf die Treppe als Tatort?", fragte Moll.

Caroline zuckte mit den Schultern. „Ist alles noch unausgegoren. Der Brand ist im Treppenhaus ausgebrochen, sagt Armin Kusch, vermutlich ist er gelegt worden. Um die Leiche loszuwerden? Denkbar. Außerdem liegen hier keine weiteren Porzellanteile herum. Und ich glaube kaum, dass der Täter gefegt hat, bevor er das Haus angezündet hat."

Gunnar drängte sich neben sie. „Er ist hierher gekrochen. Guck nur, die Stellung der Arme und der Beine. Der wollte sich in Sicherheit bringen. Oh Mann, wäre ihm fast gelungen. Der Mörder hat ihn nicht richtig erwischt, jedenfalls ist er wieder wach geworden, vielleicht als sein Fuß gebrannt hat, und dann ist er nur bis hierher gekommen."

„Stopp, Stopp, junger Mann", sagte Caroline energisch. „Alles reine Spekulation."

„Könnte aber sein", widersprach Gunnar, allerdings leiser.

„Wie erklärst du die Tatsache, dass er ausgerechnet in diesen Raum gekrochen ist?", fuhr sie ihn an.

„Weg vom Feuer, wieso?"

„Weg vom Ausgang, wieso?" Caroline zeigte mit ihrem Stab zum Fenster. „Vergittert, kein Ausgang. Warum also hier hinein und nicht weiter den Gang hinunter und ins Freie, in Sicherheit?"

„Die Tür nach draußen war abgeschlossen", sagte der Grauhaarige.

Moll wandte sich ihm zu. „Wer sind Sie?"

„Leo Wagerer, ich bin der Hausmeister, war der Hausmeister der Schule."

Armin Kusch räusperte sich. „Er hat zugelassen, dass Obdachlose hier unten und in der Hausmeisterwohnung übernachten. Wir haben oben bereits nachgesehen. Da befindet sich niemand. Allerdings gibt es dort eine Art Lager. Das sollten Sie sich ansehen, wenn Sie hier fertig sind."

„Danke", sagte Moll. „Das werden wir." Dann sprach er den Hausmeister direkt an: „Haben Sie eine Ahnung, warum der Tote in diesen Raum geflohen ist?"

Wagerer schüttelte den Kopf.
„Kennen Sie den Toten?"
„Das ist Pepino. Mehr weiß ich nicht."
„Pepino?"
„Das ist wohl ein Spitzname, wie er richtig heißt, weiß ich nicht."
„Darüber reden wir gleich. Gunnar nimm schon mal die Personalien auf." Moll sah sich noch einmal genau in dem niedrigen Raum um. Er ging zum Fenster und tastete es ab. Es ließ sich tatsächlich nur auf Kipp stellen. Die Gitterstäbe waren runde zehn Zentimeter vom Glas entfernt und acht oder neun voneinander. Da war kein Durchkommen. „Definitiv kein Ausgang."
„Ich drehe ihn jetzt um", sagte Caroline.
„Einen Moment noch. Kannst du sagen, woran er gestorben ist? An der Kopfverletzung? Eher an einer Rauchvergiftung? Oder ganz was anderes?"
„Keine Ahnung. Das kann ich hier nicht endgültig feststellen."
Sie stand am Kopf und fasste die Schultern des Mannes, während ihre Kollegen sich an den Beinen beziehungsweise neben der Hüfte positioniert hatten. Auf Carolines Befehl hin, drehten sie den Mann um.

6

Hildesheim, Samstag, 30. November 2013

Langsam, beinahe andächtig strich Kofi mit beiden Handflächen über die glänzende Oberfläche seiner Schreibtischplatte. Der Schreibtisch war genauso wenig neu wie der Drehstuhl oder der Schrank hinter ihm an der Wand. Helle Flecken daneben zeigten allzu deutlich, dass hier bis vor Kurzem Fotos oder ein Kalender gehangen hatten.

Alles war völlig leer und sorgfältig geputzt worden. Er konnte den milden Lavendelduft des Reinigungsmittels riechen, wenn er sich bemühte.

Auf dem Boden, neben seinem Schreibtisch, stand ein Karton. Offensichtlich enthielt er Büromaterial. Kofi richtete die Schreibunterlage ordentlich parallel zur Kante aus. Für die Stifte besaß er noch keinen Behälter, deshalb nahm er erst einmal eine Kaffeetasse von der Fensterbank.

Klebeband, Papier, Notizblock, Lineal und Radiergummi legte er in die oberste Schublade.

Dann setzte er sich.

Zum ersten Mal.

An seinen neuen Arbeitsplatz.

In Hildesheim.

Zum ersten Mal hatte er ein Büro für sich allein.

Sein Schreibtisch stand im rechten Winkel zur Tür, sodass er nach rechts aus dem Fenster und nach links zum Flur schauen konnte. Geradeaus blickte er auf einen riesigen Stadtplan. Auch aus ihm waren säuberlich alle Pins entfernt worden.

Irgendwie gruselig.

Sicher, es wäre ihm schwergefallen, Konnys Hinterlassenschaften zu prüfen und auszusortieren, aber diese völlige Leere mutete ihn ebenso seltsam an.

Entschlossen schaltete er den PC ein. Der war tatsächlich absolut neu, extra für ihn beschafft und vom Systemadministrator für ihn vorbereitet worden.

Kofi besaß noch keine Zugangsrechte und keine Passwörter. Die würde er erst morgen erhalten.

Morgen, am 1.12.2013, wenn er seinen Dienst an seiner neuen Arbeitsstelle antrat.

In Hildesheim, nicht in Holzminden. Er hatte sich versetzen lassen und fühlte sich nun überhaupt nicht wohl in seiner Haut.

Was, wenn die Kollegen ihn nicht leiden konnten?

Er dachte an Moll und an Caroline und musste sich selbst auslachen. Die beiden waren die besten Kollegen, die er sich vorstellen konnte.

Nachdem er sich vergewissert hatte, dass alles bereit war, fuhr er den Computer wieder herunter. Schließlich wollte er morgen mit der Arbeit beginnen und nicht einen Tag mit Aufräumarbeiten verbringen, während seine neuen Kollegen Autodiebe, Mörder und Vergewaltiger jagten.

Er hatte lange genug untätig zu Hause herumgesessen. Nach dem Überfall hatte er zuerst im Krankenhaus gelegen, war dann zur Reha gefahren, musste noch zweimal operiert werden. Anschließend wollte ihn der Arzt einfach nicht diensttauglich schreiben. Allerhöchstens Schreibtischarbeit durfte er erledigen, und selbst die nicht länger als vier Stunden täglich.

Nun, er gab es zu, langes Sitzen schmerzte ihn. Ebenso wie stundenlanges Stehen. Doch er hatte trainiert, seine Muskeln kompensierten nach und nach, unterstützten die schwachen Knochen und Gewebe.

Ab dem 1.12. war er wieder gesund.

Amtsärztlich bestätigt.

Nichts mehr, worüber man sich Sorgen machen musste.

Entschieden stand er auf und verließ sein Büro, auf der Suche nach einem Kaffeeautomaten.

7

Hildesheim, Samstag, 30. November 2013

„Auf Drei, eins, zwei, drei!“, rief Caroline. Gemeinsam drehten die drei den leblosen, starren Körper um.

„Was ist das?“, rief Moll und beugte sich vor, um genauer sehen zu können, was der Tote in seinem linken Arm verbarg. Es sah aus wie ... Fell.

Caroline hockte sich neben ihn und stupste die Fellkugel vorsichtig an und erstarrte. Sie hatten es alle gehört. Ganz leise. Ein Fiepen.

„Ein Kätzchen“, rief Gunnar und wollte sich danach bücken.

Caroline schob seine Hände mit ihrem Stock beiseite. „Das sind zwei Kätzchen.“ Ein Lächeln blitzte in ihren Augen auf. „Und eines davon lebt noch. Fotos, schnell.“

Moll sah, dass ihr Blick zwischen dem vergitterten Fenster und den Fellknäueln unter dem Arm des Toten hin- und herwanderte.

„Sagen Sie“, wandte Moll sich an den Hausmeister, „lässt sich das Fenster irgendwie weiter öffnen?“

„Zum Lüften, nach innen, ja, aber da kommt keiner raus. Da sind Gitter vor, die sind stabil.“

„Das hab ich gesehen. Die Kätzchen hätte er allerdings hinausheben können, oder?“

Moll registrierte, dass der Hausmeister erst nach und nach die Bedeutung dieser Frage erkannte. „Sie meinen, ... er ... hat ... versucht, die Kätzchen zu retten?“

„Sie sagten selbst, diese Tür, durch die wir hineingekommen sind, war abgeschlossen.“

„Das war sie." Er tastete mit der Hand nach einem Schlüsselbund in seiner Hosentasche. „Ich habe sie persönlich aufgeschlossen."

„Das stimmt", warf Kusch ein. „Wir sind gemeinsam in den Keller gegangen, nachdem er aufgeschlossen hatte."

„Wie ist dieser Pepino denn sonst aus dem Haus hinausgekommen oder zuallererst hinein?"

Hausmeister Wagerer wand sich.

„Mein Gott, denken Sie, wir finden es nicht heraus?" Moll unterbrach sich. „Oder haben Sie ihm einen Schlüssel gegeben?"

Wagerer zuckte zusammen. „Das nicht. Nein. Auf keinen Fall. Er ... sie sind ... durch die Kohlenrutsche."

„Wie bitte?"

Der Hausmeister seufzte. „Auf der anderen Seite des Hauses, die Kohlenrutsche. Sie führt in den Kohlenkeller, der direkt an den Heizungskeller angrenzt. Der wird schon ewig nicht mehr genutzt. Aber früher, da wurden zuerst die Briketts und später die Eierkohlen über diese Rutsche in den Keller transportiert. Davor ist eine metallene Klappe, die wird nur mit einem Vorhängeschloss gesichert."

„Verstehe, und heutzutage rutschen da illegale Hausbewohner hinein."

Wagerer war bei dem Wort illegal deutlich zusammengezuckt. „Von Illegalen weiß ich nichts."

Er presste seinen Mund so fest zusammen, dass er aussah, als wäre er verklebt. Moll dachte sich seinen Teil. Darum konnten sie sich allerdings später kümmern. Deshalb zielte seine nächste Frage in eine andere Richtung. „Wussten Sie, dass dieser Pepino und seine Freunde Katzen besaßen?"

„Keine Tiere, hab ich immer gesagt. Das stinkt doch nach wenigen Wochen zum Himmel."

„Richtig, Strom und Wasser sind ja abgestellt."

Wieder druckste Wagerer herum. „In ... also, in der Hausmeisterwohnung nicht. Die hat eine eigene Versorgung. Musste ja schließlich alles seine Ordnung haben. Nicht, dass der Hausmeister auf Schulkosten Fernsehen guckte oder seine Scheiße mit Wasser runterspülte, das die Stadt bezahlt hatte. Die Hausmeisterwohnung wurde immer separat abgerechnet."

Moll nahm sich vor, den Mann später genauer unter die Lupe zu nehmen. Doch das hatte Zeit. „Woher kannten Sie Pepino denn?"

„Ihn kannte ich nicht. Kallo hat ihn mitgebracht."

„Kallo? Geht das etwas genauer?"

„Kallo Grebstein, war früher Maurermeister mit einer eigenen Firma, ist pleitegegangen, hat getrunken, aus die Maus."

„Soll das heißen, Sie kannten diesen Kallo Grebstein von früher?"

„Ja, das heißt es."

„Sie haben ihm Unterschlupf gewährt?"

„Er hatte sich die Rippen geprellt, brauchte eine sichere Schlafstätte, was zum Ausruhen." Er wedelte mit den Armen. „Steht alles leer, eine Schande ist das."

„Wie lange wohnte Kallo denn hier?"

„Weiß ich nicht so genau. Nach seinem Unfall drei Wochen, dann war er auf einmal verschwunden. Später kam er wieder, brachte Pepino mit und noch einen, den sie Harro nannten, weil er dauernd von seinem Schäferhund erzählte, den er unbedingt wiederfinden wollte. Da hab ich das gesagt: keine Tiere. Können Sie die beiden nach fragen."

„Das werden wir, sobald wir sie gefunden haben."

Moll fuhr herum, weil er ein klägliches Maunzen gehört hatte.

Caroline rief triumphierend: „Sie leben beide noch. Los, Gunnar, schaff sie zu den Sanis, besorg einen Tierarzt, wehe den beiden passiert was. Du bist für sie verantwortlich."

Gunnar streckte die Arme aus und nahm die beiden winzigen Fellknäuel entgegen. Seine Augen strahlten. Mit schnellen Schritten verschwand er aus dem Kellerraum.

Moll verdrehte die Augen. „So, und Sie bringen mich jetzt in die Hausmeisterwohnung." Er schaute zu Armin Kusch. „Oder ist das noch zu gefährlich?"

„Kann ich nicht beurteilen. Ich begleite Sie, dann werden wir ja sehen."

Insgeheim hoffte Moll, dass weder dieser Kallo Grebstein noch Harro oder sein Schäferhund oder auch nur ein zahmer Hamster dort erstickt waren.

Die Hausmeisterwohnung befand sich ebenfalls in dem Teil der Schule, der nicht gebrannt hatte. Trotzdem roch es auch hier nach Rauch. Dünne Wasserrinnsale tropften von oben durch das geborstene Dach und suchten sich ihre Wege über den rissigen Beton, versickerten blubbernd und kleine Bläschen bildend.

Als sie das Erdgeschoss erreichten, spürte Moll auch die zunehmende Wärme. Doch Kusch schritt weiter aus, das Funkgerät lauschend am Ohr.

Die Tür zur Hausmeisterwohnung stand offen. Moll drängte sich an den beiden Männern vorbei. „Ich gehe zuerst hinein. Warten Sie hier."

Vorsichtig schob Moll sich über die Schwelle. Es gab keinen Flur. Er befand sich sofort im Wohnzimmer. Jedenfalls sah es so aus. Zwei alte Ledersofas standen im rechten Winkel an den Wänden, die mit Blümchentapete beklebt worden war. Davor lag ein umgekippter Holztisch auf dem Boden. Ein Bein war abgebrochen. Moll ging weiter, schaute zuerst hinter die Tür. Nichts.

Doch neben dem Sofa entdeckte er zusammengerollte Decken. Ein Katzenkorb?

Er trat näher. Tatsächlich. Ein Schälchen Wasser und eine Dose Thunfisch.

Scheinbar war dieser Pepino trotz seiner schweren Kopfverletzung hierher zurückgekommen, um die Tiere zu holen. Hatte er den Rauch unterschätzt oder seine Verletzung? Hatte er nicht gewusst, dass die Tür abgeschlossen war? Wollte er vielleicht für sich selbst frische Luft durch das geöffnete Fenster und dort ausharren, bis Hilfe kam?

Es gab noch ein Badezimmer, eine Küche und ein Schlafzimmer, in dem vier Matratzen und einige Kinderspielzeuge aus Plastik auf dem Boden lagen. Daneben Tüten und ein Rucksack mit Kleidungsstücken. Kerzenstummel und Teelichte. Im Bad stand eine halb leere Flasche Fichtennadelbadeschaum, es gab jedoch keine Handtücher, kein Klopapier und auch keine Seife.

Die Küche wirkte beinahe gemütlich. Wiesenblumen verblühten in einem Wasserglas in der Mitte des Tisches. Auf der Spüle standen einige ausgespülte Kaffeebecher und zwei Teller. Moll zog die Schranktüren auf und fand einen ansehnlichen Vorrat an Lebensmitteln, hauptsächlich in Dosen.

Moll fragte sich, ob die Experten in der Lage sein würden, herauszulesen, wie viele Menschen hier gelebt hatten ... und wohin sie verschwunden waren und vor allen Dingen: wann? Bevor das Feuer ausgebrochen war oder danach?

Nachdem er sich vergewissert hatte, dass es keine weiteren Verletzten gab, ging er noch einmal durch die

Wohnung und suchte nach einem Hinweis darauf, ob Pepino in einem dieser Räume niedergeschlagen worden war.

Er fand nichts.

Nachdem der Hausmeister ihm die Schlüssel übergeben hatte, verschloss Moll die Wohnung. Er befahl Wagerer, morgen um zehn Uhr zur Polizeiinspektion zu kommen, um dort seine Aussage zu Protokoll zu geben.

Anschließend bedankte er sich bei dem Einsatzleiter. „Sie waren uns eine große Hilfe. Bitte fragen Sie Ihre Männer, ob jemandem irgendwo im Haus weiße Scherben aufgefallen sind. Porzellanscherben. Ein zerbrochener Krug oder etwas Ähnliches."

Kusch nickte. „Ich melde mich bei Ihnen, sobald ich etwas höre."

Moll kehrte nachdenklich zu Caroline und ihrem Team zurück.

Ein Obdachloser, der sich nicht nur um Katzenbabys kümmerte, sondern diese auch noch aus einem brennenden Haus rettete, obwohl er selbst verletzt war?

Wo hielten sich die anderen Bewohner der Hausmeisterwohnung jetzt gerade auf? Wer wohnte da außerdem?

Doch die wichtigste Frage lautete: Welchen Grund gab es, Pepino zu erschlagen und dann das ganze Haus anzuzünden? Eine Leiche hätte sich in diesem Komplex bestimmt verstecken lassen.

Caroline hockte in dem Kellerraum vor dem Regal, in dem die Fahrradersatzteile aufbewahrt wurden. Ihre beiden Kollegen waren nicht mehr da, und offensichtlich hatten sie den Toten mitgenommen. Die Kollegin reagierte nicht, als Moll den Raum betrat. Trotzdem wusste er, dass sie ihn gehört hatte.

„Was suchst du?“, fragte er.

„Weiß ich auch nicht. Ich habe nur überlegt, ob er vielleicht hier hineingekommen ist, um sich etwas zu holen, mit dem er die Tür aufbrechen konnte. Aber das sieht alles nicht besonders stabil aus.“

„Einen Werkzeugkoffer hast du nicht entdeckt, oder?“

„Nö, nur ein paar Nägel, die allerdings keinen wirklichen Sinn machen, in einer Fahrradwerkstatt, oder?“

„Wer weiß, vielleicht sind sie aus den Wänden gefallen. Es sieht ja so aus, als hätte an einigen Stellen etwas gehangen.“ Moll zeigte auf die verfärbten Wandabschnitte. Dann fragte er: „In seinen Taschen, war da irgendetwas Interessantes?“

„Taschentuch, ein Fünfeuroschein, eine Zweieuromünze und 86 Cent. Ein Bleistiftstummel, drei Kronkorken und ein Stück Schnur.“

„Keine Papiere?“

„Nichts. Auch kein Portemonnaie mit Erinnerungsfotos, kein Schlüssel, kein Taschenmesser und kein Handy.“

„Bringt uns nicht weiter.“

„Er war relativ gepflegt, abgenutzte Kleidung, ja, aber sorgfältig repariert, keine verfilzten Haare und geschnittene Finger- und Zehennägel.“

„Was sagt uns das?“

„Er hat in letzter Zeit nicht komplett auf der Straße gelebt.“

„Wir müssen zuerst seine Identität klären. Danach können wir uns darum kümmern, wo er sich aufgehalten hat, mit wem er zusammen war und vor allem, mit wem er Streit hatte.“

Gemeinsam verließen sie das Schulgebäude.

8

Hildesheim, Samstag, 30. November 2013

„Mensch, Kofi, klasse, dass du schon da bist. Komm, dann kann ich dich gleich in unseren aktuellen Fall einweisen."

Kofi, der sich auf dem Flur in der ersten Etage der Polizeiinspektion gerade einen Kaffee gezogen hatte, fuhr erschrocken herum. Er erkannte Matthias Moll und Caroline Maiworm sofort und lächelte sie an. Caroline drückte ihn fest an ihre Brust und sagte: „Herzlich willkommen im Team." Ohne seine Reaktion abzuwarten, sprach sie weiter: „Wir haben eine hübsche Leiche, nur an einem Ende ein wenig angekokelt." Danach winkte sie ihm mit einer drehenden Handbewegung und ging an ihm vorbei den Gang hinunter. „Molli erzählt dir alles, was du wissen musst. Ich geh' derweilen mal ein bisschen messen und schneiden. Wir sehen uns."

Kofi war noch leicht perplex, doch darauf nahm Moll keine Rücksicht. „Komm, wir verschwinden in mein Büro. Nimm deinen Kaffee mit."

Was blieb ihm anderes übrig, als dem Kollegen zu folgen. Der fläzte sich in seinen Stuhl, schaltete mit der Fußspitze den Computer an, zog die Tastatur auf seinen Schoß und sagte: „Haste solche Sehnsucht nach der Arbeit? Du fängst eigentlich morgen erst an, oder?"

Kofi zuckte mit den Schultern. „Schon, wollte vorher meinen Kladderadatsch einräumen, damit es morgen gleich losgehen kann."

„Verstehe. Na ja, heute bleibt eh nicht mehr viel zu tun." Er schaute demonstrativ auf seine Armbanduhr. „In einer guten halben Stunde muss ich Kathi vom Tanzen abholen."

„Geht sie zur Tanzschule? So mit Walzer und Cha-Cha-Cha?"

„Nee, Zumba, halsbrecherische Verrenkungen zu Stampfmusik. Nix für Leute mit Bauch. Kannst ja mitkommen. Wir könnten anschließend was essen gehen. Oder willst du kochen?"

„Meine Küche funktioniert noch nicht. Essen gehen wär' schon cool, aber willst du nicht lieber mit deiner Tochter allein sein?"

„Wär' ich schon gern, nur so läuft das nicht. He, Kathi ist 15. Weißt du, was das heißt?"

Kofi glaubte, sich vage daran zu erinnern, was Pubertät bedeutete, schüttelte allerdings vorsichtshalber den Kopf, weil er davon ausging, das Moll ihm seine eigene Version erzählen wollte.

„Ich darf sie abholen und gemeinsam mit ihrer neuen Freundin, einer Lilli, Milli oder was weiß ich, nach Bad Salzdetfurth fahren. Dort wohnt die Freundin nämlich."

„Hat die keine Eltern?"

„Doch, Lillis Mutter bringt die beiden Mädchen morgen Mittag, oder wann immer sie ausgeschlafen haben, zu mir. Heute Nacht schlafen sie in Bad Salzdetfurth und morgen Nacht in Hildesheim, weil ich Nachtschicht habe, aber das darf die Lilli-Mutter auf gar keinen Fall erfahren. Deshalb muss ich sie gleich fahren, weil heute Abend nur der Lilli-Vater zu Hause ist, und den interessiert das alles nicht. Verstehste?"

Moll hatte während er redete ununterbrochen mit beiden Händen wild gestikuliert.

Kofi warf in einer Geste großer Verzweiflung die Arme in die Luft und sagte resigniert: „Kein Wort."

Moll winkte ab. „Ist auch egal. Bleibt die Quintessenz. Sie hat heute Abend keine Zeit für mich."

„Gefällt mir", sagte Kofi, um ihn aufzumuntern. „Dann kannst du mir helfen, die erste Nacht in der Fremde zu überstehen."

Moll sah tatsächlich erfreut und ein wenig getröstet aus. „So machen wir das. Jetzt ist erst einmal der neue Fall dran."

„Ich höre", sagte Kofi und setzte sich an den kleinen Tisch.

Moll benötigte beinahe fünfundzwanzig Minuten, um Kofi alles über die Brandstiftung und den Toten im Keller zu erzählen. Dann sprang er auf. „Ich muss los. Kommst du mit?"

„Mein Wagen steht auf dem Hof."

„Den holen wir später. Kathi mag es gar nicht, wenn ich sie warten lasse. Ich fürchte, das hat sie von ihrer Mutter. Egal, wir können gleich in Bad Salzdetfurth was essen gehen. Geheimtipp. Super lecker, sag' ich dir."

Kofi trabte hinter ihm her. Ein Geheimtipp in Bad Salzdetfurth? Da musste sich im letzten halben Jahr aber mächtig was geändert haben. Während seines Reha-Aufenthaltes dort war er jeden Meter Straße gefühlt fünfmal abgelaufen. Er kannte quasi jeden losen Pflasterstein und jeden Straßenbaum.

Kaum saßen sie im Wagen, sprach Moll schon wieder über den Fall.

Kofi kannte das. Die Betroffenheit musste irgendwo hin. Da er selbst nicht dabei gewesen war, konnte er besser den Abstand wahren. Vielleicht war es ihm deshalb möglich, die Sachlage unvoreingenommener zu betrachten. Doch egal wie er die Fakten drehte und wendete. Er konnte keine der vielen Fragen, die Moll aufwarf, beantworten.

Kathi Moll und ihre Freundin Lilli warteten am Straßenrand und winkten, als sie seinen Wagen erkannten.

Kathi stutzte, als sie Kofi erblickte. Scheinbar hatte ihr Vater ihr schon vom neuen Kollegen erzählt, denn sie streckte die Hand aus und begrüßte ihn fröhlich. „Hi, ich bin Kathi, und das ist Lilli, meine Freundin. Sind Sie wieder gesund?"

„Hi, Kofi Kayi, schön, dich kennenzulernen. Hallo Lilli."

Das weißblonde, zierliche Mädchen nickte ihm zu und kletterte schnell auf den Rücksitz. Fürchtete sie sich vor ihm?

Kathi schien das ebenfalls bemerkt zu haben, denn sie sagte: „Vor denen musst du keine Angst haben, das sind die Guten." Sie kicherte. „Meistens jedenfalls."

„Wie meinst du das?"

„Das sind Kommissare."

„Polizei, echt?" Lilli flüsterte.

„Ja, aber du kannst ruhig bei Rot über die Ampel gehen oder mit dem Fahrrad verkehrt herum durch die Einbahnstraße fahren, das interessiert die nicht. Die suchen nur Mörder."

„Mörder?" Lilli fiepte beinahe wie ein Hündchen.

Je mehr Kathi erklärte, umso beunruhigter wirkte sie.

Kofi beobachtete sie im Rückspiegel. Kreidebleich sah sie aus.

Kathi lachte laut. „Mensch, Lilli, guck nicht so. Mein Vater arbeitet bei der Kripo, Mordkommission." Sie zuckte mit den Schultern. „Jedenfalls, wenn es im Stone-Age-Hildesheim so etwas gibt." Gleich darauf griente sie wieder. „Und mein Paps kriegt sie alle, stimmt's Herr Kofi?"

„Kofi reicht, Kayi ist mein Nachname."

„Ui, darf ich du zu dir sagen?"

Kathi steckte den Kopf so weit zwischen den beiden Sitzen hindurch, dass sie Kofi ansehen konnte.

Moll fragte: „Bist du angeschnallt?"

„Guck nach vorne, dann passiert nix."

„Kathi, schnall dich an."

„Spielverderber."

„Sofort. Ich halte sonst auf der Stelle an."

„Außerhalb geschlossener Ortschaften darfst du nicht parken."

„Will ich ja gar nicht, nur eine widerborstige Pubertierende aus Sicherheitsgründen auf einem Feld abstellen."

Sie brabbelte noch etwas von uncool und immer das Gleiche, Kofi hörte jedoch, dass der Gurtverschluss zuschnappte.

Er überlegte, ob er etwas sagen könnte, um die Situation zu entspannen, als Lilli verkündete: „Mein Vater arbeitet für die ‚Freundlichen Hildesheimer'. Der muss auch am Wochenende arbeiten."

„Echt!", rief Kathi, „ich dachte, er wäre arbeitsl ... äh, haste mir noch gar nicht erzählt. Was macht er denn da?"

„Keine Ahnung, irgendwas auf dem Weihnachtsmarkt."

„Cool, kriegt er da Rabatt?"

Den Rest der Fahrt unterhielten sich die beiden Mädchen, während Kofi und Moll über Tischtennis und Fahrradfahren sprachen.

„Gleich müssen Sie rechts, dann ist es das dritte Haus auf der linken Seite", sagte Lilli.

Moll bog ab und ließ den Wagen vor einem weißen Bungalow ausrollen.

Nur aus einem Fenster fiel Licht. Im Garten hielt ein Schneemann mit einer Laterne Wache.

Kaum waren Lili und Kathi ausgestiegen, öffnete sich die Haustür. Lilli winkte. „Hallo Papa. Da sind wir."

Lillis Vater war ebenso hellblond wie seine Tochter. Er war groß, deutlich größer als Kofi und Moll, und schaute interessiert in den Wagen.

Moll hatte den fragenden Blick bemerkt und stieg aus. Er legte die Hände auf das Autodach und sagte: „Ich bin Matthias Moll, Kathis Vater. Wir, das heißt mein Kollege und ich, kommen gerade von der Arbeit."

„Angenehm", antwortete der Mann, ohne sich ihnen zu nähern. „Ich dachte nur ..., man kann ja nie wissen. Kommt rein, Mädchen."

Kathi winkte ihnen noch einmal zu, dann verschwand sie im Haus und die Tür fiel zu, wurde sofort danach deutlich hörbar abgeschlossen.

„Ich wollte sowieso nicht reinkommen", murmelte Kofi und spürte, dass er sich gegen seinen Willen ärgerte.

Moll war wieder eingestiegen und startete den Motor. „Mach dir nichts draus. Der meinte nicht dich persönlich."

Kofi versuchte zu lächeln, doch es verrutschte ihm. „Sei mir nicht böse, aber das macht es nicht besser."

9

Hildesheim, Sonntag, 1. Dezember 2013

Kofi hatte schlecht geschlafen. Gefühlt war er alle zehn Minuten aufgewacht, hatte sich ewig im Bett herumgerollt. Kaum war er endlich weggeschlummert, schreckte er schon wieder auf. Er wusste nicht, woran es gelegen hatte. Ob es die ungewohnten Geräusche in der neuen Wohnung waren? Oder die fabrikneue Matratze?

Jedenfalls hatte es ihn nicht im Haus gehalten. Nachdem er sich mit seiner Padmaschine einen Kaffee geblubbert hatte, spazierte er, da er sich noch nicht so gut auskannte, einfach die Einumer Straße entlang und fragte dann einen Mann, der seinen Hund ausführte, nach dem kürzesten Weg zum Marktplatz.

Es war gar nicht so kompliziert, wie er gedacht hatte. Er wollte ins Bäckeramtshaus zum Frühstücken, hatte allerdings nicht geahnt, dass der Weihnachtsmarkt direkt davor in tiefem Schlummer lag. Er schlängelte sich zwischen den verrammelten Buden hindurch und wunderte sich, dass er sich wenig weihnachtlich fühlte.

Er stieg im Restaurant in die obere Etage. Es erstaunte ihn, um diese Uhrzeit so viele Gäste anzutreffen. Scheinbar beabsichtigten mehr Menschen, als er gedacht hatte, am Sonntag lieber nicht allein zu Hause frühstücken zu wollen. Ihn hätten ja keine zehn LKWs dazu gebracht, so früh aufzustehen, wenn er nicht um halb zehn hätte auf der Dienststelle erscheinen müssen.

Von seinem Fenster aus konnte er beobachten, dass der Weihnachtsmarkt langsam zum Leben erwachte. Die Laute drangen nur gedämpft zu ihm herauf. Doch er wusste, dass die Menschen sich etwas zuriefen, welche Geräusche die Transportkarren machten, mit denen Kisten voller Glühwein und Bierfässer angeliefert wurden, wenn sie über Leitungen oder Schläuche hinwegholperten.

Er genoss sein Frühstück, besonders das Rührei. Allerdings bedauerte er es nicht nur, dass es keine Campingwecken gab, sondern auch die Tatsache, dass die Bedienung ihn auf seine Nachfrage hin mit verständnislosem Blick anschaute.

Das würde definitiv zu seinen ersten Amtshandlungen zählen: eine Bäckerei ausfindig zu machen, die wunderbar aromatische Campingwecken herstellte.

Als er nach dem Bezahlen erneut aus dem Fenster blickte, nahm er drei Männer wahr, die ganz offensichtlich angestrengt miteinander diskutierten. Jedenfalls sprachen sie erregt und zeigten mit großen Gesten auf einen Stand, dessen Rückseite zu Kofi zeigte. Wo hatte er den weißblonden Typen bloß schon einmal gesehen?

Gestern Abend in Bad Salzdetfurth?

Konnte das Lillis Vater sein?

Möglich, sie hatte ja davon gesprochen, dass er für die ‚Freundlichen Hildesheimer' arbeitete und wohl auf dem Weihnachtsmarkt zu tun hatte.

Worüber die drei sich stritten, interessierte ihn. Vielleicht konnte er sich anschleichen und sie im Vorbeigehen belauschen.

‚Sei nicht albern', verwarnte er sich selbst. ‚Vermutlich geht's um Fluchtwege oder irgendwelche anderen Brandschutzauflagen. Nichts Spannendes.'

‚Kann man nicht wissen', widersprach sein innerer Jäger. ‚Vielleicht geht es um gepanschten Glühwein oder um Schwarzarbeit.'

‚Genau, wahrscheinlich wurde das Rentier entführt und Mister Frost verlangt hunderttausend Schokorosinen Lösegeld.'

Erleichtert registrierte Kofi, dass sein innerer Gesprächspartner sich zurückzog. Beleidigt zurückzog?

„Mach dich nicht lächerlich", brummte er, während er seine Jacke anzog.

„Wie bitte?", fragte ein Herr am Nachbartisch.

„Nichts, entschuldigen Sie, ich habe quasi mit mir selbst gesprochen." Kofi konnte sehen, dass der Mann ihm nicht glaubte. Das konnte er nun auch nicht ändern. Mit einem freundlichen Kopfnicken verabschiedete er sich und ging.

Er trat aus dem Haus und bewegte sich zügig auf die Fußgängerzone zu. Erst als er an der Jakobikirche vorbeiging, erkannte er, dass er die falsche Richtung eingeschlagen hatte. Er drehte sich um und rempelte gegen einen Mann, der mitten auf dem Weg stehen geblieben war.

„Passen Sie doch auf", fuhr er Kofi an.

„Sorry, war keine Absicht."

„Blöder Wichser!"

Kofi zuckte zurück. Was sollte das denn?

Lautes Johlen ließ ihn zur Seite blicken. Ein paar jüngere Leute mit zwei Hunden, die überwiegend wie Punks aussahen, dazu zwei offensichtlich abgerissene Gestalten in kantigen Mänteln, hockten auf den Stufen vor der Kirche und bettelten.

„Und ihr haltet gefälligst die Klappe, lichtscheues Gesindel", sagte der Mann und schüttelte dabei seine Faust in Richtung der Punks.

Irritiert schaute Kofi wieder zu dem Mann zurück. Doch der hatte sich abgewandt und lief bereits am Kaufhaus vorbei.

Nur die hellen Haare hoben ihn von den anderen Passanten ab.

Wenn das tatsächlich Lillis Vater war, hatte Kathi sich ja eine nette Freundin ausgesucht.

Kofi drehte sich zu den Punks um. „Kennt ihr den?"

„Haste mal 'nen Euro?"

„Können auch zwei sein", sagte eine Frau, die an einem der Hunde lehnte und ihm das Fell kraulte.

Kofi lachte, ließ einen Euro in den Becher fallen und fragte noch einmal: „Kennt ihr den Mann?"

„Welchen Mann?"

„Den Weißblonden von eben."

„Kein Plan, Mann."

„Doch Harro, der kommt öfter hier vorbei", sagte ein Jüngling mit einem Irokesen, allerdings nicht zu Kofi, sondern zu dem Mann neben sich.

„Der ist creepy", flüsterte die Frau mit dem Hund. „Der steht in letzter Zeit öfter da rum und beobachtet uns."

„Du spinnst", erwiderte der Ältere, der zuvor gesprochen hatte.

„Nee, echt, seit ein paar Tagen. Manchmal tut er so, als ob er die Litfaßsäule liest. Aber ey, so viel steht da gar nicht drauf."

„Wann ist er Ihnen denn das erste Mal aufgefallen?", fragte Kofi.

„Dit erste Mal? Weiß ich nicht. Vielleicht seit der Weihnachtsmarkt da ist. Kann sein."

„Beobachtet er Sie oder jemand anderen?"

„Biste 'n Bulle oder was?" Der Ältere richtete sich auf und inspizierte Kofi genauer.

„'N schwarzen Bullen, das gibt's doch nicht."

„Danke für die Auskunft, man sieht sich", sagte Kofi und ging die Fußgängerzone wieder hinauf. Er versuchte noch, ein wenig mitzuhören, worüber sie sprachen, nachdem er sich abgewandt hatte, verstand aber nur Satzfetzen, die für ihn keinen Sinn ergaben.

10

Hildesheim, Sonntag, 1. Dezember 2013

Nach dem offiziellen Shakehands durch den Leiter der Inspektion und einer Vorstellungsrunde bei den Kollegen, die Kofi während seiner Abordnung nach Hildesheim im vorigen Jahr noch nicht kennengelernt hatten, kam Kofi gleichzeitig mit dem Hausmeister Leo Wagerer in Molls Büro an.

Da sie keine Zeit gehabt hatten, sich vorher abzusprechen, setzte Kofi sich auf den Besucherstuhl in der Ecke, sodass sie den Hausmeister zwischen sich nehmen und sich gleichzeitig über Augenkontakt abstimmen konnten. Mit seinem früheren Partner Stefan Ollner hatte das in Holzminden immer problemlos geklappt.

Moll nickte ihm zu.

Kofi erwiderte seinen Blick und wartete ab, bis sein Kollege die Präliminarien aufgenommen hatte. Währenddessen beobachtete er Leo Wagerer, der ziemlich angespannt wirkte. Sein rechtes Bein zitterte ununterbrochen auf und ab. Er trug Jeans, ein verwaschenes T-Shirt und eine blaue Steppweste darüber. Seine Jacke hatte er über die Stuhllehne gehängt.

Kofi hätte wetten können, dass Moll ihn zuerst auf sicheres Terrain lenkte, um ihn zu beruhigen.

„Wie lange waren Sie Hausmeister an der Paul-Heyse-Schule?"

„Ich? Wieso? Ach, na ja, zweiunddreißig Jahre, eigentlich bin ich es ja immer noch. Selbst wenn ein Haus leer steht, gibt es einiges zu tun."

„Zum Beispiel?“

„Gefährdungen beseitigen, zum Beispiel.“

„Bäume beschneiden und Schnee fegen, meinen Sie?

„Genau, aber ich muss auch kontrollieren, ob alle Dachziegel fest sind und nach einem Sturm gehe ich einmal um das gesamte Gebäude herum und prüfe die Windfedern.“

„Das heißt, Sie können mit Sicherheit bestätigen, dass das Dach nicht beschädigt war.“

„Da sagen Sie was.“ Er legte beide Handflächen auf die Tischplatte. „Sehen Sie, die Stadt will nicht mehr finanzielle Mittel aufwenden als nötig.“ Er sah von Moll zu Kofi und wartete auf ihr zustimmendes Nicken.

„Das Dach war undicht?“

„Ein kleines Loch, über zwei oder drei, mehr nicht.“

„Dachziegel?“

„Quadratmeter. Hauptsächlich die Glasscheiben vom Lichthof.“

„Das klingt für mich beachtlich.“

Wagerer winkte ab. „Im Verhältnis zur gesamten Dachfläche nicht.“

„Für die Gebäudesubstanz ist das eher schädlich, oder?“

Wagerers entrüsteter Gesichtsausdruck hätte jeder Laienspielbühne Ehre gemacht. „Selbstverständlich habe ich das komplette Loch abgedichtet, mit Latten und Planen. Da hat es nicht hereingeregnet, auf keinen Fall.“

„Für die Hitze der Flammen war die Plane allerdings kein Hindernis, oder?“

„Wahrscheinlich nicht. Wissen Sie denn, wo der Brand ausgebrochen ist?“

„Noch nicht endgültig. Die Brandsachverständigen arbeiten mit Hochdruck daran, alle Spuren zu sichern und auszuwerten."

„Wenn Sie mich fragen", sagte Wagerer und beugte sich über den Tisch, als wollte er ein Geheimnis verraten, „hat es in der Eingangshalle, unten vor der Treppe angefangen. Dieser Lichthof war damals etwas ganz Besonderes, als die Schule erbaut wurde. Aber eine Glas-Stahl-Konstruktion kommt eben eher in die Jahre als Ziegelmauerwerk oder ein fachmännisch gedecktes Dach. Genau darunter befindet sich die Eingangshalle, und die ist mit Granitfußboden ausgestattet worden. Da sehen Sie nach mehr als hundert Jahren noch keinen Abtrag. Qualitätsarbeit war das früher, nicht so 'n Pfusch wie heute. Jedenfalls kann das Feuer nur da ausgebrochen sein." Er verzog den Mund. „Deswegen muss es auch Brandstiftung gewesen sein."

„Wie kommen Sie darauf?"

„Das Loch im Dach ist genau darüber, und irgendwie ist das Feuer ja nicht durch die Flure gewandert. Ich habe gesehen, wie hoch die Flammen aus dem Dachfirst schlugen. Aber die Halle selber war komplett leer geräumt. Kein Stuhl, keine Bank, nicht mal mehr ein Papierkorb."

„Verstehe. Können Sie mir das mit den Brandabschnitten genauer erklären? Wieso hat nur eine Gebäudehälfte gebrannt?"

Wagerer lehnte sich im Stuhl zurück. „Ehrlich gesagt, damals fand ich das alles ziemlich überkandidelt. Sehen Sie, dieses Haus stammt aus dem Jahr 1887. Mehr als hundert Jahre war alles paletti. Und dann kommt plötzlich so eine städtische Kommission vorbei und stellt fest, dass die Gänge zu lang sind."

„Erstaunlich", warf Moll bestätigend ein.

„Ich hab gedacht, mein Hamster bohnert, als die verkündet haben, dass überall Brandschutztüren eingebaut werden müssten. In jeder Etage. Ich möchte nicht wissen, was das an Geld verschlungen hat."

„Wann wurden die Brandschutzabschnitte eingerichtet?"

„2002."

„Das wissen Sie so genau?"

„Was glauben Sie, was das für ein Aufwand war. So viele Überstunden wie in dem Jahr hatte ich noch nie."

„Ich frage mich, wer davon wusste."

„Wie meinen Sie das?"

„Wer sich nicht beruflich mit solchen Themen beschäftigt, rechnet garantiert nicht mit so etwas, oder?"

„Ach so. Klar, nee, sicher nicht. Man hätte zwar die Metalltüren wahrnehmen können, aber nee, macht keiner."

„Jedenfalls waren die Türen geschlossen, sonst hätte das Feuer bestimmt auf die andere Seite übergegriffen."

„Darauf habe ich immer großen Wert gelegt, bei all meinen Kontrollgängen."

„Und das haben Sie auch den, nun sagen wir mal, gelegentlichen Besuchern gesagt?"

Wagerer schrumpelte in seinem Stuhl zusammen, sodass Kofi befürchtete, er würde aus seinem Anzug purzeln. „Ich habe mir nie etwas zuschulden kommen lassen, zweiunddreißig Jahre lang nicht."

„Das glaube ich Ihnen gern. Darum geht es uns überhaupt nicht. Wir wollen von Ihnen nur wissen, wie viele Menschen sich in dem Haus aufgehalten haben."

„Die Gebäudewirtschaft erfährt nichts davon?"

Moll verzog den Mund. „Solange uns niemand fragt, nein."

„Okay.“ Wagerer holte tief Luft.

Kofi überlegte kurz, ob er ihm ein Glas Wasser anbieten sollte. Doch bevor er sich entschieden hatte, sprach der Hausmeister bereits weiter. „Ich habe auch mal Maurer gelernt.“

„Verstehe“, sagte Moll.

Kofi hingegen verstand den Zusammenhang nicht.

„Bei Herrn Grebstein?“, fragte Moll.

Kofi hätte zu gern gewusst, wer Herr Grebstein ist, wagte aber nicht zu unterbrechen.

„Genau.“

„Und dann ging es mit ihm bergab?“

Wagerer nickte schwerfällig. „So was geht schnell, heutzutage. Zwei oder drei Aufträge, die nicht oder stark verzögert bezahlt werden, schon reagiert die Bank verschnupft, man kann die Löhne nicht zahlen. Da ist man schneller pleite, als ein Kaninchen an die Wand scheißt. Ups, entschuldigen Sie. Aber das regt mich auf. Die Kleinen müssen es immer ausbaden.“

„Sie waren empört, als Sie von Grebsteins Insolvenz erfuhren?“

„Kallo hat immer mal wieder kleinere Aufträge in der Heyse-Schule übernommen.“

„Dadurch sind Sie all die Jahre in Kontakt geblieben.“

Kofi bewunderte Molls Geduld. Er pirschte sich ausgesprochen gemächlich an sein Ziel heran.

Wagerer nickte nur.

„Und deshalb haben Sie ihm Hilfe angeboten, als er sie brauchte?“

Kofi konnte sehen, dass Wagerer diese Formulierung schätzte.

„Genau, genau, helfen muss man doch.“

„Wie haben Sie geholfen?“

„Manche Leute sind nicht wirklich für die Straße gemacht, sie leiden dort. Deshalb hab ich ihm gesagt, dass die Klappe vor dem Kohlenkeller nicht verschlossen ist. Das schadet doch niemandem.“

„Wenn Herr Grebstein nicht derjenige war, der den Brand verursacht hat, haben Sie recht.“

Wagerer zuckte zurück. „Warum sollte er? Kallo hatte nur Vorteile davon.“

„Vorteile? Sie meinen, ein Dach über dem Kopf?“

Wagerer lachte unvermutet. „Einmal Unternehmer, immer Unternehmer. Da kann man nur mit den Ohren schlackern.“

„Ich fürchte, das müssen Sie mir erklären.“

„Er hat untervermietet.“

Kofi dachte, er hätte sich verhört. Untervermietet? Ein Obdachloser vermietet Räume in einem leer stehenden städtischen Haus? An andere Obdachlose? Oder vielleicht sogar an Abenteuerurlauber?

„Bitte?“ Moll sah genauso verdutzt aus wie Kofi sich fühlte.

„Es muss ja schließlich alles seine Ordnung haben.“ Wieder sah Wagerer erwartungsvoll von Moll zu Kofi. Als die beiden nicht entsprechend reagierten, erklärte er: „Was nichts kostet, ist nichts wert, das weiß man ja. Deshalb ist Kallo auf die Idee gekommen, zuverlässigen Bedürftigen eine preiswerte Übernachtungsmöglichkeit anzubieten.“

„Was muss ich mir unter zuverlässigen Bedürftigen vorstellen?“

„Bettler, da verdienen manche gar nicht schlecht, sage ich Ihnen. Fahrende Händler, reisende Zimmermannsgesellen und so. Solch ein Angebot spricht sich schneller herum, als ein Kaninchen ...“

Moll hob eine Hand. „Ich hab's verstanden. Haben Sie einen Anteil von den Einnahmen bekommen?"

„Nein, auf keinen Fall."

„So, so. Da fällt mir noch etwas ein. Was sollte denn mit dem Gebäude geschehen? In naher oder ferner Zukunft. Gab es da bereits eine Entscheidung?"

Wagerer rümpfte die Nase. „Ein Käufer hat sich nicht gemeldet. So wurde es immer wahrscheinlicher, dass das Gebäude irgendwann abgerissen werden sollte." Er seufzte. „Kurzfristig wollte man dort Asylbewerber unterbringen."

„Wussten Sie das als Interner, oder war das allgemein bekannt?"

„Jeder hätte es wissen können, aber die Verantwortlichen sind nicht damit hausieren gegangen."

11

Hildesheim, Montag, 2. Dezember 2013

Als Iris Bender die Rolltreppe in die erste Etage der Arneken Galerie hinauffuhr, sah sie Manuel an der Brüstung stehen. Er signalisierte ihr, dass bereits jemand auf sie wartete.

Das gefiel ihr nicht.

Sie zog es vor, an ihrem Tisch zu sitzen und den Kunden zu beobachten, wie er auf sie zukam. Außerdem gab es ihr Sicherheit, wenn die WLAN-Verbindung stand und sie ihrem Laptop sofort einige grundlegende Informationen entlocken konnte. Einerseits, um die potenziellen Auftraggeber zu beeindrucken, andererseits, um für sich selbst abzuklären, wie viel Aufwand auf sie zukommen würde, wenn sie den Auftrag annahm.

Manuel begrüßte sie mit Küsschen rechts und Küsschen links und flüsterte: „Sieht aus wie eine Lehrerin, wie eine strenge Lehrerin."

„Ist sie schon lange da?"

„Stand bereits an der Säule, bevor wir aufgemacht haben. Cappu?"

„Unbedingt."

Iris schulterte ihre Laptoptasche und steuerte auf ihren Tisch zu, an dem sie jeden Morgen ihr Büro eröffnete. Inzwischen war sie mit ihrem Informationsmaklerbüro ziemlich bekannt geworden. Gerade hatte sie die Preise für Recherchen erhöhen müssen. Oberstufenschüler hatten sie entdeckt. Einige besaßen scheinbar mehr Bargeld als Sitzfleisch. Ohne mit der

Wimper zu zucken, zahlten sie fünfzig Euro für ein Referat. Drei Seiten Text, ein paar hübsche Bilder, genug Inhalt für zehn Minuten vor der Klasse. Iris brauchte knapp eine halbe Stunde dafür. Also eigentlich leicht verdientes Geld, aber irgendwie erschien es ihr trotzdem unmoralisch.

Sie scannte die Frau, die da an ihrem Bistrotisch saß. Hager. Mindestens sechzig Jahre alt. Graublond. Was trug sie? Ein Kostüm und bequeme Schuhe. Vermutlich hatte Manuel recht.

Plötzlich fragte Iris sich, ob die Frau wohl kam, um ihr die Leviten zu lesen, weil sie die Referate ausgearbeitet hatte?

Iris atmete tief durch, setzte ein verkaufsförderndes, seriös wirkendes Lächeln auf und sagte: „Guten Morgen, wie kann ich Ihnen helfen?"

Die Fremde sprang auf und antwortete: „Guten Morgen. Entschuldigen Sie bitte, dass ich Sie so früh belästige, aber ich habe sehr schlecht geschlafen. Verständlicherweise. Doch das hat natürlich gar nichts mit Ihnen zu tun." Sie hielt inne. „Verzeihen Sie bitte, ich plappere. Das ist sonst nicht meine Art. Bitte nehmen Sie Platz. Tun Sie, was Sie sonst immer tun, bevor Sie Ihren Arbeitstag beginnen. Beachten Sie mich nicht."

„Schon gut. Setzen Sie sich. Ich packe meinen Laptop aus und lasse mir einen Cappuccino bringen, dann kann's losgehen."

„Das klingt sympathisch. Darf ich Sie einladen?"

‚Das klingt ebenfalls äußerst sympathisch', dachte Iris und sagte: „Ja, gern, möchten Sie auch einen?"

„Mit Sahne? Unbedingt."

Iris grinste und hob zwei Finger in die Höhe, um Manuel anzuzeigen, dass er zwei Cappus bringen sollte.

Während der Laptop bootete, löffelten die beiden Frauen schweigend die Sahne von ihren Tassen.

Erstaunt stellte Iris fest, dass sie sich in der Gesellschaft der Frau wohlfühlte. Sie stellte ihr MIB-Fähnchen auf den Tisch und sagte: „Ich heiße Iris Bender, und Sie?" Sobald das Fähnchen stand, war ihr Büro geöffnet.

„Isolde Gerhardt."

„Sie sind Lehrerin?"

Iris freute sich über den anerkennenden Blick ihrer Gesprächspartnerin.

„Pensioniert, seit den Sommerferien. Nach zweiundvierzig Jahren im Schuldienst."

Beinahe automatisch überlegte Iris, ob sie vielleicht auch einmal von Frau Gerhardt unterrichtet worden war. „An welcher Schule?"

„Paul-Heyse."

Iris konnte dem lauernden Blick der Frau entnehmen, dass sie mit einer Reaktion rechnete. Doch sie wusste nicht, was ihr das sagen sollte.

„Sie wissen es noch nicht, oder?"

„Scheinbar nicht. Worum geht es?"

Isolde Gerhardt legte eine Ausgabe der Hildesheimer Zeitung auf den Tisch. „Am besten Sie lesen selbst."

Der Brand der Paul-Heyse-Schule dominierte die Titelseite und die gesamte erste Hildesheim-Seite im Innenteil. Iris las alle Informationen, inklusive Kommentar des Chefredakteurs. Dann sagte sie: „Kannten Sie den Toten?"

„Nicht, dass ich wüsste."

Iris faltete die Zeitungsseiten zusammen und gab sie zurück. „Was kann ich für Sie tun?"

„Sagt Ihnen Paul Heyse etwas?"

„Bedaure, nein."

„Er war Schriftsteller, ein durchaus kontrovers wahrgenommener und diskutierter. 1913 war er persönlich anwesend, als die Schule seinen Namen erhielt, doch einige der Honoratioren weigerten sich, ihm die Hand zu geben.“

„Warum?“

Isolde Gerhardt lächelte süffisant. „Wegen seiner erotischen Szenen.“

„In Wirklichkeit?“

„In seinen Geschichten.“

„1913?“

„Eben.“

„Werden seine Bücher heute noch verkauft?“

„Sie finden sie kostenlos im Netz, einige sind durchaus für heutige Leser noch empfehlenswert, speziell die Novellen.“

„Sie sind aber nicht hierhergekommen, um mir einen Lesetipp zukommen zu lassen?“

„Natürlich nicht. Wäre vielleicht ein hübscher Nebeneffekt. Mein Anliegen ist leider weniger amüsant.“

„Hat es mit dem Brand zu tun?“

„Im Prinzip, ja. Das Feuer hat mir gezeigt, wie vergänglich alles ist.“

„Okay.“

„Ich schreibe die Geschichte der Paul-Heyse-Schule auf. Viele Informationen habe ich zusammengetragen, in Gesprächen mit Ehemaligen, aus dem Archiv und so weiter. Unter anderem habe ich versucht, herauszufinden, was aus den Schulleitern geworden ist, nachdem sie die Schule verlassen haben. Bei einem ist mir das jedoch nicht gelungen.“

„Da komme ich ins Spiel?“

Isolde Gerhardt nickte, ließ sich allerdings in ihren Gedanken nicht unterbrechen. „Es geht um den Schulleiter Ruprecht Eckstein. Er wurde 1941 in einer Erdkundestunde vor der Tafel verhaftet. Gerüchte besagen, dass er wieder freigekommen ist, aber emigrieren musste."

„Was hat man ihm vorgeworfen?"

„Er hat sich geweigert, die damals unerwünschten Elemente der Schule zu verweisen, war kein Parteimitglied, aktiv in der Kirche, hat jede Möglichkeit ausgenutzt, die sich ihm bot, es gab genug Gründe."

„Haben Sie weitere Informationen für mich? So etwas wie das Geburtsdatum, Familienstand, eine Adresse, hatte er Kinder?"

„Alles, was ich herausfinden konnte, habe ich für Sie notiert." Sie unterbrach sich für einen Moment und übergab Iris einen Ordner. „Sehen Sie, Namensgebung 1913, abgebrannt 2013, hundert Jahre Schulgeschichte, das ist schicksalsträchtig, oder? Obwohl das Gebäude an sich etwas älter ist."

Iris blätterte die dicke Mappe durch, die Isolde ihr gegeben hatte.

„Das sind alles Kopien. Die können Sie gern behalten und sich eigene Notizen machen."

„Frau Gerhardt, das ist nicht in einer halben Stunde zu bewältigen."

„Kein Problem. Ich habe hier fünfhundert Euro in einem Couvert. Recherchieren Sie, bis das Geld aufgebraucht ist, dann sehen wir weiter."

„Fünfhundert Euro sind viel Geld, um einen einzelnen Mann aufzutreiben, der sich vielleicht sehr viel Mühe gegeben hat, damit er nicht gefunden wird. Der vielleicht auch zu Recht nichts mehr mit Deutschland zu tun haben will."

„Da haben Sie recht. Darüber habe ich ebenfalls schon nachgedacht. Doch das Risiko nehme ich in

Kauf. Sie werden noch ein paar weitere Lücken entdecken: Das Jahr 1925 beispielsweise fehlt mir komplett. Keine Einträge in der Schulchronik, nichts. Und dann hier: 1956 -58, sehen Sie, irgendwelche Umbauarbeiten. Ach ja, und der Hausmeister fehlt noch zwischen 1974 und 1978, seine Frau hieß Martha, aber er? Ich würde mich freuen, wenn Sie diese Lücken ebenfalls alle füllen könnten. Am allerliebsten wäre es mir, wenn Sie auch Fotos oder Ähnliches ausfindig machen könnten."

„Oder ‚Ähnliches'?"

„Na, vielleicht hat jemand noch ein altes Aufsatzheft, die erste Fibel oder ein selbst gesticktes Nadelkissen. Da hängen doch viele Erinnerungen dran, oder?"

Iris nickte zustimmend. „Sicher möchten Sie Kontaktdaten, falls ich noch weitere Ehemalige finde, oder?"

„Unbedingt, wenn Ihnen das gelänge, wäre ich Ihnen überaus dankbar."

„Das mache ich gern. Wie soll ich Ihnen Bericht erstatten?"

Isolde kramte in der Handtasche. „Ich habe ein Handy. Schicken Sie mir eine Kurznachricht, dann treffen wir uns hier zum Frühstück, und Sie berichten." Sie zog das Mobiltelefon aus einer Socke, drehte es um.

Iris sah, dass die Nummer auf einem Aufkleber auf der Rückseite stand, lächelte und notierte sie.

„So machen wir's."

12

Hildesheim, Montag, 2. Dezember 2013

„Warum legt man ein Feuer?“, fragte Moll und lehnte sich in seinen Schreibtischstuhl zurück.

„Weil man friert, weil man sich ein Steak grillen will oder einfach nur, um es gemütlicher zu haben“, antwortete Kofi und schaute seinen Kollegen dabei mit seinem treuherzigsten Augenaufschlag an.

„'N Clown gefrühstückt, oder was?“

„Nein, Rührei und Toast, wieso?“

„Kerl, ich mach dir gleich Feuer unterm Hintern ...“

„Schon gut, schon gut.“ Kofi hielt demonstrativ seine rechte Hand in die Höhe und zählte mit der linken ab: „Erstens, um die eigenen Spuren zu verwischen, zweitens könnte es um Versicherungsbetrug gehen. Als dritter Grund kommen Mord oder Selbstmord in Betracht. Die sind aber eher ungewöhnlich. Viertens ...“, er war jetzt beim kleinen Finger angekommen, „Terrorismus und fünftens, der Täter ist völlig durchgeknallt und zündelt gern, weil seine Mama ihn zu früh aufs Töpfchen gesetzt hat oder weil er in der Pubertät immer die Spülmaschine ausräumen musste, während seine Schwester sich die Fingernägel lackieren durfte.“

Moll knurrte.

„Was passt dir nun schon wieder nicht?“

„Erstens hast du Rache als Grund vergessen, und zweitens kenne ich unser Handbuch mindestens zehn Jahre länger als du.“

„Warum fragst du mich dann?“

„Och, nur so, ich dachte, wir wollten einen Fall klären. Aber wir können natürlich stattdessen noch ein wenig herumalbern."

Kofi kicherte. „Vorhin hast du gesagt, Spekulationen bringen uns nicht weiter. Wir warten, bis die Brandermittler mit den ersten Ergebnissen kommen."

Moll sah ihn mit schief gelegtem Kopf an. „Hol uns wenigstens einen Kaffee."

Kofi war gerade aufgestanden, als die Tür aufflog.

Caroline stürmte herein. „Hi Jungs, alles easy?"

Sie tätschelte Kofis Wange und warf Moll einen Handkuss zu. „Hier kommt Arbeit für euch."

„Na endlich", seufzte Moll.

„Was soll das denn heißen? Da waren Brandermittler an der Arbeit, nicht die Feuerwehr."

Moll stöhnte theatralisch. „Jetzt fängst du auch noch mit dem Dummschwätzen an. Los, Fakten auf den Tisch und ran an die Arbeit."

Caroline schaute zu Kofi. Der zuckte mit den Schultern. Daraufhin legte sie ihre Papiere auf den Tisch. „Das fängt ja gut an mit euch beiden."

„Schwätz nicht. Was hast du?" Moll beugte sich über die Dokumente.

„Es dauerte nach der Feuer-aus-Meldung noch knapp zweieinhalb Stunden, bevor der zuständige Bauingenieur uns erlaubte, das Gebäude zu betreten. Ihr wisst, time is of the essence. Je eher wir einen Brandherd untersuchen können, umso größer ist die Wahrscheinlichkeit, dass wir etwas Entscheidendes feststellen können. Die meisten Substanzen, mit denen man einen Brand legen oder beschleunigen kann, sind flüchtig."

„Weiß ich alles, komm zum Punkt."

Kofi unterbrach ihn. „Bist du auch Brandermittlerin, Caroline?"

Die lachte. „Was denkst du? Meinst du, das Land Niedersachsen kann sich für jedes Fachgebiet einen eigenen Experten leisten? Da spendiert man uns lieber ein paar Fortbildungen. Aber ich war nicht alleine vor Ort. Ein mit Brandstiftung erfahrenerer Kollege aus Hannover hat mich begleitet." Sie ließ ihre Hand auf die Tischplatte fallen, weil Moll versucht hatte, ihre Papiere zu sich heranzuziehen.

„Finger weg, die verstehst du sowieso nicht."

Moll knurrte erneut.

„Die ersten Zeugenbefragungen ergaben, dass die Leute, die den Brand gemeldet hatten, gelbe Flammen und weißen Rauch beobachtet hatten."

„Also wurde Benzin verwendet", warf Moll ein.

„Vermutlich, wir konnten den Entstehungsort des Feuers relativ problemlos bestimmen. Das Feuer hat sich von dort aus hauptsächlich nach oben weiterentwickelt."

„Warum das?"

„Die Eingangshalle, übrigens eine beeindruckende Konstruktion, ist komplett mit dicken, alten Steinplatten ausgelegt. Von dort aus führt eine steinerne Treppe bis in die oberste Etage. Und über allem thront ein Giebel, in den ein Buntglasfenster und ein Lichthofdach eingelassen waren."

„Verstehe, das bedeutet, das Treppenhaus funktionierte an sich schon wie ein Kamin", überlegte Moll.

„Und das Loch im Dach hat den Effekt zusätzlich unterstützt", ergänzte Kofi.

„Loch im Dach?", fragte Caroline.

„Hat uns der Hausmeister erzählt. Aber weiter, was habt ihr außerdem herausgefunden?" Moll war immer noch ungeduldig. Kofi verstand nicht, warum er so hibbelig drauf war. Es drohte doch keine Folgetat, keine Vertuschungsaktion, oder?

Caroline lächelte ihn an. „Willst du einen Rekord aufstellen? ‚Brandstifter innerhalb von sechs Stunden verhaftet. Superpolizist löst Fälle im Akkord'."

Ungeduldig klopfte Moll auf den Tisch. „Komm zum Punkt. Wo genau?"

„Glas schmilzt bei etwa 815 °Celsius. Wenn das passiert, befinden wir uns ziemlich nah am Brandherd. Neben der Treppe befand sich die Hausmeisterloge. Ihr wisst schon, wo Kakao und Süßigkeiten verkauft werden."

Kofi und Moll nickten.

„Nun, von der Konstruktion stehen nur noch ein paar Stahlträger, alle leicht verzogen. Wir haben Proben unter den Scheuerleisten an der gegenüberliegenden Wand genommen, aber natürlich ebenfalls rund um den Brandherd selbst."

„Was habt ihr gefunden? Benzinrückstände?"

„Auch. Aber interessanter ist jedoch Folgendes: wir haben festgestellt, dass Streichhölzer verwendet wurden, um eine Matratze anzuzünden."

„Eine Matratze?", fragte Moll.

„Ihr habt Streichhölzer gefunden? Die verbrennen doch", wandte Kofi ein.

Caroline schien ihm für seinen Einwurf dankbar zu sein, denn sie erklärte: „Streichholzköpfe enthalten Kieselalgen. Die befinden sich grundsätzlich in dem Gestein, das man verwendet, um Streichhölzer herzustellen. Kieselalgen sind winzige Lebewesen, deren Schalen Siliziumdioxid enthalten. Und dieses Siliziumdioxid übersteht sehr hohe Temperaturen. Da jeder Streichholzfabrikant unterschiedliches Gestein verwendet, sollten wir bald in der Lage sein, die Marke festzustellen."

„Ich tippe auf Aldi Nord", sagte Moll ungerührt, „ohne Dampfspurenanalyse."

„Wie kommst du darauf?", wollte Caroline wissen.

„Wir reden über eine Tat im Obdachlosenmilieu. Ich glaube kaum, dass die in der ‚Kupferschmiede' dinieren und sich anschließend mit der Rechnung ein Päckchen Streichhölzer für die Zigarre danach bringen lassen."

Kofi bewegte den Kopf langsam von links nach rechts. „Legst du dich damit nicht ein bisschen sehr einseitig fest?"

Moll wirkte wahrhaftig überrascht. „Wieso? Hast du noch andere Aspekte?"

„Na ja, ich hab mich gefragt, an wen dieser Grebstein Zimmer vermietet haben könnte."

„Zimmer vermietet?", fragte Caroline.

Kofi informierte sie mit wenigen Sätzen über die Aussage des Hausmeisters. Dann ergänzte er: „Ich kann mir einfach nicht vorstellen, dass man mit Obdachlosen in dieser Hinsicht ein Geschäft machen kann. Höchstens bei schlechtem Wetter, im Winter und so."

„Klingt plausibel. Und weiter?"

„Asylbewerber, Flüchtlinge, Illegale jeder Couleur sind mir eingefallen. Man könnte in einer leer stehenden Schule auch Sachen lagern, die man als findiger, aber leicht illegaler Unternehmer lieber nicht zu Hause hinter dem Sofa aufbewahren möchte."

Moll legte die Stirn in Falten. „Interessante These. Caro, habt ihr etwas gefunden, was das belegt?

„Möglich, ich selbst war hauptsächlich mit dem hannoverschen Kollegen und seinem Vapor Trace Analyzer in der Eingangshalle und im Treppenhaus unterwegs, um Proben zu sammeln. Aber meine beiden Kollegen sind durch alle Räume geschlichen, und sie haben durchaus, wie haben sie sich ausgedrückt, ah ja, Anzeichen rechtswidriger Nutzung festgestellt. Allerdings würde ich lieber noch ein wenig am Brandausbruchsort verweilen, wenn es euch recht ist." Ohne ihre Reaktion abzuwarten, sprach sie weiter. „Wir haben zwischen den Überresten der Matratze, die vermutlich in die Eingangshalle gebracht wurde, um Material zum Feuerlegen zu haben, die gleichen weißen Partikel gefunden wie in der Wunde des Toten. Unsere Untersuchungen haben ergeben, dass es sich nicht um Porzellan handelt, sondern um opakes Glas. Dieses Hartglas ist beispielsweise unter dem Markennamen ‚Arcoroc' im Handel. Wahrscheinlich haben wir es mit einer Flasche zu tun."

„In der der Brandbeschleuniger transportiert wurde?"

„Nein, die Flasche enthielt wohl Alkohol, aber keinen hochprozentigen. Das hätte nicht funktioniert."

„Und was hat euer Gaschromatograf an Erkenntnissen beigesteuert?"

„Hauptsächlich, dass das Benzin, vermutlich ein Gemisch, wie es für Mofas oder Rasenmäher verwendet wird, über der Matratze ausgeschüttet wurde, bevor der Tote darauf gelegt wurde. Damit kommen wir überhaupt zur Leiche." Sie sah fragend von Kofi zu Moll, da die beiden nickten, sprach sie weiter: „Pepino hieß im richtigen Leben Peter Lohstein, ist vor etwa drei Jahren aus Richtung Bremen bei uns aufgetaucht. Hat das Stadtzentrum so gut wie nie verlassen."

„Woher weißt du das?", fragte Kofi erstaunt.

„Hildesheim gönnt sich, auf öffentlichen Druck hin, versteht sich, sogenannte Streetworker, die sich um die ortsübliche Trinkerszene kümmern sollen."

„Sollen sie denen einen ausgeben, oder was?"

„Nein, verhindern, dass sie randalieren, alles vollkotzen, in die Hauseingänge pinkeln oder Leute belästigen, sie eben im Auge behalten, damit die Situation an den einschlägigen Treffpunkten nicht eskaliert."

„Ich habe an der Jakobikirche ebenfalls eine Gruppe zwielichtiger ..."

„Das ist einer der betreuten Treffpunkte. Jedenfalls ist Lohstein eindeutig an Asphyxie gestorben. Ich habe Rußpartikel im Mund, im Hals, in den Atemwegen und in den Lungen gefunden. Sein Kohlenmonoxidspiegel liegt bei sechsundachtzig Prozent."

„Ab zwanzig Prozent wird uns schwindelig, und wir können nicht mehr zielgerichtet vorgehen, ab fünfunddreißig Prozent kommt es zu Schwächeanfällen, und ..."

„Bei rund fünfzig Prozent verliert das Opfer das Bewusstsein", ergänzte Caroline und warf Moll einen vorwurfsvollen Blick zu.

„Das bedeutet, dass er ziemlich lange bewusstlos im Keller der Schule gelegen haben muss, oder?"

„Ja, es kann auch sein, dass er ein starker Raucher war und dadurch sein Kohlenmonoxidspiegel sowieso erhöht war."

„Zwei Dinge noch", sagte Moll. „Hätte ihn die Kopfverletzung getötet? Und wie entstand die Verbrennung am Fuß?"

„Nein, die Kopfverletzung hätte ihn vermutlich nicht getötet, vorübergehende Bewusstlosigkeit, eine Gehirnerschütterung, nicht lebensbedrohlich. Nur dadurch ergibt sich die Verbrennungsursache. Er lag auf der Matratze, als das Feuer angezündet wurde. Wie gesagt, bewusstlos. Vielleicht ist er durch die Schmerzen aufgewacht und instinktiv weggekrochen."

„Um dann die Katzen zu retten?"

„Durchaus möglich. Er musste sich aufrichten, um die Brandschutztür zu öffnen. Sobald er durch war, hat er sie eindeutig wieder zugedrückt."

„Und fühlte sich dadurch in Sicherheit."

„Relativ. Der Rauch stellte jedenfalls im Moment keine Bedrohung mehr dar."

„Trotzdem, warum ist er erst nach oben gestiegen, in die Hausmeisterwohnung? Nur um die Katzen zu holen?"

„Das wissen wir nicht. Wenn die Tür zur Wohnung offen stand, sind die Katzen vielleicht von allein heruntergekommen, weil sie die Gefahr gerochen haben und nach draußen wollten. Womöglich hat er sie im Treppenhaus aufgelesen."

„Molli, wie war das, als ihr zu der Wohnung kamt?"

„Die Tür war zu, aber nicht abgeschlossen. Doch das heißt gar nichts. Die kann jederzeit zugefallen sein, nachdem die Kätzchen draußen waren."

„Er hat sich die Viecher geschnappt und ist in den Keller gelaufen, gewankt, gewasauchimmert."

„Das wurde ihm zum Verhängnis." Caroline klappte eine Gebäudezeichnung auf. „Die Brandschutzabschnitte wurden in den drei schulisch genutzten Geschossen eingerichtet, jedoch weder im Keller noch auf dem Dachboden."

„Ich verstehe", rief Kofi. „Pepino-Lohstein ging davon aus, dass unten die gleichen Bedingungen herrschen würden wie oben."

„Genau, und dann hat er innerhalb kürzester Zeit so viel Kohlenmonoxid eingeatmet, dass sein Körper wahrscheinlich nur noch das ursprünglich programmierte Ziel anpeilen, aber keine Änderungen mehr vornehmen konnte."

„Das alles gibt uns keinerlei Hinweise auf das Geschehen vor dem Brand", warf Moll ein. „Gab es einen Streit? Hat Pepino-Lohstein etwas beobachtet, was er nicht sehen sollte und musste deswegen sterben?"

„Darüber sollten wir mit diesem Vermieter reden, diesem Grebstein", schlug Kofi vor.

„Wenn du recht hättest, mit deinem Lager für Hehlerware ..."

„... oder Drogen!", sagte Caroline.

„... oder Illegalen", redete Moll unbeirrt weiter, „kann ich mir diverse Szenarien vorstellen, die zu diesem Ende geführt haben könnten."

„Hm", Caroline spitzte die Lippen, „dann wird euer Vermieter allerdings in bester Hasenmanier das Weite gesucht haben."

Kofi brauchte beinahe zwei Stunden am PC, um brauchbare, aktuellere Fotos von Kallo Grebstein aufzutreiben. Aus seiner Geschäftszeit gab es einige, auch Zeitungsartikel über Einweihungen und Ähnliches. Er trieb ein neueres auf, das Grebstein in einer Gruppe anderer zeigte, die auf den Treppen vor der Jakobikirche saßen, während eine zierliche, blonde Frau sich vor ihnen präsentierte. Mareike Schaper, die neue Streetworkerin Hildesheims, an ihrem ersten Arbeitstag.

Kofi druckte diese Seite ebenfalls aus und hoffte, dass es sich bei einem der anderen in der Gruppe um Harro handelte.

Verdammt, hatte einer der Typen vor der Jakobikirche den Älteren in der Gruppe nicht Harro genannt?

13

Hildesheim, Montag, 2. Dezember 2013

‚Er könnte ruhig mal anrufen', dachte Iris Bender, während sie die eingegangenen E-Mails auf ihrem Smartphone checkte. ‚Immerhin ist das heute bereits sein zweiter Arbeitstag bei uns.'

Den Gedanken, dass sie ihn von sich aus anrufen könnte, schob sie weit von sich. Wie sah das denn aus?

Als würde sie ihm nachlaufen.

Aufdringlich.

Penetrant.

Auf keinen Fall.

Auf der anderen Seite, wenn er genauso dachte, kämen sie nicht wirklich voran, mit ihrer Beziehung? Ihrer Freundschaft? Dem Kennenlernen?

Warum sind Menschen so kompliziert?

Iris beschloss, sich lieber um ihren neuesten Auftrag zu kümmern, statt über vergossene Milch zu lamentieren.

Andererseits, eigentlich war ja noch gar nichts vergossen, und eigentlich rief sie ihn nur nicht an, weil sie wollte, dass es so blieb. Aktuell existierte eine latente, gegenseitige Anziehung, die sich weiterentwickeln oder versickern konnte. So gesehen war keine Entwicklung durchaus ein guter Status Quo.

„Du redest Blech, Alte", schalt sie sich selbst und steckte das Handy in die Tasche. „Mach dich lieber an die Arbeit."

Nun denn, also zuerst mal Paul Heyse. Einen Überblick verschaffen, womit wir es eigentlich zu tun haben.

Erster Zwischenstopp: Wikipedia, die würden zumindest die Rahmendaten liefern und ein paar weiterführende Stichwörter zum Recherchieren.

„Nobelpreisträger für Literatur, mit Novellen, war ja klar, Doris Lessing muss für den Nobelpreis achthundertseitige Schinken schreiben, und der Herr Heyse beglückt die Welt mit ein paar Groschenromanen, na danke." Iris scrollte den Text weiter. „1914 schon gestorben, dann waren die Einweihung und die Namensgebung der Hildesheimer Schule tatsächlich auf den letzten Point geschehen." Sie stutzte. „Der war 1913 bereits 83 Jahre alt, und da ist den Verantwortlichen das mit den sexuellen Freizügigkeiten erst aufgefallen? Very strange."

Sie kicherte. „Welch ein cooles Thema für eine Doktorarbeit sich der Herr Heyse ausgesucht hatte: ‚Über den Refrain in der Poesie der Troubadoure', diese Refrains hat er doch garantiert alle abgeschrieben, oder?"

Iris las sorgfältig alle Informationen, die sie finden konnte. Ihr war nämlich aufgefallen, dass Heyses Mutter Jüdin war, er also zumindest Halbjude. Es gab allerdings keinerlei Hinweise darauf, dass die Schule während des Nationalsozialismus einen anderen Namen bekommen hatte. Dann fand sie einen Eintrag zu seinem Drama ‚Colberg', das von den Nazis verfilmt worden war, allerdings mit ‚K' ohne Heyses Namen zu nennen.

Abschließend lud sie sich beim Projekt Gutenberg ‚Colberg' und ‚L'Arrabiata' herunter. Die Novelle hatte sie in weniger als einer halben Stunde gelesen und wusste anschließend nicht genau, was sie davon halten sollte. Nett, ja, aber einen Nobelpreis wert? Und das mit der Erotik musste sie irgendwie verpasst haben. Andere Zeiten, anderer Geschmack, andere Aufreger.

Dafür war ihr Blick noch auf ein Büchlein gefallen, das ein Antiquariat für einen Cent anbot. Zwei Kriminalnovellen, ‚Andrea Delfin' und ‚Fräulein Johanne'. „Da sind die Versandkosten höher als das Buch wert ist. Kann man ja eigentlich nicht viel falsch machen. Sie betrachtete das Titelbild, eine ziemlich dunkel geratene Scribtol-Zeichnung. War das Venedig? Egal. Sie klickte auf ‚Kaufen', alles Weitere würde sich später zeigen.

Letztlich war Heyse nicht wirklich ihr Auftrag.

Iris las alle Dokumente von Isolde Gerhardt sehr sorgfältig. Sie übertrug Daten und Namen auf eine Liste in ihrem PC und markierte die offenen Stellen gelb.

Dann begann sie mit ihren gewöhnlichen Prüfroutinen. Zwei Lücken konnte sie innerhalb von sechs oder sieben Minuten füllen. Über einen Ruprecht Eckstein fand sie jedoch nicht das geringste Bisschen mehr als schon in Isolde Gerhardts Aufzeichnungen stand.

Iris erinnerte sich, dass erst vor Kurzem ein neuer heimatgeschichtlicher Band bei Gerstenberg erschienen war. Er beschäftigte sich mit der Geschichte der Hildesheimer Gymnasien während der Nazi-Zeit. Der Autor, Werner Seidler, war ein ehemaliger Oberstudienrat der Marienschule oder so. Das ließ sich leicht herausfinden. Die Paul-Heyse-Schule war zwar kein Gymnasium, sondern eine Grundschule, aber die Gegebenheiten waren sicherlich überall ähnlich. Außerdem kannten die Schulleiter sich garantiert untereinander.

Sie würde prüfen, ob sie den tausendseitigen Wälzer in der Stadtbibliothek ausleihen konnte. Hoffentlich war Seidler ein Freund von alphabetischen Glossaren und Personenregistern.

Wenn alle Stricke rissen, konnte sie immer noch versuchen, persönlich Kontakt zum Autor aufzunehmen.

Jetzt würde sie sich erst einmal mit Isolde Gerhardt verabreden und ihr die ersten Ergebnisse für ihre fünfhundert Euro liefern.

Komisch, dass ihr diese Schulgeschichte so viel Geld wert war.

Hildesheim, Dienstag, 3. Dezember 2013

Kofi saß hinter seinem Schreibtisch und beobachtete den jungen Polizisten Gunnar Bergmann, der ihm gegenüber an der Wand lehnte. Er hatte sich kurz und knapp vorgestellt und dabei keinen Zweifel daran gelassen, dass er Moll für den Chef hielt und Kofi besser in Holzminden geblieben wäre. Nicht, dass er etwas Derartiges gesagt hätte. Er schwitzte es aus. Seine Körpersprache vermittelte es unmissverständlich. Kofi fragte sich, ob es an seiner Hautfarbe lag oder an der Tatsache, dass der Jungpolizist gehofft hatte, Molls Partner zu werden, nun, nachdem Konny beerdigt war.

Einen Moment lang wollte Kofi ihn da auf den Kopf zu fragen, überlegte es sich aber doch anders. Er würde abwarten, wie die Sache sich entwickelte.

Sie warteten schweigend auf Matthias Moll, der angerufen hatte, weil er sich rund zehn Minuten verspäten würde. Die Zeit verging mindestens so langsam wie bei einer mündlichen Prüfung. Um nicht untätig herumzusitzen, kontrollierte er, ob er E-Mails erhalten hatte. Er musste grinsen. Eine Begrüßungsmail vom Personalrat. Innerhalb der ersten Woche, kein schlechter Schnitt.

Jetzt lauerten sie schon beinahe eine halbe Stunde auf Moll. Gunnar hatte es abgelehnt, sich zu setzen, und wagte nun wohl nicht, doch Platz zu nehmen, obwohl Kofi sich ziemlich sicher war, dass es immer unbequemer wurde, je länger er an der Wand lehnte.

Moll hatte nicht gesagt, was ihn aufhielt, er hatte aber auch nicht aufgeregt geklungen, eher genervt.

Kofi hatte darauf spekuliert, dass Kathi oder seine Exfrau an der Verspätung schuld waren.

So langsam wurde er jedoch ungeduldig. Er hasste es, Zeit zu vergeuden. „Setz dich endlich hin, ich will dir etwas zeigen", sagte er widerwillig zu Gunnar. Er brauchte jemanden, der mitdachte, aber vor allen Dingen jemanden, der sich in der Umgebung auskannte. „Ich habe angefangen, eine Liste mit Brandstiftungen in Stadt und Landkreis anzulegen", erklärte er, nachdem Gunnar seinen stummen Steh-Protest aufgegeben und sich ihm gegenüber hingesetzt hatte. „2013 gab es bisher nur drei, eine in Hildesheim selbst, eine in Sarstedt, eine in Diekholzen." Kofi schob einige Ausdrucke von älteren Zeitungsartikeln über den Tisch. „Nur in Sarstedt wurde ein Haus angezündet, in Diekholzen brannten ein paar Strohballen und hier in der Stadt zwei Müllcontainer."

Gunnar nickte. „Das sieht nicht nach einer Serie aus."

„Überhaupt nicht. Aber 2012 gab es elf Brände, davon vier in leer stehenden Häusern." Kofi schob dem jungen Kollegen auch diese Ausdrucke zu.

Nachdem sie die Artikel sorgfältig gelesen und sich die wichtigsten Fakten notiert hatten, begannen sie nach einer kurzen Absprache, die jeweils zuständigen Kollegen anzurufen und um die Akten oder Dateien zu bitten. Außerdem erkundigten sie sich nach den persönlichen Eindrücken der Ermittler.

Zwei der vier Hausbrände konnten sie sofort von der Liste streichen, da die Täter inzwischen überführt worden waren. Blieben zwei übrig.

Bockenem und Sottrum.

Kofi ging zur Karte und schaute sich an, wo sich die Orte befanden. Er runzelte die Stirn. Wenn er nicht nach Dan-Brown-Manier begann, obskure Muster auf die Karte zu zeichnen, existierte kein offensichtlicher Zusammenhang.

Er zuckte zusammen, als seine Bürotür aufsprang. Moll trat herein. „Hallo Männer, wie wär's mit einem zweiten Frühstück? Ich habe Mettbrötchen mit vielen Zwiebeln mitgebracht."

Gunnar schien genauso erpicht auf Mettbrötchen zu sein wie Kofi. Doch Matthias erstickte ihre Proteste mit einem Wedeln seiner Hand. „Ruhe. Deine Süßkrambrötchen kannst du essen, nachdem wir den Fall gelöst haben. Jetzt brauchst du Kraft für die Ermittlungen und musst essen wie ein Mann, nicht wie ein Eichhörnchen. Und du", wandte er sich an Gunnar, „brauchst dir gar nicht erst irgendetwas Abartiges anzugewöhnen."

„Bären stehen auch auf Süßes, genau wie Bienen", gab Kofi zurück.

„Papperlapapp, iss und berichte. Was habt ihr da für Papierkram?"

Kofi informierte ihn.

„Die beiden Brände in Bockenem und Sottrum weisen insofern Ähnlichkeiten mit unserem auf, als ebenfalls Benzingemisch als Brandbeschleuniger verwendet wurde."

„Aber keine Toten?"

„Nein, in Bockenem zwei verletzte Feuerwehrleute, als das Dach während der Löscharbeiten eingestürzt ist. In Sottrum nichts dergleichen."

Moll nickte. „Wir behalten das im Hinterkopf. Ich habe mal unsere Regionalzeitungen mitgebracht. Selbst die hannoverschen Blätter berichten über den

Brand. Mich wundert allerdings, dass die dabei so großen Wert auf den Namensgeber dieser Schule legen. Die haben den kompletten Lebenslauf von dem Typen in ihren Artikeln verwurstet. Was soll das?"

Kofi überflog die Abschnitte, auf die Moll zeigte. „Nobelpreisträger, Wiederentdecker Italiens, Goethe der Neuzeit, okay, ich hab noch nie von dem Kerl gehört, du?"

Moll schüttelte den Kopf.

Gunnar sagte: „Wir von der Grundschule Nord haben früher gegen die Heyse-Schüler beim Ball-über-die-Schnur-Turnier jedes Mal gewonnen. Aber über den Namensgeber habe ich mir nie Gedanken gemacht."

„Interessant ist dieser Abschnitt, finde ich."

„Wir wollen hier nicht noch mehr Gesindel", las Kofi vor. „Wer sagt das?"

„Dem Artikel nach ein Anwohner, der nicht genannt werden will. Kann also genauso gut sein, dass der Schreiberling sich das aus den Fingern gesogen hat."

„Trotzdem sollte das jemand überprüfen." Noch während er das sagte, traf sich sein Blick mit dem Molls, bevor sie gemeinsam Gunnar ansahen.

„Ich?", fragte der.

„Du!", bestätigte Moll.

„Allein?"

„Kannst ja nachfragen, wer noch Kapazitäten frei hat. Es ist wichtig, dass wir die Stimmung der Anwohner einfangen und festhalten, was so geredet wird. Vielleicht gibt es interessante Spekulationen."

„Das haben doch die Kollegen gestern sofort erfragt."

Moll tippte auf den Zeitungsartikel. „Und, ist dabei irgendetwas Nützliches herausgekommen?"

Gunnar seufzte. „Ich hab nur die Zusammenfassung gelesen. Unergiebig. Natürlich drei oder vier, die jemanden gesehen haben, der sich ins oder aus dem Haus schlich, aber nichts Valides."

„Also brauchen wir jemanden, der sich an den Kiosk stellt, im Supermarkt die Fleischtheke beobachtet oder an der Steingrube mit Rentnern ins Gespräch kommt. Dafür bist du genau der Richtige."

Gunnar grummelte, gleichzeitig geschmeichelt und argwöhnisch. „Und was macht ihr?"

„Mettbrötchen essen", sagte Moll.

„Grebstein suchen", sagte Kofi.

„Eins nach dem anderen", sagten beide und grinsten sich an.

15

Hildesheim, Dienstag, 3. Dezember 2013

Iris Bender hatte es sich noch einmal anders überlegt. Sie würde zuerst versuchen, einiges über die Paul-Heyse-Schule während des Nationalsozialismus in Erfahrung zu bringen, bevor sie Isolde Gerhardt anrief.

‚Meine Pädagogik ist hart. Das Schwache muss weggehämmert werden' war eines der ersten Zitate, das sie zu Hitlers Erziehungsidealen fand. Sie hatte zwar nicht die allerbesten Erinnerungen an ihre eigene Schulzeit, aber das hier hörte sich mehr als gruselig an.

„Für den 8. März 1933 wurde schulfrei angeordnet, damit Lehrer und Schüler sich der geschichtlichen Wende, die der überwältigende Wahlsieg der nationalen Front für Deutschland bedeutete, bewusst werden konnten." Iris schüttelte sich, als sie das las. „Knapp zwei Wochen später verfügte der damalige Kultusminister Rust anlässlich der Eröffnung des Reichstags für den 21. März erneut einen schulfreien Tag. Allerdings hatten sämtliche Lehrer und Schüler in der Schule zu erscheinen, um gemeinsam der Rundfunkübertragung des bis ins letzte Detail inszenierten Tages von Potsdam im Rahmen einer schulischen Feierstunde zuzuhören. Das Ziel war zuvor klar definiert worden: ‚Die Schulfeiern müssen so ausgestattet sein, dass allen Schülern bewusst wird, dass sie hier den Beginn einer neuen Epoche deutscher Geschichte unter dem Zeichen des völkischen Staatsgedankens miterleben.' Iris fragte sich, ob die Nazis damals tatsächlich so zielgerichtet, so allumfassend planvoll vorgegangen waren.

Sie vermutete es. Interessanter war allerdings die Frage, welchen Erfolg sie mit ihren Indoktrinationsversuchen tatsächlich hatten.

Sie erinnerte sich in diesem Zusammenhang an die Aussage, die Werner Seidler in seinem Buch gemacht hatte: „Die Hildesheimer Gymnasien waren ausnahmslos NS-loyal, wenngleich in Abstufungen."

Nachdem er Aktenberge gewälzt und zahlreiche Zeitzeugen befragte hatte, lautete seine überraschende Erkenntnis: „Obwohl Hildesheim als Bischofssitz ein Zentrum des Katholizismus war, standen überdurchschnittlich viele Nazis in den Klassenzimmern. In ganz Preußen waren einundzwanzig Prozent der Gymnasiallehrer Parteimitglieder – in Hildesheim vierzig Prozent, davon sind allerdings ein Drittel erst nach 1933 an die Schulen versetzt worden. Das ist sehr auffällig, vor allem, wenn man berücksichtigt, dass am Josephinum und in der Marienschule jeweils fünf Priester und Ordensschwestern unterrichteten, die gar nicht der Partei beitreten durften." Gleichzeitig wollte Seidler durch sein Buch mit einem Mythos aufräumen: „Dass Lehrer nicht anders konnten, stimmt so nicht. Tatsächlich hatten sie zumindest im Unterricht durchaus Spielräume. Beim Deutsch-Aufsatz etwa gab der eine Lehrer zu siebenundsiebzig Prozent regime-konforme Themen vor, sein Kollege in der Parallelklasse nur zu neunundzwanzig Prozent. ‚Die zurückhaltenden Lehrer, die in der Regel nicht Parteimitglieder waren, haben keine nennenswerten Nachteile erlitten', betonte Seidler in zahlreichen Interviews.

‚Galt das auch für die Grundschulen?', fragte Iris sich. Oder gerade für diese? Sie musste noch einmal nachschlagen. Wann kamen die Kinder zur Hitlerjugend? Mit zehn Jahren begannen sie als Pimpfe. Was? Acht Millionen Mitglieder? Unglaublich!

Volksschulen hießen die doch damals, oder? Gab es Grundschulen vor Gründung der Bundesrepublik überhaupt?

Iris wunderte sich über sich selbst, wie wenig sie über die Schulgeschichte wusste. Vielleicht war es tatsächlich einmal an der Zeit, dass jemand amüsante Geschichten und Erinnerungen aus den verschiedenen Epochen zusammentrug und in einen sinnvollen Rahmen fügte. Warum nicht den Namen der Paul-Heyse-Schule, die es genau einhundert Jahre lang gegeben hatte?

Hoffentlich hatte Frau Gerhardt nicht nur vor, die Namen von Schulleitern und Lehrkräften aneinanderzureihen. Sie musste ihre Auftraggeberin unbedingt danach fragen, sobald sie sich wiedersahen.

Da sie Isolde Gerhardt auf dem Handy anrufen sollte, musste sie ihres natürlich aus der Tasche holen. Dabei konnte es ihr niemand verdenken, dass sie nach entgangenen Anrufen oder überhörten SMS guckte. Abgesehen von einer Nachricht ihres Providers, dass sie zehntausend Freiminuten gewinnen könnte, die sie so gut wie ungelesen löschte, war da nichts.

Also tippte sie brav Isoldes Nummer ein und wartete.

„Ja, sind Sie das?"

Iris grinste. Konnte man diese Frage falsch beantworten?

„Frau Gerhardt, hier spricht Iris Bender. Sie haben mich mit Recherchen beauftragt."

„Oh, ja, gut, ich höre Sie gut. Haben Sie bereits etwas herausgefunden?"

„Ja, den Hausmeister konnte ich ausfindig machen. Er heißt Erwin und lebt noch. Wann haben Sie Zeit? Wo wollen wir uns treffen?“

„Heute klappt es nicht mehr. Wie wäre es morgen früh um zehn Uhr in Ihrem Eiscafé-Büro?“

„Passt mir gut. Ich bin da. Bis morgen.“

„Danke und auf Wiederhören.“

Iris hielt das Handy noch einen Augenblick in der Hand. Ein Finger schwebte über einer Kurzwahltaste, aktivierte sie aber nicht. Der Bildschirm wurde dunkel.

„Kismet“, sagte Iris und steckte es weg.

16

Hildesheim, Dienstag, 3. Dezember 2013

Moll hatte die bad vibes zwischen Kofi und Gunnar deutlich gespürt, als er das Büro betreten hatte. Genauso schnell hatte er beschlossen, sie zu ignorieren, entweder, bis einer der beiden sie von sich aus ansprach oder wenn es nicht mehr auszuhalten war.

Er hatte Wichtigeres zu tun, als sich um irgendwelche Animositäten zu kümmern.

„Wo fangen wir an?", fragte er.

Kofi zuckte in einer typischen Geste mit einer Schulter. „Weiß nicht, an der Kirche?"

„Kirche?"

„Jakobi, auf der Fußgängerzone. Da hingen vorhin welche herum."

„Welche?"

Kofi verdrehte die Augen. „Obdachlose, Penner, Punks, Säufer, was immer du willst."

„Fragt sich nur, ob die mit uns reden wollen."

„Mit mir wollten sie nicht so recht."

„Wie das?"

„Ich bin auf dem Herweg dort vorbeigekommen, ein Passant hat mich angerempelt. Das hat sie amüsiert."

„Verstehe. Lass uns bei den Sozialarbeitern anfangen. Die könnten uns sicher auch einführen."

„Wie du meinst, klingt für mich sinnvoll."

Sie trafen Mareike Schaper in der Andreaspassage vor Radio Tonkuhle. „Ich muss da gleich rein, geb ein Interview über meine Arbeit. Könnt ihr morgen Nachmittag hören. Am besten übers Internet."

Moll nickte ihr freundlich zu und stellte sich vor. Anschließend sagte er: „Wir wollen Sie gar nicht lange aufhalten. Sehen Sie sich bitte einmal dieses Foto an."

Mareike nahm es. „Oh, das kenne ich. Mein erster Arbeitstag. Warum tragen Sie das mit sich herum? Scary!"

„Es geht nicht um Sie. Können Sie uns die Namen der Leute nennen, die hinter Ihnen auf dem Bild zu sehen sind?"

Sie runzelte die Stirn. „Einige. Soll ich links anfangen?"

„Gern." Moll zückte einen Notizblock und wartete.

„Also, das sind Pinky und Crotch, die beiden mit dem Hund. Der halbe da, das ist der Jochen Küchener, und da am anderen Rand, das ist der Karl Grebstein."

„Schade, na ja, besser als nichts. Das ist dann wohl das neueste Foto von Herrn Grebstein, das wir haben."

„Worum geht es denn? Wen suchen Sie?"

„Was können Sie uns über einen Ihrer Klienten sagen, der Harro genannt wird?"

Ihr Blick zeigte, dass sie die Bezeichnung ‚Klient' wohlwollend zur Kenntnis genommen hatte. „Der Harro ist ein schwieriger Geselle. Der will immer alles ganz genau wissen. Für den gibt es nur Schwarz oder Weiß, nichts dazwischen. Entweder du bist mein Freund, oder du bist mein Feind. Klare Kante", sagte sie mit dünner, kratzender Stimme. Sie stoppte, sah die beiden Polizisten mit großen Augen an. „Moment Mal, ihr glaubt doch nicht, dass Harro die Schule angezündet und den Pepino verbrannt hat?"

„Wir wissen noch nicht so genau, was wir glauben sollen, da der Pepino eben tot ist und wir mit dem Harro noch nicht gesprochen haben", sagte Moll und ärgerte sich sofort darüber, dass er so auf ihren Ton eingestiegen war. Diese Quietschstimme ging ihm aber auch so was von auf den Senkel. Die kam bestimmt super rüber im Radio. Na ja, vielleicht ließ sich da technisch was aufhübschen, sonst liefen denen die Hörer weg, aber so was von.

„Also, der Harro macht so was nicht. Das können Sie mir glauben. Der wird nicht Harro genannt, weil er so bissig ist oder so. Nee, nur weil er so gern Hunde mag."

„Katzen auch?", warf Kofi ein.

Die Streetworkerin drehte sich zu ihm um, als hätte sie ihn eben erst entdeckt, und widmete ihm ihre volle Aufmerksamkeit. „Ui, du bist neu hier, was? Cool. Hi!" Sie streckte die rechte Hand aus. „Ich bin die Mareike und du?"

„Kriminalhauptkommissar Kofi Kayi, zu Ihren Diensten, ich freue mich, Ihre Bekanntschaft zu machen und zu unserer aller Wohl aufs Engste mit Ihnen zusammenzuarbeiten." Erst danach ergriff er ihre dargebotene Hand und drückte sie fest.

Mareike starrte ihn sekundenlang an, so als fragte sie sich, ob er sich über sie lustig machte oder wirklich so drauf war.

Doch Kofi hielt ihrem Blick stand. Ganz Gentleman, ganz Beamter im Dienst. Moll bewunderte ihn dafür.

Mareike zog, immer noch leicht irritiert, aber auch irgendwie für ihn eingenommen, ihre Hand aus seiner. „Also, nun ja, zurück zu Harro."

„Genau! Kennen Sie zum Beispiel seinen richtigen Namen?"

„Gerüchteweise."

„Was soll das bedeuten?"

„Das muss ich erklären, was? Manche unserer Klienten begleite ich, zu Ämtern, zur Polizei, zur Drogenberatung, zur Kleiderkammer, zur ...“

„Verstanden.“

„Dabei kommen oft die tatsächlichen Namen zur Sprache. Harro allerdings erledigt all seine Angelegenheiten allein.“

„Aber er besitzt Papiere, ist theoretisch irgendwo gemeldet?“

„Davon gehe ich aus, ja. Er verlässt die Stadt jedoch nie.“

„Ist das etwas Besonderes?“

„Schon. Viele echte Obdachlose sind viel unterwegs. Vor allem in den wärmeren Jahreszeiten. Die anderen, die an den einschlägigen Plätzen herumlungern, leben meistens zu mehreren in kleinen Wohnungen und ...“

„Vertilgen relativ große Mengen Alkohol“, ergänzte Moll.

„Bitte keine Vorurteile, bleiben wir doch bei dem Harro.“

„Er bleibt also in Hildesheim, jemand hat uns erzählt, dass Harro seinen Namen erhalten habe, weil er so oft davon erzählt, dass er seinen Schäferhund finden will.“

Die Frau wiegte nachdenklich den Kopf. „Erwähnt hat er diesen Aspekt auch mir gegenüber. Ich weiß allerdings nicht, wie ich das deuten soll. Mir scheint eher, er spricht von der Suche nach seinem Schäferhund in dem Sinne, dass er den perfekten für sich sucht, also einen, der perfekt zu ihm passt.“

„Nicht einen, den er verloren hat, okay. Und sobald er anfängt, davon zu erzählen, hört ihm sowieso niemand mehr zu.“

„Die Umstehenden fangen an zu bellen oder so. Jedenfalls bewegt er sich eher azyklisch."

„Wie?"

„Entgegen der Masse."

„Soll heißen?" Moll wollte, dass sie sich genau ausdrückte. Es gab nichts Schlimmeres, als den geheimen Code von Berufsgruppen nicht zu kennen und dadurch etwas misszuverstehen.

„Wenn Schützenfest ist, treibt er sich garantiert nicht in der Nähe des Festplatzes herum."

Kofi mischte sich wieder ein. „Deshalb meidet er auch den augenblicklichen Weihnachtsmarkt."

„So sieht's aus", sagte sie, erneut mit einem anerkennenden Blick für Kofi.

Moll dachte, dass er das ebenso kapiert hatte, aber der Kollege musste es ja gleich herausplappern. Außerdem hatte er von vornherein gesagt, dass die Jakobikirche nicht die erste Wahl war, um mit den Ermittlungen zu beginnen. Plötzlich musste er grinsen. Was sollte das? Er reagierte doch nicht wirklich angepisst, weil Kofi diese Streetworkermaus beeindruckt hatte?

Er musste aufpassen.

So etwas geschah leicht, wenn man neu in einem Team zusammenarbeiten musste. Man war aufeinander angewiesen, kannte sich aber noch gar nicht gut genug, um sich blind zu vertrauen.

So waren die Menschen eben, egal wie alt sie wurden.

Er klinkte sich wieder in das Gespräch ein.

Kofi fragte gerade: „Ein Stadtkind ohne Zungenschlag?"

„Sauberes Hochdeutsch, fehlerfrei", erwiderte Mareike.

„Pepino-Lohstein soll aus Bremen gekommen sein", warf Moll ein.

„Dann könnte Harro aus dem Bereich Hannover stammen. Wir sollten den Kollegen in Hannover eine Anfrage schicken", schlug Kofi vor.

Doch Moll wollte noch ein paar Sachen klären, bevor die Sozialarbeiterin zu ihrem Interview verschwand. „Mit wem war Harro denn zumeist unterwegs?"

„Mit dem Maurer, manchmal mit Pepino, aber zu zweit ist ihm lieber, da bleibt die Situation übersichtlicher."

„Der Maurer ist Grebstein?", fragte Moll. „Zu dem hätten wir auch noch ein paar Fragen."

„Kallo, der Maurer, ja, echt ein tragisches Schicksal", seufzte Mareike. „Wenn ein Mann sich mit seiner eigenen Hände Arbeit nicht mehr über Wasser halten kann, dann sieht's wirklich düster aus bei uns."

„Hat er viel gelitten unter seiner Pleite?", fragte Moll und hoffte, dass die Frau richtig darauf ansprang, ohne dass er weiter nachfragen musste.

Sie schürzte die Lippen. „Oft, ja. Er sucht sich immer die liegen gebliebenen Zeitungen zusammen und liest sie. Jedes Mal, wenn er auf eine Notiz stößt, dass ein Kleinbetrieb wegen eines größeren in Schwierigkeiten gerät, plustert er sich auf. Der Flughafen in Berlin ist so ein Thema."

„Wissen Sie eigentlich, welcher Auftraggeber damals nicht gezahlt hat?"

„Die Stadt Hildesheim, das ist ja sein Trauma. Seine Heimatstadt hat ihn in den Ruin getrieben."

Kofi und Moll wechselten einen Blick. Das war ja mehr als interessant.

„Trotzdem ist er hier geblieben." Kofi sagte das einfach so, nicht als Frage, nicht als Vorwurf formuliert.

„Der Maurer hat eine eigene Wohnung. Da lebt seine Frau drin. Er hat sie verlassen und soll gesagt haben, dass er erst zu ihr zurückkehrt, wenn er sie wieder versorgen kann. Seither treibt er sich herum, stets auf der Suche nach einträglichen Gelegenheiten."

„Haben Sie davon gehört, dass er Zimmer vermietet?", fragte Moll.

„Zimmer? Nein, was für Zimmer?"

„Nichts. War nur so ein Gerücht." Moll atmete tief durch. Natürlich hatten die Jungs das für sich behalten, aber dass so gar nichts durchgesickert war, nicht einmal eine Andeutung, ließ für ihn fraglich werden, wie aussagekräftig Mareikes Beobachtungen waren.

„Eine Idee, wo er sich aufhalten könnte? Oder Harro?"

„Bei dem Harro muss ich passen. Vielleicht auf der Marienburger Höhe. Studenten haben zwar meistens selbst nicht viel, aber das teilen sie sich durchaus."

„Und Kallo Grebstein?"

Neben ihnen hatte sich die Tür zum Radiosender geöffnet. Ein junger Mann schaute heraus.

„Versuchen Sie es am Cheruskerring. Da sind lauter Supermärkte und Baumärkte, die brauchen immer mal Helfer. Wagen zusammenschieben und so."

„Mareike?", fragte der junge Mann.

„Ich bin sofort da, mein Lieber", sagte sie in seine Richtung und zu Kofi und Moll: „Sie sehen ja, ich muss. Ich sag Ihnen Bescheid, wenn ich einen der beiden treffe, okay?"

„Mehr als okay, vielen Dank."

Moll fuhr gern Auto. Gleichzeitig gab es ihnen Gelegenheit, sich ausgiebig über das auszutauschen, was Mareike ihnen erzählt hatte.

Moll fand es nach wie vor äußerst interessant, dass die öffentliche Hand am Bankrott Grebsteins beteiligt war. Dann hatte er eine städtische Immobilie verwendet, um Bares zu verdienen. Am Ende war das Haus abgebrannt. Ein recht beträchtlicher Wertverlust.

Warum?

Weil man ihm draufgekommen war?

Weil irgendwer Wind von der Sache bekommen hatte und dem einen Riegel vorschieben wollte?

Oder hatte er sich mit den Falschen eingelassen? Wollten einige Mieter seine Geschäftsidee übernehmen?

So ganz rund war seine Theorie noch nicht.

Auch mit Kofis Hilfe konnten sie kein Szenario entwickeln, dass alle Fakten gebührend erklärte.

Vor allem den Tod Pepino-Lohsteins nicht.

Sie stellten den Wagen neben der Tankstelle auf den Parkplatz und sahen sich um. Ein wahrhaft unübersichtliches Gelände. Zuerst gingen sie gemeinsam. Doch als sie erkannten, dass dieses Einkaufsgebiet sich in zwei Richtungen weiter ausbreitete, trennten sie sich.

Kofi ging nach Osten, zu Lidl, Aldi und was da sonst noch sein mochte.

Moll wandte sich dem Kauflandkomplex zu.

Da ihm niemand zusah, stellte er sich an die Imbissbude und versuchte, mit der Verkäuferin ins Gespräch zu kommen. Da nicht viel zu tun war, sprang sie darauf an.

Über das nasskalte Wetter kamen sie zu den Arbeitsbedingungen in so einer Bude, im Markt und draußen auf dem Parkplatz oder bei den Weihnachtsbäumen.

„Ja, bei den Krüppelkiefern suchen sie quasi ständig Aushilfen. Kalt, schwer und kratzig, trotz Handschuhen, ey, da bleiben die Leute nicht lange, wenn se nicht müssen oder gut bezahlt werden."

„Lohnt sich das?"

„Bar auf Kralle? Schon, wenn de sonst nichts hast." Sie beugte sich zu ihm herunter. „Allerdings verdienste auf dem Weihnachtsmarkt mehr. Stoßgeschäft und so, und gibt auch mehr Trinkgeld, wegen Nächstenliebe und so."

„Danke für den Tipp."

„Dafür nicht, ich geh' da nacher Schicht ooch hin. Schmalzkuchen backen bis um elfe. Fett is Fett, egal ob ich Pommes oder Teig reinschmeiße. Da verdien' ich von sieben bis elfe so viel wie hier den ganzen Tag über, aber is eben nur vier Wochen im Jahr. Leider."

„Bei wem muss ich mich denn da melden?", fragte Moll.

„Am besten bei der Bratwurstbude neben dem Brunnen. Die gehören zu den Veranstaltern, die können Ihnen weiterhelfen."

Moll bedankte sich höflich, gab ein großzügiges Trinkgeld, was er sonst an Imbissbuden eigentlich nie tat. Warum nicht, konnte er sich nicht erklären. Wahrscheinlich einfach, weil er noch nie darüber nachgedacht hatte, vielleicht weil er im Stehen essen musste und es kein Klo gab.

Pflichtschuldig inspizierte er den Weihnachtsbaumverkaufsstand, fand aber nur zwei Studenten, die sich gerade bemühten, gemeinsam eine besonders große Tanne in das Netz zu hieven.

Moll kehrte zum Wagen zurück und versuchte, Kofi auf dem Handy zu erreichen.

„Moll hier, du, ich hab einen Hinweis bekommen, dass man auf dem Weihnachtsmarkt mehr Geld verdient als anderswo."

„Hab ich ebenfalls gehört. Ich habe zudem erfahren, dass Harro gelegentlich bei diesem Jawoll-Laden Pappe schreddert. Diese Woche ist er noch nicht aufgetaucht."

„Wird er wohl auch nicht. Der ist untergetaucht. Ich würde sowieso lieber Grebstein ausfindig machen. Kommst du zum Auto? Dann könnten wir ein wenig über den Weihnachtsmarkt flanieren."

„Bin schon unterwegs. Ich hätte mich wärmer anziehen sollen. Meine Füße fühlen sich an, als hätten sie eine Himalaya-Expedition unternommen. Gibt's da bei real nicht einen Schuhladen? Ich brauche Stiefel, wenn wir noch länger draußen rumlaufen wollen."

„Okay, dann warte ich im Restaurant auf dich und trinke einen Kaffee."

„Bieten die auch Mettbrötchen an?"

„Bestimmt. Willst du eins?"

Kofi lachte nur und legte auf.

Moll schloss den Wagen wieder ab und ging auf das Gebäude zu.

17

Hildesheim, Dienstag, 3. Dezember 2013

Kofi hatte sich nicht nur Stiefel, sondern auch Handschuhe und einen Schal gekauft.

„Komm mir morgen bloß nicht mit einer Pudelmütze. Was machst du denn, wenn es wirklich Winter wird?"

Kofi grinste breit. „Weiß ich nicht, muss daran liegen, dass ich jetzt so viel weiter nördlich wohne."

„Hallo, Paps, was macht ihr denn hier?", ertönte plötzlich eine Stimme hinter ihnen.

„Arbeiten, und du?", grummelte Moll zurück, freute sich aber, seine Tochter so überraschend zu sehen. „Bist du nicht mehr in der Schule?"

„Bin ich doch."

„Sieht mir aber nicht so aus. Soll ich dich hinbringen?"

„Och, Paps, ich hab's dir doch erzählt."

Jetzt drückte sich Lilli zwischen die beiden. „Sie nimmt Sie auf den Arm. Ehrlich, wir sind mit der Schule hier."

Moll lachte. Ihm schwante da etwas, auch wenn er nicht mehr genau sagen konnte, ob Kathi ihm wirklich etwas erzählt hatte. Doch er konnte sich nicht vorstellen, dass seine Tochter schwänzte und ihm dann auf dem Marktplatz um den Hals fiel.

„Wir lösen unsere Klassenkameraden gleich am Stand der Schulen ab", erklärte Kathi.

„Wir haben Seife und Badeöl hergestellt. Baden Sie auch gern?", wollte Lilli wissen.

Moll schüttelte sich. „Nee, danke, ich geh' lieber duschen, da sitzt man nicht stundenlang in seinem eigenen Dreck."

Lilli sah ihn mit weit aufgerissenen Augen an. „Glauben Sie wirklich ..."

„Lass gut sein", beruhigte er sie, „war nur ein Scherz."

„Ach, dann ist ja gut."

Doch er konnte sehen, dass sie längst noch nicht beruhigt war und vermutlich bei ihrem nächsten Wannenbad darüber nachdenken würde.

„Geht mal zu eurem Stand. Vor der Jakobikirche, oder? Wir besuchen euch nachher."

„Müsst ihr spitzeln? Frau Lehmann hat gesagt, wir sollen aufpassen, weil es hier vor Taschendieben nur so wimmelt", entgegnete Kathi im Flüsterton.

Kofi lachte laut. „Wir würden einen Taschendieb natürlich verhaften, wenn wir einem begegnen, aber ihretwegen sind wir nicht hier."

„Da ist mein Papa!", rief Lilli und winkte.

Moll erkannte zuerst nicht, wen sie meinte. Dann sah er, dass eine ganze Prozession Weihnachtsmänner und Engel auf der Rathaustreppe erschienen war und vor dem Portal Aufstellung nahm. Scheinbar ein Pressetermin.

„Papa ist der vierte Weihnachtsmann", sagte Lilli aufgeregt. Sie zückte ihr Handy und begann zu fotografieren. „Er arbeitet für die Stadt!", sagte sie stolz.

„Was macht er denn da?", fragte Kofi.

Lilli antwortete nach einem kurzen Zögern: „Er kümmert sich um alles, was mit dem Weihnachtsmarkt zu tun hat."

„Und was machen die da gerade?"

„Werbung für die Hildesheimer Rose."

„Was ist das?“, wollte Kofi wissen.

„Erklär’ ich dir später, lass uns weitergehen. Tschüss, Große, wir sehen uns bald an eurem Stand.“

„Sie müssen den unbedingt probieren“, rief ihnen Lilli noch hinterher.

Moll fragte sich, was sie gemeint haben könnte, doch dann entdeckte er Gunnar und dachte nicht mehr daran.

Der junge Kollege stand am Brunnen, ein Bier in der Hand und unterhielt sich mit jemandem, den er nicht sehen konnte.

Er rempelte Kofi an. „Guck mal, da!“

„Auch ’ne Art zu arbeiten.“

Sie liefen auf ihn zu und wollten ihn von hinten erschrecken, doch dann sah Moll, mit wem Gunnar sprach, und hielt Kofi zurück. „Warte!“

Sie bogen seitlich ab.

„Hat er uns entdeckt?“

„Sieht nicht so aus.“

„Wer ist das?“

„Keine Ahnung, scheint aber aus der Szene zu stammen.“

„Vielleicht bekommt er auf die Art etwas heraus“, sagte Kofi.

„Hoffentlich hat er sich wenigstens ein Alkoholfreies bestellt“, murmelte Moll und beobachtete ihn weiter.

„Dann hat er als Weichei auf alle Zeiten verkackt“, widersprach Kofi. „Lass uns weitergehen, vielleicht entdecken wir Grebstein irgendwo.“

Sie schlenderten von Stand zu Stand, einmal über den ganzen Markt.

Moll scannte die Menschen vor den Buden und in den überdachten Ständen. Die Auslagen interessierten ihn nicht. Abgesehen von dem, was man essen konnte.

Er zog sogar gelegentlich das Foto Grebsteins aus der Hemdtasche. Doch das zauberte ihn auch nicht herbei.

Nachdem sie das Gelände zum zweiten Mal umrundet hatten, verspürte Moll keine Lust mehr. „Schluss jetzt, los, wir gehen zur Inspektion zurück. Vielleicht hatte Gunnar mehr Erfolg."

„Die haben sich in irgendwelchen obskuren Löchern verkrochen. Wir müssen uns etwas anderes einfallen lassen", sagte Kofi. „Hast du keinen Hunger?"

„Ich? Jetzt, wo du's sagst."

„Harro heißt Hans-Jürgen Mausberg! Ich habe Feierabend gemacht. Bis morgen!" schwebte als Laufanzeige in großen Buchstaben über Kofis Bildschirm.

„Das hat er gut gemacht", rief Moll.

„Woher kannte der mein Passwort?", fragte Kofi. Er loggte sich ein und fand auf dem Desktop eine Datei mit dem Namen ‚Harro'. Er klickte sie an.

„Hans-Jürgen Mausberg, geboren am 21.5.1965 in Hannover, Lehre als Maschinenschlosser, nach der Ausbildung entlassen, Aushilfsjobs, schließlich Scheidung, Unterhaltszahlungen für Frau und zwei Kinder, irgendwann hat er aufgegeben und ist abgehauen. Zuerst Richtung Küste, dann nach Hildesheim. Nimmt keinerlei Unterstützung an. Mein Kontakt vermutet, dass er sich verkrochen hat, vermutlich am Stadtrand, er munkelte etwas über ein leer stehendes Hotel."

Kofi klickte auf Drucken. „Als Nächstes ändere ich mein Passwort."

„Schade, dass er kein Foto aufgetrieben hat", sagte Moll.

„Trotzdem sind wir einen Schritt weiter. Mach du Schluss, ich lasse die Daten durchs System laufen, vielleicht ergibt sich noch was."

18

Hildesheim, Mittwoch, 4. Dezember 2013

Iris hatte sich bereits in ihrem Büro im Eiscafé eingerichtet und den ersten Cappuccino des Tages getrunken, als Isolde Gerhardt schwungvoll auf ihren Tisch zustrebte. Sie trug Bluejeans und einen Parka, um den ein buntes Tuch gewickelt war.

Sie lächelte und ließ sich auf einen der Stühle an Iris' Tisch plumpsen. „Guten Morgen!" Sie winkte nach dem Kellner, während sie den Schal abwickelte. „Wissen Sie, ich liebe meine Enkelkinder, aber ich genieße es jedes Mal, wenn sie wieder wegfahren und ich meine Wohnung ganz für mich allein habe. In aller Stille."

„Das kann ich verstehen", antwortete Iris.

„Haben Sie Kinder?"

„Nein", Iris lachte, „ich habe noch nicht einmal einen Mann."

„Kommt Zeit, kommt der Richtige, lassen Sie sich bloß nicht ins Bockshorn jagen. Ach, entschuldigen Sie, das geht mich natürlich gar nichts an."

Manuel war an ihrem Tisch erschienen. „Signora, was darf ich Ihnen bringen?"

„Einen Cappuccino mit Sahne bitte und ein Croissant."

„Mit Butter und Marmelade?"

„Gern. Möchten Sie auch noch etwas, Frau Bender?"

„Einen Cappu, danke sehr."

Isolde Gerhardt hatte sich aus ihrem Parka geschält und hängte ihn nun über die Rückenlehne. Sie trug eine dunkelblaue Bluse und eine beige Weste, was ausgesprochen gut zu ihrem hellen Haar passte.

Sie lehnte sich über das kleine Tischchen zu Iris hinüber und fragte: „Was haben Sie denn gefunden? Ich bin so was von gespannt, das glauben Sie gar nicht."

Iris lächelte und zog eine königsblaue Mappe hervor, auf der ihr Name und ein Schnörkel in Gold eingeprägt waren. Sie schob sie über den Laptop, der zugeklappt in der Mitte des Tisches stand, hinweg. „Steht alles hier drin."

Begierig griff Isolde nach der Mappe, schlug sie auf und begann zu lesen. Sie schien nicht zu bemerken, dass Manuel die Bestellung brachte.

Iris streute ein Päckchen Zucker auf ihre Sahne und beobachtete Isolde Gerhardt dabei.

Die las aufmerksam und gab zwischendurch kleine Geräusche von sich, die wohl Überraschung oder Erstaunen signalisieren sollten.

Schließlich klappte sie die Mappe zu. „Das ist brillant. So viele schöne Ergebnisse innerhalb von zwei Tagen." Sie schüttelte den Kopf. „Vielleicht sollte ich mich doch mehr mit dem Computer und dem Internet beschäftigen. Wissen Sie, mit E-Mails, Bestellungen und einfachen Recherchen komme ich wunderbar zurecht. Aber irgendwie verliere ich mich unterwegs immer, weil es so viel Spannendes zu lesen und zu entdecken gibt. Allein die Videos, eine Welt für sich. Da finden Sie Anleitungen zu wirklich allem."

Iris lächelte.

„Wissen Sie, meine Mutter hat mir damals aus einer Garnrolle ein Spielzeug gebaut. Das hatte ich vollkommen vergessen, bis es mir auf einer Homepage zum Basteln mit Kindern wieder begegnet ist."

„Sie meinen eine Schnurrkatze, die kenne ich auch noch. Sagen Sie, darf ich Sie etwas fragen?"

„Jederzeit."

„Wofür sammeln Sie die Informationen? Für sich, oder wollen Sie ein Buch daraus machen?"

„Ein Buch."

„Gut!"

„Also, ich meine wirklich, EIN Buch. Ich möchte alle Fakten zusammentragen, sie sinnvoll zusammenstellen, sodass eine Art Kompendium über die Paul-Heyse-Schule entsteht." Sie lachte bitter. „Ursprünglich hatte ich gedacht, ich könnte einen Ordner verwenden, sodass die Unterlagen jederzeit ergänzt werden können. Das ist nun wohl hinfällig."

„Wollen Sie die Tatsachen tabellarisch auflisten, oder wie stellen Sie sich das vor?"

„Seh ich aus wie ein Krämer?"

„Wie meinen Sie das?"

Isolde lachte laut und rührte ihren Cappuccino mit der Spitze des Croissants um. „Ich war mein ganzes Leben lang Deutschlehrerin, Deutsch und Geschichte. Generationen von Schülern habe ich mit Grammatik und Rechtschreibung getriezt und habe versucht, ihnen die Liebe zur Literatur zu vermitteln. Mir war immer wichtig, dass sie alles, was sie taten, mit vollem Herzen machten, wenn schon nicht mit Liebe, dann wenigstens mit einer inneren Beteiligung."

Iris verstand nicht so ganz, was das mit ihrer Frage zu tun haben sollte. Deshalb räusperte sie sich nur zustimmend.

„Stellt euch immer den Menschen vor, für den ihr etwas schreibt, anschließend fällt es euch viel leichter, die richtigen Worte zu finden." Sie zog die Nase kraus. „Werde ich hergehen und eine fade Liste der Schulleiter und ihrer Stellvertreter erstellen und mich damit begnügen? Nein, so will ich das gerade nicht machen."

„Wie sonst?"

„Ich möchte die Geschichte der Menschen in dieser Schule erzählen. Sehen Sie, der Zeitgeist beeinflusst die Schulen, umgekehrt natürlich auch. Als ich Junglehrerin war, lebten wir in einer völlig anderen Welt als heute. Wenn es mir gelänge, das festzuhalten und zu transportieren, das würde mich glücklich machen."

„Dafür würden sich garantiert viele Menschen interessieren."

„Mag sein, ich weiß aber nicht, ob mein Ergebnis gut genug sein wird. Ich bin ja noch mitten in den Vorbereitungen."

„Haben Sie denn schon erste Anekdoten aufgeschrieben?"

„Ich habe zwar nie ein ausführliches Tagebuch geschrieben, doch habe ich für jedes Jahr einen Buchkalender besessen, in den ich wichtige Begebenheiten stichpunktartig notiert habe."

„Mögen Sie mir eine dieser Geschichten erzählen?"

„Wo soll ich da anfangen? Ich war so lange an ein und derselben Schule, dass ich zuletzt die Enkelkinder meiner ersten Schüler unterrichtet habe."

„Die sind mit ihren Familien in dem Viertel geblieben."

„Man wohnt da zentral, meist auch ruhig, und es ist nicht weit zum Kino und zum Theater, für mich ein eindeutiger Pluspunkt."

„Erinnern Sie sich noch an Ihre erste eigene Klasse?"

„Klar, das Schuljahr begann damals noch im April. Es war mein zweites Jahr als Lehrerin. Ich hatte vorher in verschiedenen Klassen Deutsch und Schönschreiben unterrichtet und sollte nun meine erste eigene Klasse führen. Die 1c. Zweiundvierzig Schüler saßen da in einem Raum. Ich war so aufgeregt, dass ich mich mehrmals räuspern musste, bevor ich die Klasse begrüßen konnte. Dann schrieb ich den Stundenplan an die Tafel. Die Kinder schauten mir aufmerksam zu. Niemand sagte ein Wort. Als ich fertig war, drehte ich mich wieder zu ihnen um und sah ..." Isolde gnickerte leise vor sich hin. „... und sah, dass die Kinder völlig verwirrt waren und auf meine Anweisungen warteten. Sie konnten überhaupt nicht lesen, wissen Sie. Ich hatte mich auf die Dritte vorbereitet. Doch als ich morgens in die Schule kam, teilte der Direktor mir mit, dass er einige Änderungen vorgenommen habe und ich nun die Erste übernehmen sollte, obwohl bei der Einschulungsfeier noch ein Kollege präsentiert worden war. Er wollte wissen, ob das ein Problem für mich sei und ob ich Hilfe benötigte. Natürlich wollte ich mir keine Blöße geben und antwortete, dass ich mich auf die neue Aufgabe freute. Anschließend rannte ich wie ein aufgescheuchtes Huhn durchs Gebäude und suchte mir die Bücher, den Stundenplan und alles Mögliche zusammen. Völlig außer Puste erreichte ich die Klasse. Ich war froh, dass ich die Tür zumachen konnte.

Außerdem dachte ich, mit dem ganzen organisatorischen Kram wie Stundenplan, Bücher ausgeben, Hefte beschriften und so weiter konnte ich den ersten Tag prima überbrücken. Dann traf mich die Panik umso härter. Als ich begriff, dass ich den schönen Plan ganz umsonst angeschrieben hatte, las ich ihn wenigstens vor und erklärte die Fächer. Anschließend hatte ich eigentlich Namensschilder machen wollen. Das, fiel mir gerade noch rechtzeitig siedend heiß ein, ließ sich wohl auch nicht verwirklichen. Wie ich die Fibeln austeilen sollte, wenn die Schüler gar nicht unterschreiben konnten, dass sie sie erhalten hatten, musste ich später klären. In meiner Not ließ ich die Schüler einfach ein Bild malen. Ich teilte Papier aus und gab die Aufgabe, alle sollten ein Osterei im Gras zeichnen. Als es endlich zur Pause klingelte, sorgte ich dafür, dass sich alle in Zweierreihen aufstellten, damit ich sie auf den Hof begleiten konnte.

Da fragte mich ein kleines Mädchen mit zwei Zöpfen, die rechts und links vom Kopf abstanden, ob es in der nächsten oder erst in der übernächsten Stunde lesen lernen würde.

Ich musste damals schlucken und fühlte mich so unzulänglich. Da war dieses Kind in die Schule gekommen, um Rechnen, Schreiben und Lesen zu lernen und ich speiste sie mit einem Osterbild ab." Sie legte die Handflächen an die Wangen und blickte in weite Ferne. „Wissen Sie, ich habe ihnen in der nächsten Stunde das O beigebracht, weil sie es ja als Ei bereits gemalt hatten. Eine Ausrede, aber auch ein ziemlich eleganter Ausweg, wie ich finde." Sie hielt die Hände abwehrend vor sich. „Heutige Schüler würden in so einer Situation Hackfleisch aus Ihnen machen, keine Frage."

„So schlimm?"

„Schlimm nicht, anders eben."

„Apropos, was war denn schlimm für Sie?"

Sie trank einen Schluck. „Das Tragischste für mich war, als ich mal mitten im Schuljahr einen neuen Schüler bekam." Sie machte eine derart lange Pause, dass Iris nachfragte: „Das ist doch eigentlich nicht so außergewöhnlich, oder? Es zieht immer mal jemand zu."

„Im Prinzip haben Sie recht. Aber Sebastian war ein Mörder."

„Ein was? Nein, das glaube ich nicht."

„Können Sie ruhig. Sebastian, er war damals zehn Jahre alt, kam aber zu mir in die Dritte, hatte einfach so aus Spaß einen Mann von einem Dach gestoßen."

„Gibt's doch nicht. Das war ein Unfall."

„Nein, Absicht. Zeugen haben ausgesagt, dass es sich wohl um eine Art Mutprobe gehandelt hat. Jedenfalls kam der Junge in ein Heim, und von dort aus ist er zur Heyse gegangen."

„Was ist aus ihm geworden?"

„Keine Ahnung. Er ging weiter zur Volksschule, hat sich wohl nie wieder was zuschulden kommen lassen. Ich hab ihn jedenfalls aus den Augen verloren."

„War er ... seltsam?"

„Sicher, er benahm sich anders als andere Kinder seines Alters. Kein Wunder, oder? Ich weiß gar nicht, wie ich es beschreiben soll. Er war still. Das ja. Doch da war noch mehr. Heute würde man sagen, er besaß eine geringe Frustrationstoleranz. Früher nannten wir das aufsässig, dafür gab's noch so manche Ohrfeige. Ich erinnere mich, dass er eine Begabung für Mathematik hatte, in meinen Fächern war er eher schwach." Isolde versank in ihren Gedanken. „Den Vorfall hatte ich völlig vergessen. Wir bekamen eine Anweisung des Schulrates, dass wir mit niemandem darüber sprechen durften, damit weder die Eltern noch die Mitschüler etwas vom Vorleben des Jungen erfuhren."

„Das wäre heute undenkbar. Per Facebook und YouTube wüssten alle, wie der aussieht."

„Ja, und wahrscheinlich hätte er seine Geschichte bereits für zehntausend Euro an eine Illustrierte, einen Verlag und einen Filmproduzenten verkauft."

„Genau, und für die Schule hätte er gar keine Zeit, weil er sich ständig bei den Realityshows der Privatsender herumtreiben würde."

Isolde bestellte noch zwei Tassen Cappuccino.

Iris fragte: „Und was war Ihr lustigstes Erlebnis?"

„Das lustigste? Für mich oder für die anderen?", fragte Isolde leise.

„Eine interessante Gegenfrage, was meinen Sie?"

„Ich denke, ich habe da etwas noch Interessanteres für Sie. Eine Geschichte, die mir damals so peinlich war, dass ich nie wieder in die Schule gehen wollte. Heute jedoch", sie winkte nonchalant ab, „heute kann ich sie nicht erzählen, ohne mich dabei blendend zu amüsieren."

„Da bin ich gespannt."

„Es war 1977, ja, muss im Herbst 1977 gewesen sein. Meine älteste Tochter Carla wurde im März 1978 geboren. Ich leitete damals eine vierte Klasse. Nach den Herbstferien stand Aufklärungsunterricht auf dem Stundenplan. Für mich zum ersten Mal. Ende der Siebziger war das noch ein ziemlich aufwendiges Unterfangen. Zuerst ging ein höchst offizielles Schreiben des Direktors an die betroffenen Eltern. Anschließend fand ein Elternabend statt, auf dem jedes einzelne Detail, das im Unterricht vorkommen sollte, jede Zeichnung, jeder Begriff vorbesprochen wurde, werden musste." Sie hob einen Zeigefinger. „Bedenken Sie, Zeichnungen, denn Fotos waren völlig indiskutabel. Jedenfalls erst, wenn auf dem Elternabend alles abgesprochen worden war, konnte der eigentliche Aufklärungsunterricht beginnen. Natürlich gingen wir davon aus, dass die Eltern es nicht zulassen würden, dass ausgerechnet ihr Kind noch nicht Bescheid weiß. Das erleichterte uns einerseits die Arbeit, andererseits knisterte es in der Klasse vor Anspannung, bevor wir anfingen. Soweit alles klar?"

„Ja, ich denke schon."

„Nun, dann erinnern Sie sich an meine Aussage am Anfang dieser Episode?“

„Über Ihre Schwangerschaft? Oh, ich verstehe, wie passend. Sie sind schwanger, als der Aufklärungsunterricht stattfinden soll.“

„Passend? Denken Sie noch mal?“

„Helfen Sie mir?“

„Ich glaube, ich war durchgehend rot in diesen Stunden. Die Kinder hatten begriffen, wie das mit dem Sex funktioniert. Da dauerte es nicht mehr lange, bis sie begriffen, wie meine Schwangerschaft entstanden ist. Ich konnte in ihren Gesichtern lesen: ‚Iiih, so was macht die!?‘ Und dann kam das Allerschlimmste. Ich verließ nach dem Klingeln die Klasse. Ein Schüler, Frank, warf sich auf den Fußboden, rutschte zwischen meinen Beinen hindurch, schaute unter meinen Rock und brüllte: ‚Ich seh noch nichts!‘“

Iris sah die Situation bildlich vor sich und musste sich ein Lachen verkneifen, gleichzeitig sah sie auch, wie die junge schwangere Lehrerin gelitten haben musste.

„Ja, ja, lachen Sie nur, wenn man nicht betroffen ist, gibt es kaum etwas Lustigeres.“

„Entschuldigen Sie, aber so ist es tatsächlich. Wie ist es ausgegangen?“

„Ausgegangen? Eigentlich gar nicht. Es verlief quasi im Sande. Der Aufklärungsunterricht war bald vorbei, andere Themen rückten in den Vordergrund, wie das Leben eben so spielt.“

Iris lehnte sich in ihrem Sessel zurück. „Sie müssen diese Geschichten unbedingt aufschreiben. Ich finde sie spannend.“

„Danke, das werde ich mir überlegen. Sehen Sie noch eine Chance, etwas über Ruprecht Eckstein zu erfahren?“

„Ja, geben Sie mir noch ein paar Tage."
„Danke."

19

Hildesheim, Mittwoch, 4. Dezember 2013

„Good Morning, Gentlemen, wir haben eine Freigabe. Wollen wir los?"

Kofi starrte Caroline mit offenem Mund an. Sie trug einen grauen Overall, auf dessen Vorderseite in großen, gelb-roten Buchstaben ‚Warhammer' stand. Auf ihrer Schulter saß ein kuscheliges, dunkelrot glänzendes Monster. Sie trug eine Cap mit einem schwarzen Logo und sah aus, als hätte sie die Nacht durchgemacht.

„Hast du wenigstens gewonnen?", fragte er.

„Und wie! Ich habe die Engländer weggefegt, die haben nicht einen Punkt erzielt. Mein Dämonenprinz hat ihnen die Hölle heiß gemacht."

„Dämonenprinz? Klingt romantisch."

„Nicht die Spur. Pass auf, ich zieh' mich um, und dann schießen wir los. Sind zehn Minuten okay?"

„Stopp, stopp, ich weiß noch immer nicht, wovon du eigentlich redest."

„Arbeiten wir an einem Fall?"

„Ja, aber ich weiß trotzdem nicht, wo du hin möchtest."

„In die Schule."

„Gut."

Caroline baute sich vor ihm auf, stemmte die Hände in die Hüften und sagte betont langsam: „Wir haben die Freigabe von den Brandingenieuren, wir dürfen das Haus betreten. Natürlich nur den Teil des Gebäudes, der nicht zusammenzubrechen droht."

Noch während sie sprach, war Kofi aufgesprungen. „Die Paul-Heyse-Schule, klar. Wir müssen da noch mal hin. Zieh dich um, ich hole Molli."

„Lass uns zuerst nach oben steigen und dort beginnen."

„Unter dem Dach, juchhe", sagte Caroline und stapfte vor ihnen her. „Wisst ihr, was ich nicht verstehe?"

„Nö!"

„Dass die beiden Katzen das Ganze überlebt haben. Ich meine, es haut einen fünfundachtzig-Kilo-Mann aus den Latschen, und die beiden zweihundertfünfzig-Gramm-Kätzchen sind nur benommen."

„Wo sind sie überhaupt?"

„Ich habe sie zu einer befreundeten Tierärztin gebracht. Es geht ihnen gut. Aber ich verstehe nicht, warum."

„Und die Antwort auf diese Frage möchtest du hier finden?"

„Ich hoffe, dass wir den Ort finden, an dem sie sich aufgehalten haben."

Moll blieb stehen. „Aber wir haben doch einen Katzenkorb und Futter in der Hausmeisterwohnung gefunden."

„Meine Freundin sagt, dass die Katzen noch zu jung sind für dieses Futter. Das sind noch Babys, die vertragen kein Erwachsenenfutter."

„Also denkst du, die beiden Kleinen befanden sich irgendwo anders?"

„Sieht so aus."

Kofi war mächtig aus der Puste geraten. Er musste unbedingt wieder mehr trainieren. So ganz hatte er seine Verletzung noch nicht überwunden.

Endlich hatten sie das oberste Stockwerk erreicht und staunten nicht schlecht. Abgesehen von den

Spuren des Löschangriffs war die gesamte Etage komplett leer. Kein Stuhl, kein Tisch, kein Buch, nicht einmal eine leere Kiste oder eine vergessene Landkarte.

„Ich denke, das können wir uns schenken. Auf in die nächste Etage", sagte Caroline.

Alle Klassenzimmertüren waren verschlossen. Caroline brauchte nur Sekunden, um sie zu öffnen. Doch es brachte ihnen nichts. Auch diese Räume waren alle völlig leer. Allerdings waren in der Nähe der Brandschutztür die Fenster aus den Öffnungen geplatzt.

In der mittleren Etage stießen sie auf insgesamt vier Räume, die augenscheinlich von Menschen bewohnt wurden, als das Feuer ausbrach.

Feldbetten, Matratzen, ein paar Habseligkeiten standen herum.

„Da war schon einer vor uns hier", sagte Moll und zeigte auf einen Abdruck auf dem Boden. An dieser Stelle hat bis vor Kurzem etwas gestanden."

„Kein Wunder", sagte Caroline und sah sich um. „Wenn dies wirklich die Hinterlassenschaften von Flüchtlingen sind beziehungsweise waren, ist es doch kein Wunder, dass sie ihre Sachen geholt haben, sobald die Feuerwehr die Schule verlassen hatte."

„Mist!", fluchte Moll. „Wir hätten gestern herkommen sollen."

„Hör auf zu jammern, Molli. Wir sind Polizisten, wir halten uns an die Vorschriften", antwortete Caroline. „Außerdem möchte ich noch ein bisschen länger leben."

Sie stand für Kofis Geschmack viel zu nahe an einer der Abbruchkanten zu dem Teil des Gebäudes, der gebrannt hatte und nicht mehr begehbar war. Das Absperrband dehnte sich ein wenig durch das Gewicht, mit dem sie sich dagegen lehnte.

„Komm da weg. Was gibt's da zu sehen?", fragte er.

„Ich frage mich nur, wie viele Zimmer dieser Grebstein vermietet hatte. Einige lagen sicher im anderen Gebäudebereich. Die armen Teufel da haben alles verloren."

Die Hausmeisterwohnung war unverändert. Im Erdgeschoss fanden sie zwei weitere Räume, in denen scheinbar Menschen gelebt hatten.

„Jau", rief Caroline. „Die Katzenzüchter."

Tatsächlich stand dort ein kleiner Korb, der mit Watte ausgepolstert und mit einem Pappkarton abgedeckt war.

„Hier haben definitiv Kinder gelebt", sagte Kofi.

„Ja, aber die sind offensichtlich nicht zurückgekommen, um ihre Sachen abzuholen", sagte Moll und zeigte auf einen Koffer mit Kleidungsstücken. „Kurz nach dem Brand waren wir einmal in der Wohnung. Da gab es ebenfalls einen Katzenkorb, sah jedenfalls so aus. Wasser und Thunfisch. Guckt mal, der Tisch ist gedeckt, als würden sie sich gleich zum Abendessen versammeln."

„Ähnlich wie in der Hausmeisterwohnung", überlegte Kofi. „Auch in diesem Raum steht abgewaschenes Geschirr auf der Spüle, Kleidungsstücke hängen über dem Stuhl, so als wären sie frisch gewaschen."

„Eine Familie mit Kindern und mit Haustieren, warum leben die in einer leer stehenden Schule?"

„Das kann uns wohl nur Herr Grebstein sagen", seufzte Moll. „Wisst ihr was, Leute, ich bin jedenfalls schon mal ausgesprochen erleichtert, dass wir nichts Abartiges gefunden haben."

„Was meinst du damit?"

„Na ja, Waffen, eine Marihuanaplantage, eine Methküche oder etwas noch Arbeitsaufwendigeres."

„Du hast Nerven", sagte Caroline und drehte sich langsam einmal um sich selbst. „Was meint ihr, soll ich mein Team durchgehen lassen? Durch die beiden Zimmer in dieser Etage und durch die Wohnung? Ich bin mir sicher, dass wir ausreichend Fingerabdrücke und Genmaterial finden werden, um die Personen später identifizieren zu können, wenn sie uns über den Weg laufen."

„Gute Idee", bestätigte Moll. „Ich wüsste zu gern, wer der vierte Mann in der Hausmeisterwohnung war."

„Der vierte?"

Moll zählte sie an den Fingern ab. „Grebstein, Harro, alias Hans-Jürgen Mausberg, und Pepino-Lohstein, das sind drei. In der Wohnung sind aber vier Schlafstellen."

„Gut beobachtet", sagte Caroline und zückte ihr Handy.

Kofi schlug vor: „Vielleicht könnten wir Mareike noch mal dazu befragen."

„Die Straßentante? Da hat ja unser Frischling Gunnar mehr herausgefunden. Ich ruf' ihn gleich an. Kann er sich direkt drum kümmern."

Kofi nickte.

Er stieg noch einmal allein in die Hausmeisterwohnung hinauf. Was war dieser Grebstein für ein Typ.

Er versuchte herauszufinden, welches Lager ihm gehört hatte. Vermutlich das bequemste, oder? Wenn er der ‚Vermieter' war. Oder handelte es sich um ein Gemeinschaftsprojekt?

Kofi hob die Matratzen an, zog sie von den Wänden, fand aber nichts Ungewöhnliches.

Er ging langsam durch die Zimmer, betrachtete die Fotos aus Zeitschriften, die über einer Matratze an der

Wand befestigt waren. Lauter Schäferhunde. Das war garantiert Harros Schlafplatz. Ein wenig abseits. Direkt unter dem Fenster.

Kofi schaute sich die kleine Küche genauer an. Was nützte eine Küche, wenn Strom und Wasser abgestellt waren? Er drehte am Hahn und stellte fest, dass das für diese Wohnung augenscheinlich nicht galt. Dann fiel ihm ein, dass der Hausmeister, dieser Wagerer, so etwas erwähnt hatte.

Kofi stieß mit dem Fuß gegen ein Stuhlbein und stolperte. Deshalb hielt er sich am Küchenschrank fest. Eine Dose kullerte herunter und sprang auf.

Es klapperte.

Kofi bückte sich.

Geldstücke.

Er hob die Dose auf und sah hinein. Geldscheine. Mindestens zweihundert Euro in Fünf- und Zehneuroscheinen.

Er lief zu Moll zurück. „Wir müssen das Haus unsichtbar beobachten lassen. Die müssen zurückkommen. Die haben ihr Geld hiergelassen."

20

Neuhof, Mittwoch, 4. Dezember 2013

Die Gemeinderatssitzung begann pünktlich um 17.00 Uhr. Alle Plätze in dem kleinen Raum waren besetzt. Selbst in den Fensterbänken hockten Menschen. Einige lehnten an den Wänden. Trotzdem war es mucksmäuschenstill, bis der Vorsitzende, Richard Berg, die Sitzung eröffnet hatte und zum vierten Tagesordnungspunkt kam, der Einwohnerfragestunde. „Meine Damen und Herren, bitte denken Sie daran, dass die zur Verfügung stehende Zeit begrenzt ist. Sie dürfen nur Fragen stellen. Eine Diskussion ist nicht erlaubt. Außerdem“, sagte er mit einem Lächeln in der Stimme, „dürfen eigentlich nur Themen angesprochen werden, die auf der Tagesordnung stehen.“

Kaum hatte er dies ausgesprochen, reckten sich zahlreiche Hände in die Höhe. Zwei Männer waren sogar aufgesprungen, um unbedingt als erste an die Reihe zu kommen.

Richard Berg sah irritiert in die Runde und bat schließlich die Protokollführerin, die neben ihm saß: „Bitte helfen Sie mir mit der Rednerliste.“ Zum Publikum sagte er: „Wir fangen vorn links an und schauen dann, wie wir weiterkommen. Sagen Sie bitte für das Protokoll jeweils Ihren Namen, wo Sie wohnen, und stellen Sie im Anschluss gleich Ihre Frage. Danke.“

„Reiner Mehlk, ich lebe schon mein ganzes Leben in Neuhof, und ich möchte wissen, wie Sie für die Sicherheit meiner Frau und meiner drei Kinder sorgen wollen, wenn diese Verbrecher hier einquartiert werden?"

„Äh, ja, vielleicht sammeln wir die Fragen erst einmal, hinterher kann unser Bürgermeister sie geschlossen beantworten. Sie bitte."

„Cornelia Weikert, mir gehört das Haus neben dem ‚Neuhofer Eck'. Wer erstattet mir den Wertverlust für mein Grundstück?"

„Danke schön, Gerd, jetzt du", sagte Richard Berg.

„Jau, ich bin der Gerd, lebte quasi schon vor meiner Geburt hier. Wie ihr alle wisst, bin ich immer offen für Neues. Solaranlagen auf den Dächern, okay. Schulschließungen, Gemeindefusionen, kann man alles mit mir machen, solange es den Menschen hier gut geht, und die Sache logisch ist."

„Stell deine Frage, Gerd."

„Mach' ich, mach' ich. Nur keinen Stress. So viel Zeit muss sein. Ich frage mich, und ich frage euch, wie viel Veränderung tut uns gut und wie viel ist zu viel?"

„Komm zu deiner Frage, Gerd. Keine Polemik."

„In unserer Gemeinde leben rund tausend Menschen, darunter gibt es etliche, die von fern zu uns gekommen sind, aus der großen Stadt Hildesheim, aus Berlin, ja, sogar aus Bayern. Ihr wisst, wen ich meine, Spaß beiseite, auch bei uns gibt es Mitbürger aus anderen Nationen, gleichwohl ist das alles organisch gewachsen. Da hat niemand eine Parallelgesellschaft in unsere Mitte gepflanzt. Ein Getto, einen Zoo, ein ... ach, ich weiß gar nicht, wie man es noch nennen soll. Mir tun diese Flüchtlinge ganz furchtbar leid, egal vor welchen Bürgerkriegen oder machtgeilen Präsidenten sie davonlaufen. Und ich möchte auf keinen Fall mit ihnen tauschen. Aber es soll ihnen hier doch besser gehen und uns nicht schlechter."

„Gerd, ich entziehe dir gleich das Wort. Komm endlich zur Frage."

„Gemach, gemach. Hier geht's schließlich um Menschen. Ich will wissen, wie ihr gewährleisten wollt, dass die Flüchtlingsfamilien hier bei uns tatsächlich mehr bekommen als ihr nacktes Leben? Wie sollen sie Deutsch lernen? Unsere Kultur kennenlernen? In welche Schulen und Kindergärten sollen ihre Kinder gehen? Wer soll sie betreuen? Ihnen bei den alltäglichen Kleinigkeiten zur Seite stehen? Fünf oder sechs Personen, eine oder zwei Familien, kein Problem, das schafft eine intakte Dorfgemeinschaft wie unsere. Das, was ihr hier allerdings plant, das macht uns kaputt, und für die Asylsuchenden ist es auch nicht vorteilhaft."

„Genau!"

„Stimmt, recht hat er."

„Aber so was von."

„Was sagt ihr dazu?"

Viele riefen durcheinander, widersprachen sich. Der freiberufliche Mitarbeiter der Tageszeitung versuchte, möglichst zahlreiche Argumente einzufangen, befürchtete der Vorsitzende, denn sein Kuli flog nur so über den Stenoblock.

Richard Berg bemühte sich, wenigstens einigermaßen durchzugreifen. Es gelang ihm nicht.

„Die können ja in deine Garage ziehen, da ist genug Platz."

Einige grölten laut, eine Frau rief: „Da kann man sich ja nachts nicht mehr auf die Straße trauen."

„Du schon", antwortete einer, und nicht wenige mussten sich zumindest ein Grinsen verkneifen. Berg seufzte. Eine geordnete Sitzung sah anders aus. „Herrschaften, bitte. So geht das nicht."

„Flegel!“

„Willst du hier so einen Trupp Kindersoldaten durch die Nacht schleichen sehen?

„Mach dich nicht lächerlich.“

„Das musst du gerade sagen.“

„Können wir jetzt die nächste Frage hören?“, fragte Richard Berg. Doch niemand reagierte auf ihn. Selbst seine Ratskollegen wichen seinem Blick aus.

Stattdessen stand der Bürgermeister, Dirk Logert, umständlich auf, hob beide Hände und wartete, bis Ruhe einkehrte. „Ich denke, ich habe Ihre Befürchtungen verstanden. Lassen Sie mich erst einmal grundsätzlich einige Dinge geraderücken. Wenn anschließend noch Fragen offen sind, können Sie die im Anschluss gern stellen.“

„An diesem Punkt der Tagesordnung ist eigentlich keine Diskussion zulässig“, wandte Berg ein.

„Willst du, dass die hier alles auseinandernehmen?“, zischte der Bürgermeister ihm zu. „Na also, dann lass mich versuchen, die Kuh vom Eis zu kriegen.“

„Mach das, Dirk, dadurch sind wir wenigstens alle auf dem gleichen Stand“, sagte Gerd mit leicht spöttischem Unterton.

„Also gut, aktuell geht es um ein großes Kontingent Flüchtlinge aus Syrien. Niedersachsen hat aus humanitären Gründen zugesagt, mehr als dreitausend Flüchtlinge aufzunehmen.“

„Dreitausend, dann ist da unten ja alles leer. Können wir unseren Atommüll hinbringen.“

Dirk Logert ließ sich nicht aus der Ruhe bringen. „Unter diesen dreitausend Menschen sind überproportional viele Kinder. Selbstverständlich dürfen diese Familien, nach allem, was ihnen widerfahren ist, auf gar keinen Fall getrennt werden.“

„Du kannst ja eine Familie aufnehmen", rief jemand.

„Das hatten wir nach dem Krieg schon mal, solche Einquartierungen."

„Wir müssen etwas zusammenrücken und Platz schaffen für diese Familien."

„Damit sie Zeit haben, die Kinder möglichst jung zum Klauen und Prügeln auszubilden, bevor sie strafmündig werden."

Sofort regte sich Widerspruch aus dem Zuschauerraum. „Du kannst doch nicht alle über einen Kamm scheren."

„Dies ist eine Fragestunde, keine Diskussionsrunde", rief Richard Berg entnervt.

„Liebe Bürgerinnen und Bürger, ich verstehe Ihren Unmut. Ich kann Ihre Befürchtungen und Ängste nachvollziehen, aber ich weiß auch, dass die weitaus meisten dieser Menschen wahrhaftig unserer Hilfe bedürfen. Viele Kinder haben Dinge gesehen und erlebt, die ein Erwachsener kaum verwinden kann. Neben Hunger und Durst, dem Verlust von Familienmitgliedern, Eltern oder Ehepartnern haben diese Menschen oft jahrelang in der Angst vor Heckenschützen oder Giftgasangriffen gelebt. Ihr Weg in die Flüchtlingslager und das Leben dort waren überaus traumatische Erlebnisse. Diese Menschen kommen mit Dankbarkeit im Herzen und voller Hoffnung auf eine bessere Zukunft."

„Die wir bezahlen dürfen", warf einer ein.

„Gute Handwerker können wir immer brauchen", widersprach ein anderer.

Logert wartete, bis das Gemurmel verebbte. „Ist nicht gerade die Adventszeit der Zeitpunkt im Jahr, an dem wir innehalten, an dem wir an unsere Nächsten denken und ihnen etwas Gutes tun wollen?"

„Mir kommen gleich die Tränen."

„Lass ihn. Er hat doch recht."

„Liebe Bürgerinnen und Bürger, diese Menschen brauchen unsere Hilfe jetzt. Lassen Sie uns jeden Einzelnen mit weit offenen Armen empfangen."

„Dabei aber die Portemonnaies zu Hause lassen."

„Was man kennt, braucht man nicht zu fürchten. Das gilt für die Fremden, die zu uns kommen, genauso wie für uns."

„Aber warum werden die alle zusammen in so großen Gebäuden untergebracht. Das erschwert die Integration unnötig."

„Die wollen sich doch gar nicht integrieren."

„Wer weiß, wie lange die bleiben."

„Da sprechen Sie ein Detail an, das mir auch nicht schmeckt", antwortete der Bürgermeister so laut, dass er die weiteren Kommentare übertönte. „Wenn mehr Eigenheimbesitzer ihre Häuser und Wohnungen zur Verfügung stellen würden, hätten wir das Problem nicht."

„Soweit kommt es noch. Da zünde ich mein Haus lieber an, als es an solche Bagage zu vermieten."

„Hm, ich denke, die Argumente sind ausgetauscht. Wir sollten eine Bürgerversammlung zu diesem Thema einberufen, sobald wir wissen, wann die ersten Flüchtlinge aus diesem Kontingent für unseren Landkreis zu erwarten sind. Ich danke Ihnen für Ihre Aufmerksamkeit und Ihre engagierten Beiträge. Lassen Sie uns nun bitte in der Tagesordnung fortfahren."

21

Hildesheim, Donnerstag, 5. Dezember 2013

Iris hatte den Begriff ‚Sebastian' in die Google-Suchzeile eingetippt, bevor sie überhaupt wusste, dass sie über Isoldes zweite Geschichte nachgedacht hatte. Natürlich ergab das völlig unkoordinierte Ergebnisse, von denen nicht eines auch nur im Entferntesten etwas mit dieser Sache zu tun hatte. Sie ergänzte die Suchparameter, fand aber nicht das Geringste.

Von welchem Jahr hatte Isolde Gerhardt gesprochen?

1978?

Nein, das war das Jahr, in dem dieser Frank ihr unter den Rock geguckt hatte.

Genau, das Jahr, in dem ihre Tochter geboren wurde.

Verdammt. Bei der zweiten Geschichte hatte sie keine Jahreszahl genannt.

Wahrscheinlich würde sie auch keine nennen, wenn Iris noch einmal nachfragen würde.

Vielleicht ließ es sich mithilfe der anderen Anhaltspunkte rekonstruieren.

Iris schaute sich alle ihre Aufzeichnungen an und ebenso die Unterlagen, die Isolde ihr übergeben hatte.

Nichts.

Das gab es doch nicht.

Das war ihr schon lange nicht mehr passiert.

Dabei hatte sie fast täglich mit Problemstellungen zu tun, die in Vor-Internet-Zeiten stattgefunden hatten.

Aber dass sie so gar kein Ergebnis bekam, war mehr als ungewöhnlich.

Wenigstens irgendeine Verbindung konnte sie dem Netz immer entlocken.

Sie versuchte es noch einmal, ließ den Namen weg. Zumindest als Urban History müsste sie doch einen Ansatzpunkt finden.

Genervt schaltete sie den Laptop aus.

Wer konnte ihr weiterhelfen?

Ihr Klassenkamerad Leo aus der Zulassungsbehörde jedenfalls nicht. Der hatte sowieso noch etwas bei ihr gut.

Auch Ron, der Taxifahrer, der ihr Suchbusiness überhaupt ins Rollen gebracht hatte, wäre keine gute Wahl.

Sie brauchte einen Polizisten, am besten einen, der schon sehr lange im Dienst war.

Leider kannte sie nur Kofi und Moll.

Beide nicht alt genug.

Plötzlich schoss ein Pfeil aus Hitze quer durch ihren Brustkorb.

Sie musste sich zurücklehnen und tief durchatmen.

Das war DIE Gelegenheit.

Das wäre die Gelegenheit.

Rein beruflich. Versteht sich.

Nein.

Sie wüsste es.

Und er?

Wüsste er es auch? Vermutlich!

Andererseits, es war doch das Naheliegendste. Sie hatte ein Problem und kannte jemanden, der ihr dabei helfen konnte. Natürlich rief sie ihren einzigen Kontakt bei der Polizei an.

Warum fühlte es sich dennoch so falsch an?

Sie stand auf, ging zum Tresen und ließ sich eine Flasche Wasser geben.

Shit.

Sie trank einen großen Schluck.

Dann drehte sie den Verschluss in Zeitlupe wieder auf das Gewinde und kehrte zu ihrem Platz zurück.

Sie wählte und wartete. Warum sie sich die Lippen befeuchten musste, verstand sie selbst nicht.

„Kofi, hi."

„Hallo Kofi, hier ist Iris. Iris Bender, du erinnerst dich?"

„Hi, Iris, was für eine Frage. Natürlich. Wie geht's?"

„Gut, danke. Aber das sollte ich eher dich fragen. Hast du dich schon eingelebt?"

Kofi lachte heiser. So heiser, dass Iris' Magen sich zusammenknüllte. „Nicht wirklich. Die meiste Zeit habe ich sowieso auf der Dienststelle verbracht. Meine Wohnung hat noch etwas von einem Ikea-Showroom. Überall Kartons und nur halb aufgebaute Regale. So richtig heimelig ist es da noch nicht."

Iris' erster Impuls bestand darin, ihm anzubieten, die Wohnung mit ihm gemeinsam etwas wohnlicher zu gestalten. Glücklicherweise gelang es ihr rechtzeitig, sich auf die Zunge zu beißen. So sagte sie stattdessen: „Ja, so ist das immer, aber letztlich ist es das, was das Vergnügen an einem Umzug ausmacht."

Sie verdrehte die Augen. Viel besser war das jedenfalls nicht.

Kofi lachte erneut. „Na ja, ich könnte darauf verzichten. Am liebsten habe ich es, wenn alles an seinem Platz ist und ich abends einfach mit einem Glas Wein in meinen Sessel plumpsen und eine schöne Sportsendung im Fernsehen anschauen kann."

„Ich würde lieber ein spannendes Buch lesen, aber ansonsten kann ich das nachvollziehen."

„Sag, Iris, was kann ich für dich tun?"

„Bist du beschäftigt?"

„Mit meinem Mittagessen."

„Oh, entschuldige."

„Macht nichts. Ich hätte ja nicht drangehen müssen. Aber dann habe ich deine Nummer erkannt ..." Er verstummte.

„Das ist lieb von dir. Ich habe eine Bitte."

„Ein Abendessen mit mir?"

„Das auch."

„Auch? Nicht in erster Linie?"

Jetzt war es an ihr zu lachen. „Doch, doch, aber ein bisschen Polizeispitzelhilfe wäre phänomenal."

„Schieß los."

„Kannst du einen Kontakt zu einem möglichst alten, dienstalten meine ich, Polizisten herstellen?"

„Kann ich sicher, wozu soll das gut sein?"

„Privatvergnügen. Jemand hat mir eine Geschichte erzählt. Hanebüchen von vorn bis hinten, und nun wüsste ich gern, ob da was dran ist."

„Wann soll das stattgefunden haben?"

„Zwischen 1968 und sagen wir 1980."

„Wer 1968 schon im Dienst war, ist heute mindestens 66 Jahre alt und garantiert pensioniert."

Shit, Iris lief rot an. Ein Glück, dass er sie nicht sehen konnte. Darauf hätte sie auch allein kommen können. „Mensch, das habe ich gar nicht nachgerechnet."

„Macht nichts. Ich frage Moll, wenn wir uns nachher wiedersehen. Es existiert bestimmt ein Kontaktmann zur Gruppe der Ehemaligen. Gibt's auf jeder Dienststelle. Der kann dir sicher weiterhelfen. Ich melde mich spätestens heute Abend bei dir."

„Das wäre klasse. Danke. Lass dir dein Essen schmecken."

„Danke. Sag mal, du bist dir sicher, dass diese Geschichte tatsächlich in Hildesheim stattgefunden hat. Oftmals stammen die Ursprünge solcher Staungeschichten aus ganz anderen Gegenden und wurden importiert."

„Hildesheim, eindeutig."

„Na dann, bis später."

Iris legte das Handy auf den Tisch.

Darüber hatte sie gar nicht nachgedacht. Dieser Junge musste nicht zwangsläufigerweise in Hildesheim gelebt haben, bevor er in das Waisenhaus gekommen war.

Apropos Waisenhaus.

Warum brauchte ihr Laptop immer dann so lange zum Hochfahren, wenn sie dringend etwas wissen wollte?

Wie viele Waisenhäuser wird es gegeben haben, in Hildesheim?

Das war definitiv ein guter Ansatzpunkt.

22

Hildesheim, Donnerstag, 5. Dezember 2013

„Paps, kann ich bei dir bleiben?“

„Was? Wie? Kathi, wo kommst du her?“ Moll drehte sich auf die Seite und versuchte, etwas auf seinem Wecker zu erkennen. „Kathi, es ist halb vier. Was machst du hier?“

„Sie nervt voll.“

Matthias Moll stöhnte und rappelte sich auf. Doch erst, nachdem er sich die Augen gerieben hatte, begann er, überhaupt etwas zu erkennen. „Du bist nicht richtig angezogen, warst du so auf der Straße unterwegs?“ Er zuckte zusammen. „Mitten in der Nacht?“

„Paps, sie ist sooo unerträglich. Bitte sag, dass ich bei dir bleiben darf.“

„Wo ist Ella, wo ist deine Mutter?“

„Zu Hause, in ihrem Atelier, wo sonst?“ Kathi zog ihren Mantel aus, den sie scheinbar über ihren Schlafanzug gezogen hatte.

Moll drehte sich zur Seite und stellte beide Füße nebeneinander auf den Fußboden. Obwohl dort ein dünner Teppich lag, spürte er die Kälte sofort. „So, jetzt setz dich mal neben mich und erzähl mir in aller Ruhe, was geschehen ist.“

„Mein Gott, Paps, wird das ein Verhör, oder was? Du weißt doch, wie sie ist. Du hast es auch nicht mit ihr ausgehalten.“

„Das steht auf einem völlig anderen Blatt. Du lebst bei Ella. Das haben wir gemeinsam so entschieden.“

„Aber nicht immer, jedes zweite Wochenende und in den Ferien darf ich bei dir sein und außerdem immer, wenn es passt. Und jetzt passt es, du hast doch nichts anderes vor, oder?"

„Kathi, so geht das nicht. So ist das auch nicht gemeint, das weißt du genau."

„Gar nichts weiß ich. Ich bin ein armes Scheidungskind und brauche deine Unterstützung, Zuneigung und Wärme, damit ich kein bleibendes Trauma entwickle."

Moll rappelte sich auf. „Weiß sie, dass du weg bist?"

Kathi lief an ihm vorbei und versperrte ihm den Weg aus dem Schlafzimmer. „Du willst sie anrufen? Jetzt?"

„Selbstverständlich. Was meinst du, wie sehr sie sich sorgen wird, wenn sie morgen früh entdeckt, dass du nicht in deinem Bett liegst und schläfst." Noch während er das sagte, wusste er, dass seine raffinierte Tochter genau das beabsichtigt hatte.

„Du verdirbst immer alles", sagte sie mit ziemlich viel Zorn in der Stimme.

„Kathi, du kannst uns nicht gegeneinander ausspielen. Dazu bist du viel zu vernünftig."

„Du manipulierst mich, Paps."

„Dito." Entschlossen schob er seine Tochter zur Seite und ging zum Schreibtisch, der im Wohnzimmer neben dem Fernseher stand. Er tippte die Kurzwahltaste an und wartete darauf, dass seine Exfrau abnahm.

Er wartete und zählte die Klingeltöne mit.

Sechs, sieben, acht, nichts.

„Bist du sicher, dass sie im Atelier ist? Da gibt es doch auch ein Telefon, oder?"

„Natürlich nicht, du weißt genau, dass sie beim Arbeiten nicht gestört werden will, nicht vom Telefon, nicht von Besuchern und schon gar nicht von der eigenen Familie."

Moll nahm sein Handy aus der Ladeschale und wählte die Mobilnummer seiner Exfrau. Er sprach ihr auf den Anrufbeantworter.

„Dann darf ich also bleiben?“ Kathi stellte sich auf die Zehenspitzen und drückte ihm einen Kuss auf die Wange. „Du bist der Beste.“

Moll ahnte, dass diese Einschätzung nicht unbedingt von langer Dauer sein würde.

Er begleitete seine Tochter in ihr Zimmer, wartete, bis sie sich eingekuschelt hatte, tätschelte ihr die Wange und löschte das Licht.

Kurz entschlossen ging er zur Wohnungstür, drehte den Schlüssel herum, zog ihn ab und nahm ihn mit in sein Schlafzimmer. Sicher ist sicher.

Es dauerte lange, bis ihm wieder warm wurde. Er würde morgen früh lieber nicht in seiner Haut stecken wollen. Wahrscheinlich blieb ihm allerdings nichts anderes übrig.

Ella war schon unter normalen Bedingungen schwierig zu handlen, aber wenn sie, wie jetzt gerade, eine Ausstellung vorbereitete, war sie unerträglich. Alles drehte sich nur um ihre Bilder, sie vergaß Tag und Nacht, sie vergaß zu essen und zu schlafen. Natürlich war Kathi inzwischen alt genug, um mit diesen Phasen umzugehen. Bisher jedenfalls.

Jetzt kam ihnen offensichtlich die Pubertät in die Quere.

Das Telefon musste schon eine ganze Weile geklingelt haben, denn als er dran ging, kreischte sie: „Wo ist Kathi? Du kannst sie doch nicht mitten in der Nacht hier wegholen?“

Er hielt das Telefon so weit von seinem Ohr weg, dass der Schmerz nachließ. „Wie spät ist es?“

„Woher soll ich das wissen? Wo ist sie?“

„In ihrem Zimmer. Sie schläft."

„Dort ist sie nicht. Ich habe nachgesehen."

„In ihrem Zimmer in meiner Wohnung."

„Ich wusste es. Das darfst du nicht."

„Ella, hör mir zu."

„Nein, du hörst mir zu."

Er legte auf und ging zur Toilette. Er hatte die Tür noch nicht ganz erreicht, da klingelte sein Handy erneut. Er ließ es klingeln, bis er sich gewaschen und die Zähne geputzt hatte.

„Moll, guten Morgen."

„Scheißkerl. Ich habe angerufen. Wieso legst du auf?"

„Weil du mich anbrüllst und nicht zuhörst. Das hatten wir schon. Erinnerst du dich, deswegen haben wir uns unter anderem scheiden lassen."

Sie kreischte eine Salve wütender Flüche in sein Ohr, bevor es ihm gelang, das Gespräch zu beenden. Er ging in die Küche und setzte einen Kaffee auf. Danach nahm er wieder ab. „Moll, guten Morgen."

„Du darfst sie nachts nicht wegholen."

„Das habe ich nicht. Sie stand plötzlich neben meinem Bett."

„Oh, Donna, dann ist sie ganz allein durch die halbe Stadt gelaufen? Mitten in der Nacht?"

„Ich denke, sie hat das Fahrrad genommen. Und es ist ja nichts passiert."

„Das sagst ausgerechnet du? Der Polizist? Derjenige, der in jedem einen potenziellen Mörder sieht?"

„Was war denn vorgefallen, gestern Abend bei euch?"

„Sie wollte in eine Spätvorstellung ins Kino, und ich hab's verboten."

„Aha."

„Was soll das heißen?"

„Aha heißt aha, also soviel wie verstehe oder alles klar."

„Nein, es heißt, dass du mich kritisierst."

Moll seufzte. „Ich nehme an, du hast ihr als Ausgleich für den Kinoabend versprochen, dass ihr zusammen kocht oder ein Video guckt, und dann hast du es vergessen, weil du unbedingt noch ein Bild fertigmalen musstest. Es musste raus." Jetzt gab es zwei Möglichkeiten: Entweder tickte sie völlig aus oder sie verwandelte sich in eine schuldbewusste, kleinlaute Maus.

„Oh!"

Kleinlaute Maus.

„Hör zu, Ella, was hältst du davon, wenn Kathi bei mir bleibt, bis du deine nächste Ausstellung fertig vorbereitet hast?"

„Das sind noch beinahe zwei Wochen."

„Sie kommt dich zwischendurch besuchen. Aber ich kümmere mich in der Zeit um die Schule, ums Essen und um das Freizeitprogramm, okay?"

„Hm, das muss ich mit ihr direkt besprechen. Gib sie mir."

Moll verdrehte die Augen. „Es ist halb sechs. Sie schläft noch. Du kannst nachher mit ihr telefonieren."

„Gut, ich rufe sie auf jeden Fall an, bevor sie sich auf den Weg zur Schule macht."

„Tu das", sagte Moll. „Mach's gut." Er ahnte, dass seine Exfrau in einer Stunde, wenn Kathi frühstückte, bereits erneut in ihrer Arbeit versunken sein würde und sie und den Anruf vergessen würde. „Ich kann's ihr ebenso gut ausrichten, wenn du möchtest."

„Matthias?"

„Ja!"

„Kommst du zur Vernissage in den Stammelbachspeicher?"

„Du wirst mich nicht daran hindern können."

„Danke. Danach bin ich wieder eine gute Mutter."

„Davon gehe ich aus. Mach's gut."

Eine Künstlerin und ein Polizist, ihre Arbeitszeiten ließen sich selten gut aufeinander abstimmen.

Als Moll zur Dienststelle kam, setzte er als Erstes eine Kanne Kaffee auf. Er hielt nichts von diesen Blubbermaschinen, die dampfendes Wasser mit hohem Druck durch mikrofeines Kaffeepulver pressten. In diesen Kapseln war gar kein Platz, dass der Kaffee sich mit Wasser vollsaugen konnte. Das schmeckte nach eingeschlafenen Füßen. Und am überflüssigsten war die Crema. Wenn er einen Kaffee trank, wollte er Kaffeegeschmack und was sich in seiner Tasse befand, sollte auch nach Kaffee aussehen. Er brauchte keine drei Schichten in einem speziellen Glas.

Schon während er das Pulver, das er eben gerade frisch gemahlen hatte, in den Filter schaufelte, inhalierte er das Aroma. Dann stellte er die Brühzeit ein und freute sich auf die erste Tasse.

Er hatte sie gerade eingegossen und vorsichtig daran genippt, als Gunnar eintraf.

„Morgen, ich soll zur Heyse-Schule kommen und einen Kollegen ablösen. Warum habt ihr die Überwachung angeordnet?"

„Guten Morgen, tolles Ergebnis gestern, dass du den Namen von diesem Harro herausgefunden hast."

„Danke."

Er schien sichtlich überrascht zu sein, dass Moll ihn lobte.

„Dass du dich dazu sinnlos besaufen musstest, verstehe ich allerdings nicht."

„Ich war nicht betrunken, vielleicht ein wenig angeheitert, so auf leeren Magen."

Jetzt wirkte er doch ziemlich verunsichert. Moll fragte ihn: „Kaffee?"

„Nee, danke, die warten auf mich. Sag mir nur eben schnell, was ihr herausgefunden habt."

„Da war noch Geld versteckt. Wir gehen davon aus, dass sie versuchen werden, sich das zu holen. Übrigens, kannst du noch etwas für uns herausfinden?"

„Weiß nicht. Kann's versuchen."

„Sie müssen zu viert gewesen sein."

„Vier obdachlose Freunde?"

„Vielleicht eine Schicksalsgemeinschaft? Oder ein Start-up."

„Wieso vier?"

„Wir haben vier Schlafplätze entdeckt. Pepino-Lohstein, der Tote, Grebstein, der Maurer, und Harro alias Hans-Jürgen Mausberg, der Typ mit dem Hundefaible, fehlt die Nummer vier."

„Verstehe. Ich gehe auf dem Rückweg an dem Kiosk vorbei und höre mich mal um."

Moll trank seinen nun nicht mehr ganz so heißen Kaffee in kleinen Schlucken und genoss jeden einzelnen. Entsprechend ungehalten grunzte er, als es an seiner Tür klopfte. Doch niemand kam herein. Erstaunt sah Moll auf. Was war das denn? Wartete da tatsächlich jemand draußen vor der Tür, bis er herein sagte?

Er stand auf und zog seinerseits die Tür auf. „Kofi, Mann, was machst du da?"

Er lehnte an der gegenüberliegenden Wand und tippte auf seinem Telefon herum.

„Ich habe geklopft, dachte, du bist nicht da. Wollte dich eben anrufen."

„Warum kommst du nicht einfach rein?"

„Weil ich zivilisiert bin."

Moll verdrehte die Augen so offensichtlich, dass Kofi es sehen musste. Er mochte den Kerl immer mehr, aber das musste er ja nicht unbedingt wissen. „Was hast du da?"

„Eine Zeitung."

„Ist da ein Fisch drin?"

„Nein, nur ein interessanter Zeitungsartikel."

„Über den Brand?"

„Selbstverständlich, der ist auf der Titelseite und noch auf drei weiteren Seiten, die meine ich jedoch nicht. Guck mal hier." Er hielt Moll die aufgeschlagene Zeitungsseite hin.

„Bevor ich Asylanten in mein Haus lasse, zünde ich es lieber selbst an", las Moll vor. Dann sagte er: „Gib mal her. Wo ist das?"

„Neuhof. Gehört zu Hildesheim, liegt weiter draußen, glaube ich."

„Neuhof kennst du, geht am Heidekrug vorbei, da warst du doch mit dieser Iris zum Essen, oder?"

„Ach so, gut. Am besten liest du den ganzen Text. Ist ziemlich aufschlussreich. Hier riecht's nach Kaffee. Hast du noch eine Tasse für mich?"

„Nimm dir eine. Ich lese das inzwischen."

Moll setzte sich auf seinen Platz und nahm sich Zeit, den Artikel genauer zu lesen. Das gab der Angelegenheit noch einen weiteren Drive. Hatte nicht der Hausmeister ebenfalls gesagt, dass die Paul-Heyse-Schule ein Asylantenwohnheim werden sollte?

Er legte das Zeitungsblatt zur Seite und zog stattdessen ein weißes Papier heran.

„Lass uns mal gucken, was wir bisher haben."

Kofi nickte und setzte sich neben seinen Kollegen.

Moll tippte mit einem Bleistift auf die Mitte des Blattes. „Wir haben einen Toten, Pepino-Lohstein, in der Paul-Heyse-Schule. Er gehört zu einem Männerclub, zu dem außer ihm noch Harro, alias Hans-Jürgen Mausberg, Kallo Grebstein und ein Vierter gehören, dessen Identität unser junger Kollege Gunnar noch klären muss."

„Genau, in der Schule lebten außerdem noch einige andere Personen, scheinbar zwei Familien und fünf oder sechs Einzelpersonen."

„Können wir davon ausgehen, dass davon niemand im Umfeld gewusst hat?"

„Meinst du im Milieu oder im Stadtteil?"

„Gutes Argument, beides, glaube ich."

„Beides nein, vermutlich, die Boygroup hat ein gesteigertes Interesse, dass alles geheim blieb."

Moll zeichnete ein kleines Männchen auf die rechte Seite. „Der Hausmeister wusste davon."

„Dubiose Rolle. Sollten wir genauer unter die Lupe nehmen."

„Wer lebte in der Schule?"

„Flüchtlinge, Asylbewerber, Illegale auf der einen Seite, andererseits garantiert Leute, die das Licht aus anderen Gründen scheuen", überlegte Kofi.

„Versteht sich von selbst. Aber jetzt kommt die interessante Frage: Wie kam deine Boygroup an Kunden?"

„Mund-zu-Mund-Propaganda?"

„Mag sein. Vielleicht war das der Fehler. Vielleicht hat jemand, der in der Hierarchie weit über Grebstein steht, das Potenzial erkannt und wollte ihm das Geschäft wegnehmen."

„Dann wäre einer der Mitbewohner oder Untermieter der große Unbekannte." Doch plötzlich schüttelte

Kofi entschieden den Kopf. „Das ergibt keinen Sinn. Das wäre ja so, als schlachtete man die Gans, die goldene Eier gibt."

„Richtig, es bringt nichts, das Haus anzuzünden, mit dem man Miete verdienen will, beziehungsweise, in dem man Waren oder Personen sicher aufbewahren kann. In beiden Fällen stellt die Schule nur dann einen Wert dar, wenn sie unangetastet existiert und niemand darauf aufmerksam wird, dass darin etwas geschieht."

„Also bleibt noch die Vertuschung. Schule und Pepino-Lohstein mussten weg, weil sie etwas verraten konnten."

Moll zeichnete ein kleineres Haus neben die Schule. „Das sind die Leute aus dem Viertel. Die wollen keine Asylantenburg. Die Schule unbewohnbar zu machen, könnte ein Ausweg sein."

„Akzeptiert. Jetzt zeichne das Neuhofer Haus auf die andere Seite. Das könnte erstens Zufall sein. Gleiches Problem, andere Protagonisten. Zum anderen könnte es nahe legen, dass der oder die Täter das große Bild im Auge haben und generell eine Einquartierung verhindern wollen, was ja die anderen Brände im letzten Jahr andeuten könnten."

Moll zeichnete das Haus und versuchte, einen übergeordneten Täter darzustellen. „In dem Fall sollten wir nicht nur die bisherigen Brände überprüfen, sondern außerdem brauchen wir eine Liste aller Gebäude, die in naher Zukunft an Flüchtlinge oder ähnliche Personengruppen vergeben werden sollen."

Kofi notierte die Arbeitsschritte, die Moll formuliert hatte. „Wir könnten die Streifen bitten, an diesen Orten genauer hinzuschauen und einmal öfter vorbeizufahren."

Moll nickte. „Wir sollten nach Neuhof fahren und uns mit dem Mann unterhalten, der das Zitat im Titel des Artikels bei der Ratssitzung von sich gegeben hat. Ach, und vielleicht ist es sinnvoll, mit einem Vertreter von Asyl e.V. zu sprechen. Die können uns sagen, ob aus irgendeiner Richtung verstärkt Anfeindungen laut geworden sind."

Kofi prustete. „Das sind aber eine Menge Befragungen. Hat die Überwachung der Schule schon etwas ergeben?"

„Bisher noch nicht, ich denke allerdings eher, dass erst nach Einbruch der Dunkelheit etwas passieren wird."

„Mir geht nicht aus dem Kopf, dass wir möglicherweise völlig auf dem Holzweg sein könnten."

„Ich weiß, worauf du hinauswillst: Die vier Männer haben sich in die Flocken gekriegt."

„Wär doch möglich. Und andererseits frage ich mich, warum augenscheinlich niemand von all den heimlichen Bewohnern da war, als der Brand gelegt wurde."

„Oder alle", widersprach Moll.

23

Neuhof, Donnerstag, 5. Dezember 2013

Anita Breinert wachte auf, weil die dämliche Töle von nebenan wieder einmal bellte und bellte und bellte. Das Hundegebell klang schon ganz heiser. Sie stand auf, um das Fenster zu schließen, das sie so lange wie möglich über Nacht offen stehen ließ, weil sie dann besser schlafen konnte, sofern dieser blöde Köter sie nicht nervte.

Sie schob die Gardine zur Seite, klappte das Fenster zu und wollte eben alles wieder zuziehen, als ihr etwas auffiel. Stoben da Funken aus dem Schornstein des Nachbarhauses?

Nein, das war nicht der Schornstein.

Scheiße, kein Wunder, dass der Hund ausflippte.

Sie flitzte zurück zum Stuhl neben ihrem Bett und suchte nach ihrem Handy. Wie immer steckte es in der letzten Hosentasche, in der sie suchte.

„Zentrale Notrufstelle Hildesheim, was kann ich für Sie tun?"

„Das Nachbarhaus brennt. Kommen Sie schnell."

„Wo wohnen Sie?

„Neuhof!"

Sie gab ihm Adresse und Telefonnummer durch und begann gleichzeitig, ihre Jeans anzuziehen. Nachdem der Mitarbeiter der Notrufzentrale gesagt hatte, dass sie auflegen könne, hatte sie sofort begonnen, die Telefonnummer ihrer Nachbarn zu wählen. Sie konnte sie auswendig, weil sie sich wenigstens einmal die Woche wegen des bellenden Schäferhundes beschwerte.

„Thomas, hör mal, das Haus zwischen unseren brennt. Ihr müsst raus."

„Bist du betrunken, Anita?"

„Dein Hund riecht es jedenfalls, hörst du ihn nicht?"

Sie konnte hören, dass er zum Fenster ging und es öffnete. „Bäh, das stinkt. Maggie, steh auf." Er brüllte so laut, dass Anita das Telefon vom Ohr weghalten musste.

Sie war inzwischen fertig angezogen und warf ihren Aktenordner, ihre Geldkassette und ihre Papiere in eine Sporttasche. Dann riss sie die Kabel aus ihrem PC und klemmte ihn sich unter den Arm.

Jetzt brauchte sie nur noch die Schachtel mit ihren Erinnerungen. Die stand im Wohnzimmer. Aus dem Fenster dort konnte sie sehen, dass helle Flammen in dem Haus nebenan loderten. Welch ein Glück, dass dort niemand mehr lebte.

Die alte Frau Meyerhof war vor sieben oder acht Monaten gestorben. Ihr Sohn hatte seither versucht, das Haus zu verkaufen. Erfolglos.

Ob es versichert war?

Eher nicht.

Anita konnte die Sirenen der Feuerwehrfahrzeuge hören, die schnell näherkamen. Trotzdem sollte sie zusehen, dass sie aus dem Haus kam.

Sie deponierte ihre Wertsachen im Kofferraum ihres Wagens und fuhr ihn zwei Straßen weiter. Dort war er definitiv in Sicherheit.

Als sie wieder aussteigen wollte, um zurück zu ihrem Haus zu gehen, merkte sie, dass sie wie Espenlaub zitterte, ach was, wie ein Afrikaner am Nordpol.

Ihre Hand bewegte sich so schnell auf und ab, dass es ihr nicht auf Anhieb gelang, den Schlüssel zu packen und aus dem Zündschloss zu ziehen. Sie packte das Lenkrad mit beiden Händen so fest sie konnte, legte die Stirn dagegen und dachte an ihren letzten Tag am Strand in Südfrankreich. Weicher Sand, die Sonne prickelt auf der Haut, es duftet nach Salz und Pinien, und im Hintergrund rollen die Wellen des Atlantik an den Strand. Sie atmete tief ein, entspannte sich wie immer relativ schnell, doch dann erkannte sie, dass sie nicht das Brechen der Wellen hörte, sondern das Bersten von Fensterscheiben.

‚Hoffentlich nicht meine', dachte sie und sprang aus dem Wagen. Sie rannte zurück zu ihrem Haus und wischte gerade noch an der Straßensperre vorbei, die zwei junge Feuerwehrfrauen aufstellten.

Sie schlich sich näher an den Wagen heran, von dem aus der Löscheinsatz offensichtlich koordiniert wurde.

Noch sah ihr Heim ziemlich intakt aus.

Sie hoffte inständig, dass das auch so bleiben würde.

Schwarze Gestalten mit Reflektorstreifen und unglaublich riesigen Helmen und Sauerstoffflaschen auf den Rücken rückten mit schweren Schläuchen in den Armen auf das leer stehende Haus zu.

Das Prasseln und Zischen machte es fast unmöglich, sich zu verständigen. Sie rückte noch näher an den Einsatzleitwagen heran.

„Hallo Anita", sagte der Mann hinter dem Lenkrad. „Mach dir keine Sorgen. Benny und Tracker befeuchten dein Haus, nur vorsichtshalber, da passiert nichts."

„Danke, Leo. Ihr seid die Besten."

„Unsere Feuerwehr ist super gut ausgebildet. Die Jungs wissen, was sie tun müssen. Glaub' mir, in spätestens zwanzig Minuten melden die ‚Feuer aus'."

„Rutsch mal ein Stück, Leo, ich glaube, ich will lieber sitzen."

24

Neuhof, Donnerstag, 5. Dezember 2013

Kofi saß gerade in der Badewanne, als das Telefon klingelte. Er dachte, Iris riefe an, oder seine Mutter. Doch dann hörte er Molls Stimme. „Schläfst du schon?"

„Nee, ich reinige meinen Körper."

„Kannst du das abkürzen?"

„Warum?"

„Es brennt in Neuhof!"

„Wo?"

„Neuhof bei Hildesheim. Du erinnerst dich an den Zeitungsartikel?"

„Du meinst ...?", fragte Kofi und schwang sich bereits aus dem Wasser. „... dieses ‚Ich-zünde-mein-Haus-lieber-selbst-an'? Holst du mich ab?"

„Zehn Minuten. Beeil dich."

„No problem."

Es fiel ihnen nicht schwer, den Brandort zu finden. Moll und Kofi kamen so frühzeitig in Neuhof an, dass sie die letzten Minuten des Löschangriffs noch beobachten konnten.

Sie umkreisten den Brandort einmal eilig zu Fuß, bevor sie sich zum Einsatzleitwagen vordrängten.

Während Moll den beiden, die auf den vorderen Sitzen saßen, seine Marke zeigte, sprach Kofi den Mann mit dem Funkgerät an.

„Guten Abend, wir sind von der Polizeiinspektion Hildesheim. Können Sie schon sagen, ob es sich um Brandstiftung handelt?"

Der Mann drehte sich zu ihm um und sagte: „Geht der Papst zu Fuß aufs Klo?"

Kofi stutzte. „Weiß nicht? Vermutlich ja!"

Dann begriff er. „Also meinen Sie ja. Wie?"

„Keine Ahnung. Fragen Sie morgen die Fachleute."

Zwei Männer kamen auf den Wagen zugerannt. Einer rief: „Kurt, wir brauchen mehr Leute, wir haben eine Leiche gefunden. Sieht aus wie ein Mensch."

„Eine Leiche? Wo?"

„In der Küche."

„Mein Gott, wieso das denn?"

Kofi übernahm. „Kriminalhauptkommissar Kofi Kayi, können Sie mir die Leiche zeigen?"

Der Feuerwehrmann zuckte mit den Schultern. „Einbruchgefahr besteht nicht, glaube ich, weder beim Dach noch bei den Wänden. Kurt, was meinst du?"

„Ich weiß auch nicht. Ist das Feuer gelöscht?"

„Wir müssen eine Weile Brandwachen vorhalten, das eine oder andere Glutnest wird garantiert noch aufflackern."

Der Mann, den sie Kurt genannt hatten, seufzte. „Na, dann kommen Sie mal. Hol mir für die Kommissare einen Helm, ja."

Kofi winkte Moll, der mit der Frau auf dem Beifahrersitz sprach. „Mein Kollege."

Moll bemerkte ihn und kam herüber. „Die Frau heißt Anita Breinert und bewohnt das Nachbarhaus. Sie hat das Feuer entdeckt und gemeldet."

Kofi beugte sich nahe an Molls Ohr und flüsterte: „Da drin liegt ein Toter."

„Nein!"

„Doch. Der Herr ... äh ... Kurt führt uns ins Haus."

Hinter Kofi tauchte ein Mann auf. Er sagte: „Guten Tag, Ortsbrandmeister Kurt Schwert, tut mir leid, dass ich mich nicht eher vorgestellt habe, aber so einen Großeinsatz haben wir hier selten. Da hat anderes Prioritäten."

„Kein Problem. Matthias Moll, wir sind von der Kripo Hildesheim."

„Hat ihr Kollege schon gesagt. Sind Sie tatsächlich zufällig hier?"

„Nein, quasi aus beruflicher Neugierde. Sagen Sie, haben Sie den Artikel über Ihre letzte Gemeinderatssitzung gelesen?"

Kurt nickte.

„Der Mann, den die Zeitung in ihrer Überschrift zitiert hat, bezog der sich auf dieses Haus?"

Kurt nickte noch einmal. „Berni Meyerhof heißt er." Dann wandte er sich an seinen Kollegen, der mit zwei Helmen zurückgekommen war. „Am besten du gehst vor und zeigst uns, was ihr gefunden habt."

Kofi wusste nicht, womit er gerechnet hatte. Mit einem verkohlten Hund vielleicht. In ihm drin hatte sich jedenfalls alles dagegen gesträubt, dass sie tatsächlich einen toten Menschen vorfinden würden.

Doch er lag auf dem Boden. Wie aus einem Lehrvideo. Zur Fötusstellung zusammengekrümmt. Verkohlt und doch noch so menschlich.

„Wo ist das Feuer ausgebrochen?", fragte er. Seine Augen begannen zu tränen. „Nach wie vor ganz schön verraucht, die Küche."

„Ich bin kein Fachmann, wir denken allerdings, es hat hier angefangen, in der Küche. Sehen Sie, die schwersten Schäden sind hier entstanden." Er schüttelte den Kopf und wischte sich ein paar Schweißtropfen von der Stirn, die unter dem Helm hervortröpfelten. „Natürlich lernt man das in der Ausbildung, dass so ein Standardfeuer nicht ausreicht, um einen Körper zu verbrennen, dass die erforderliche große Hitze nicht lange genug erreicht wird. Aber, wenn sie hier reingehen, um zu löschen, dann ist Ihnen so heiß, dass Sie denken, Sie schmelzen gleich oder die Klamotten glühen sich in ihre Haut hinein."

Während Kofi die Lage der Leiche betrachtete, sprach Moll an seinem Telefon offensichtlich mit Caroline Maiworm.

Kofi betrachtete die Leiche eingehend.

Ein Mann, eindeutig.

Oder bildete er sich das ein? Woran sollte er das erkennen?

Alt oder jung? Unmöglich zu sagen.

Schwarze Wände, schwarzer Fußboden, verbogene Metallstreben, vielleicht von einem Tisch, von einer emaillierten Waschschüssel. Fast völlig intakt die Außenwand. Kofi hustete. Was für ein Schlamassel.

Moll gesellte sich zu ihm. „Einbruchsspuren werden wir hier wohl keine mehr finden können."

„Fußspuren auch nicht."

Moll fragte die Feuerwehrmänner: „Wie sieht es oben aus?"

„Hauptsächlich Wasserschaden. Das Feuer hat sich den kürzesten Weg nach draußen gesucht." Er zeigte nach oben. „Hier ist das Haus nur eingeschossig, scheinbar ein Anbau, deshalb hat gleich der Dachstuhl gebrannt. Zur Seite kriecht das Feuer erst später." Er grinste. „Da waren wir schon da und haben ihm ein paar tausend Liter Wasser in den Weg gespritzt."

Moll überlegte halblaut: „Mit einem Quäntchen Glück finden wir doch noch etwas, das uns verrät, mit wem wir es zu tun haben."

„Was denkst du, wer das ist?", fragte Kofi.

„Herr Meyerhof?“, antwortete Moll zögernd. „Haus anstecken, Versicherungssumme kassieren, klingt wie eine sichere Bank.“

„Du meinst, dabei ist was schief gelaufen?“

„Er wäre nicht der Erste, der die Macht des Feuers unterschätzt hat.“

Kofi sah ihn skeptisch an. „Ich wünsche dir und mir, dass du recht hast, aber leider glaube ich nicht daran. Ich tippe auf Grebstein.“

„Ich habe eher den unbekannten Vierten im Auge“, gab Moll zu. Dann hielt er sein Handy hoch. „Caroline ist quasi schon unterwegs.“

„Was heißt das?“

„Sitzt in der Badewanne.“

Kofi grinste. „Wir sind eben ein sauberes Völkchen. Mich hast du ebenfalls beim Wässern gestört.“

Moll verdrehte die Augen. „Und jetzt ist alles für die Katz. Jetzt stinkst du dermaßen nach Rauch, dass du zwei Tage baden könntest, ohne dass sich was ändert.“

Ortsbrandmeister Kurt Schwert tippte Kofi auf die Schulter. „Übrigens, das ist er.“

„Wer? Was?“

„Dort an der Tür, das ist Berni Meyerhof, der Erbe des Hauses.“

Ohne zu zögern, ging Kofi mit ausgestrecktem Arm auf den korpulenten Mann zu, der mit offenem Mund im Türrahmen stand und offensichtlich entgeistert zuhörte, was ein Feuerwehrmann ihm erzählte. „Guten Abend, Ihnen gehört das Gebäude hier?“

Meyerhof blickte auf, seine Augen verengten sich noch stärker. „Ich kenne Sie nicht. Was tun Sie in meinem Haus?“

Kofi spürte, dass Moll direkt neben ihm stand. „Ich arbeite bei der Kripo Hildesheim. Wir ermitteln hier, weil wir vermuten, dass es sich um Brandstiftung handeln könnte."

Der Mann, deutlich kleiner als Kofi, dafür umso breiter, trat einen Schritt zurück und musterte ihn skeptisch von Kopf bis Fuß. Anschließend verschränkte er die Arme vor der Brust und sagte: „Das glaube ich Ihnen nicht." Kurz darauf machte er einen großen Schritt auf Kofi zu und tippte ihm mit dem Zeigefinger auf die Brust. „Wissen Sie, was ich glaube? Sie haben das Haus angezündet, in dem ich aufgewachsen bin. Sie sind der Brandstifter." Seine Stimme war langsam immer lauter geworden. Jetzt brüllte er: „Sie Scheißer, Sie." Dann stieß er Kofi mit einer schnellen, kraftvollen Bewegung mit beiden Händen vor die Brust, sodass der zurücktaumelte und gegen eine Wand prallte.

Er spürte, dass Moll ihm ausgewichen war und sofort nach dem Mann griff. Als Kofi sich wieder aufgerappelt hatte, zappelte Meyerhof bereits in Molls Griff. „Ich nehme Sie mit zur Dienststelle, dort können Sie sich zuerst einmal wegen Beamtenbeleidigung und Angriff auf einen Polizisten im Dienst verantworten. Da wir schon dabei sind, werden wir Ihnen außerdem Brandstiftung zur Last legen." Er drehte den sich windenden Mann zur Seite, sodass der auf den verbrannten Körper blicken musste. „Ach ja, und nicht zu vergessen, erwartet Sie eine Anklage wegen Mordes. Noch Fragen?"

So wie Meyerhof aufkeuchte, hatte er den Toten vorher noch nicht bemerkt. Kofi hatte sich wieder gefangen und stand nun neben Moll, der nur ein wenig schneller atmete als sonst und sehr zufrieden aussah.

Er sah Kofi prüfend an. „Passiert dir das oft?"

Der zuckte mit den Schultern. „Eher selten, vielleicht ist man in Holzminden zivilisierter als in Hildesheim."

Molls Grinsen zeigte, wie erleichtert er war, dass sein neuer Partner unverletzt geblieben war. „Das lernen die hier auch noch", sagte er.

Währenddessen quakte Meyerhof, ohne sich darum zu kümmern, ob ihm jemand zuhörte oder nicht: „Ich habe das Haus nicht angezündet, ermordet habe ich schon gar niemanden. Wer ist das überhaupt? Nee, nee, wer war das überhaupt? Der hatte hier nichts zu suchen. Ich war's jedenfalls nicht. Wozu soll das dienen? Ich bring' doch keinen um, schon gar nicht in meinem eigenen Haus."

Moll sagte: „Kannst du den mal abstellen? Der geht mit auf den Sack."

„Ich hab draußen uniformierte Kollegen gesehen. Die können ihn übernehmen", schlug Kofi vor.

„Lieber nicht", widersprach Moll. „Ich würde es bevorzugen, ihn direkt mit zur Inspektion zu nehmen und ihn sofort zu verarzten. Wenn der Haftrichter seinen Dienst antritt, kann er gleich einen wunderschönen Haftbefehl für Herrn Meyerhof ausstellen."

„Okay, machen wir es so."

„Das dürfen Sie nicht. Ich habe nichts getan."

Moll schob ihn ein Stückchen weiter. „Also für den Angriff auf meinen Kollegen gibt es jede Menge Zeugen, und den Mord und die Brandstiftung werden wir Ihnen auch nachweisen. Welchen Brandbeschleuniger haben Sie denn verwendet? Zweitakterbenzin wie bei der Paul-Heyse-Schule in Hildesheim? O weh, o weh, ich fürchte, das wird ein langes Gespräch."

„Nein, hören Sie, ich entschuldige mich. Ich habe nichts angezündet." Er stemmte sich jetzt gegen Molls Griff. „Da draußen, auf der Straße haben mir zwei erzählt, dass da so ein Schwarzer weggelaufen sei, kurz bevor das Haus gebrannt hat."

„Soso", sagte Moll. „Natürlich können Sie sich leider nicht daran erinnern, wer das war? Sie haben die Leute noch nie vorher gesehen, stimmt's?"

„Doch, doch, das war der Thomas Westpfahl, von nebenan, mit seinem Hund und seiner Frau. Sie können die beiden fragen, ehrlich."

„Das werden wir, keine Panik." Moll übergab Kofi den sich sträubenden Mann. Dann flüsterte er: „Setz ihn ins Auto. Ich höre mich eben mal um und komme dann nach."

Kofi nickte.

Moll schüttelte ihn noch einmal. „Sie gehen jetzt mit meinem Kollegen mit. Keine Sperenzchen mehr, ich versuche derweil, ihre Zeugen zu finden. Haben wir uns verstanden?"

„Ja, ja, die beiden stehen beim Einsatzleitwagen, bestimmt. Die warten darauf, dass sie wieder in ihr Haus können."

24

Neuhof, Freitag, 6. Dezember 2013

Moll schaute noch hinter den beiden her, bevor er sich an Kurt Schwert wandte, der die Szene aufmerksam, aber schweigsam beobachtet hatte. „Was können Sie mir über Herrn Meyerhof sagen?"

Zuerst zuckte Schwert mit den Schultern. Dann sagte er zögernd: „Ich weiß nicht. Ich kann mir nicht vorstellen, dass Berni das Haus angezündet hat."

„Warum nicht? Er hat doch bei der Gemeinderatssitzung damit gedroht."

„Eben deswegen."

„Geht es ein wenig genauer?"

„Na ja, der ist so einer. Große Klappe, nichts dahinter. Sie wissen schon, Hunde, die bellen, beißen nicht."

Moll wiegte den Kopf. „Das könnte die Ausnahme von der Regel sein. Tarnung sozusagen."

Unwirsch schüttelte Schwert den Kopf. „Nein, Sie kennen Berni nicht."

„Eben darum geht es. Deswegen frage ich Sie."

„Jeder im Dorf nennt ihn Berni, selbst die Kinder, niemand sagt Bernhard und Herr Meyerhof erst recht nicht."

Moll war jetzt ganz aufmerksam. „Und warum nicht?"

„So ist das halt auf dem Dorf. Man kennt sich."

„Was wollen Sie mir sagen?"

„Der Berni ist ein Blubberkopf. Schreit immer rum, pöbelt sogar manchmal, will provozieren, aber im Grunde genommen, ist er völlig friedfertig."

„Mein Kollege hätte sich schon verletzen können, er hat viel Kraft in seinen Stoß gelegt.“

„Das stimmt wohl. Meine Frau sagt immer, Berni ist ein typischer kleiner Mann. Die sind bei jeder passenden oder unpassenden Gelegenheit lauter als nötig, wollen wichtig sein und machen sich damit oft erst recht lächerlich.“

„Man kann in niemanden hineingucken. Aber Sie sind davon überzeugt, dass er seine Aussage bei der Gemeinderatssitzung nicht ernst gemeint hat?“

„Unbedingt. Das poltert so aus dem heraus, wenn der sich ärgert.“

„Hat er Familie?“

„Nö, nur zwei oder drei Katzen.“

„Er wohnt nicht in diesem Haus, oder?“

„Das hier hat er von seiner Großmutter geerbt. Er selbst wohnt im Haus seiner Eltern. Die sind beide vor sieben oder acht Jahren bei einem Autounfall ums Leben gekommen. Berni hatte gehofft, das Haus der Oma schnell verkaufen zu können, um ein paar notwendige Reparaturen am anderen finanzieren zu können. Doch das gestaltete sich schwieriger als erwartet, und als dann die Anfrage des Landkreises kam, ob dort Flüchtlinge untergebracht werden könnten, ist er fast verzweifelt.“

„Verzweiflung ist ein starker Beweggrund, oder?“

„Ich denke schon, aber bei Berni ist das eher äußere Verzweiflung als innere. Verzweiflung, über die man beim Bier gut lamentieren kann.“

„Na ja, ich werd mir mal ein eigenes Bild von ihm machen. Wo finde ich denn den Nachbarn, diesen Thomas?“

„Er steht da drüben, am Zaun. Sehen Sie, der Mann mit dem Hund.“

Schon beim Näherkommen musterte Moll das kleine Grüppchen, das da am Zaun versammelt war. Die Frau, die mit vor der Brust überkreuzten Armen am Zaun lehnte, kannte er bereits. Während er „Anita Breinert" murmelte, setzte er sein höflichstes Lächeln auf. „Guten Abend, entschuldigen Sie bitte, dass ich Ihr Gespräch unterbreche." Er zückte seinen Ausweis. „Ich bin Kriminalhauptkommissar Matthias Moll. Im Haus, in der Küche, habe ich eben Herrn Meyerhof getroffen."

„Berni?", fragte Anita.

„Gibt es noch einen anderen?", fragte Moll zurück.

„Nein, das nicht, aber ich dachte, der wäre verreist." Sie zuckte mit den Schultern. „Hab ich mich wohl getäuscht."

Moll ließ es auf sich beruhen. Darum konnte er sich später noch kümmern. Stattdessen wandte er sich an den Mann, der einen Schäferhund kurz an der Leine hielt, obwohl der ziemlich apathisch zu seinen Füßen lag. Er hatte nur einmal kurz den Kopf gehoben, als Moll sich genähert hatte.

„Sie sind der Nachbar von der anderen Seite?"

„Thomas Westpfahl, ja. War das Brandstiftung?"

„Es sieht so aus, ja, aber wir warten noch auf die Experten." Moll wunderte sich, dass sie nicht nach dem Toten fragten. Hatte es sich noch nicht bis zu ihnen herumgesprochen?

Thomas sagte: „Hätte ja auch 'n Kind sein können. Hält ja keiner mehr was in Ordnung, in der Butze."

„Das Haus war unbewohnt, sagen Sie?", erkundigte Moll sich.

„Das bekommt einem Haus nicht, wenn man es nicht richtig heizt und lüftet oder wenn man nicht genug Wasser laufen lässt. Das ist nicht gut."

„Das kann ich mir vorstellen“, erwiderte Moll und nickte zustimmend. „Soweit ich bisher erfahren habe, hat Frau Breinert Sie angerufen, nachdem sie das Feuer entdeckt hatte. Können Sie mir sagen, was dann passiert ist?“

„Zuerst habe ich ihr nicht geglaubt.“ Er brummelte etwas vor sich hin, was Moll nicht verstehen konnte.

„Wie bitte?“

„Ach, na ja, ich dachte, sie will nur wieder meckern. Unser Ramses hier bellt manchmal.“

Anita Breinert zog die Augenbrauen demonstrativ in die Höhe. „Manchmal? Ziemlich oft trifft es eher.“

Thomas grunzte. „Egal, jedenfalls bin ich dann doch nachsehen gegangen und habe den Rauch entdeckt. Natürlich habe ich Ramses sofort an die Leine gelegt, anschließend habe ich meine Frau geholt. Wir haben die wichtigsten Sachen in einen Koffer geworfen und haben unser Haus verlassen.“

„Wann genau haben Sie Fremde auf dem Grundstück bemerkt?“, fragte Moll.

„Fremde? Ach, Sie meinen diese dunkle Gestalt?“

„Möglich.“

„Nachdem ich in den Garten gegangen war, um Ramses zu holen, bin ich zum Zaun gelaufen. Ich dachte, vielleicht reicht es, wenn ich meinen Feuerlöscher aus der Garage hole. Keine Chance. Die ganze Küche war voller Flammen. Außerdem hörte ich die Sirenen bereits, also würden unsere Feuerwehrjungs jeden Augenblick anrücken.“

„Und da haben Sie einen Schwarzen gesehen?“

„Wie kommen Sie denn darauf? Nein, nur eine dunkle Gestalt. Zuerst dachte ich, ich hätte mich getäuscht. Doch die Person stieg über den Zaun und verschwand auf dem Feldweg.“

„Feldweg?“

„Unsere Häuser grenzen auf dieser Seite an die Straße. Wir sind jedoch die Letzten, hinter uns beginnt die Feldmark.“

„Verstehe, das heißt, man kann von der Feldseite aus relativ ungesehen auf Ihre Grundstücke gelangen.“

„Genau, deswegen habe ich einen hohen Drahtzaun aufgestellt.“

„Stimmt, ich habe eine Dornenhecke gepflanzt. Auch wegen der Tiere, die vom Feld und aus dem Wald kommen und sich in unseren Gärten austoben“, erklärte Anita.

„Frau Meyerhofs Garten war nicht besonders gut gesichert, oder?“

„Ein simpler Jägerzaun, da steigt Ihnen ein Dreijähriger drüber.“

„Frau Meyerhof hat sogar noch Futter hingestellt“, warf Anita ein.

„Ich hab ihr immer gesagt, dass das die Ratten anlockt. Sie hat mir aber nicht mal zugehört.“

„Können wir jetzt noch einmal über die Gestalt sprechen, die Sie gesehen haben. Mann oder Frau?“

„Ein Mann, ziemlich sicher. Bestimmt so groß wie Sie.“

„Es kann sich also nicht um Bernhard Meyerhof gehandelt haben?“

„Um Berni? Nein, niemals, der hätte den Zaun umgerissen, statt darüber hinwegzusteigen.“

„Ist Ihnen sonst noch etwas aufgefallen, an der Person?“

„Er trug eine weite Jacke und eine Art Rucksack.“

„Was haben Sie unternommen?“

„Ich habe gerufen. Aber er ist nicht stehen geblieben. Hat sich nicht einmal umgedreht.“

„Okay, so weit, so gut. Wie kommt Herr Meyerhof darauf, dass es sich um einen Ausländer gehandelt haben könnte?", fragte Moll erneut nach.

Thomas winkte ab. „Ich habe ihm nur erzählt, dass ich eine verdächtige Gestalt gesehen habe. Trotz des Feuerscheins wirkte sie völlig schwarz."

„Interessant! Heißt das, dass er durchweg schwarze Kleidungstücke trug?"

„Ich denke schon. Berni fragte mich jedenfalls, ob er auch ein dunkles Gesicht gehabt hätte."

„Was haben Sie geantwortet?"

„Dass ich ihn nur von hinten gesehen habe."

Moll seufzte. „Das ist besser als nichts. Meine Kollegen werden Ihre Aussage morgen schriftlich aufnehmen. Wenn Ihnen noch etwas einfällt, ergänzen Sie es ruhig. Ach ja, und zeigen Sie ihnen bitte die Stelle, an der der Eindringling ungefähr über den Zaun gestiegen ist. Vielleicht können wir ein paar Fußspuren sicherstellen."

„Klar, mach' ich."

„Herr Kommissar", sagte Anita zögernd. „Ich habe gehört, da soll ein Toter in der Küche gelegen haben. Stimmt das?"

„Leider ja."

„Einer von uns?"

„Wie meinen Sie das?"

„Jemand aus Neuhof?"

„Oh, das kann ich noch nicht sagen."

„Zu sehr verbrannt?"

Moll nickte langsam. Er konnte sehen, dass Anita schauderte.

Thomas hingegen hatte sich vorgebeugt. „Ein Toter im Haus? Doch wohl der Brandstifter, oder? Das wäre eine gerechte Strafe, finde ich."

Moll hatte keine Lust, etwas dazu zu sagen. So war er erleichtert, als Caroline auf ihn zugefegt kam.

„Moin, moin, Molli, was geht?"

Moll musste sich ein Grinsen verkneifen, als er die entsetzten Gesichter seiner beiden Gesprächspartner sah. Caroline war wirklich speziell. Sie war ganz eindeutig nicht schlank, und in ihrem Einsatzanzug sah sie immer ein wenig eingeengt aus. Doch sie agierte mit so viel Verve und Enthusiasmus, dass man leicht das Gefühl bekam, neben einem Hochgeschwindigkeitszug zu stehen und befürchten musste, mitgerissen zu werden.

„Was haben wir?", fragte sie und zog ihre Handschuhe an.

Moll packte ihren Arm und zog sie von den beiden anderen weg. Dann flüsterte er: „Ziemlich sicher Brandstiftung, eine Leiche auf dem Fußboden in der Küche. Ein Zeuge sah einen Mann hinten über den Zaun verschwinden. Wir müssen das ganze Haus auf den Kopf stellen. Wenn jemand, egal ob der Tote oder der Flüchtige, in dem Haus gewohnt hat, müssten wir irgendwo in einem der anderen Zimmer Hinweise darauf finden."

„Puh, das ist ja eine ziemlich lange Latte. Da brauche ich mehr als ein Team. Kannst du das organisieren?"

„Mach' ich. Wir wollen den Eigentümer verhören."

Caroline grinste. „Hat Kofi mir schon gesagt. Glaubst du, er war's?"

„Kann man nie wissen. Komm, ich bringe dich zu Herrn Schwert. Der leitet die Löscharbeiten."

„Gute Idee."

25

Hildesheim, Freitag, 6. Dezember 2013

Iris Bender klappte ihren Laptop auf und freute sich, dass die Wifi-Verbindung heute so schnell stand. Das bedeutete, dass der erste Cappu auf Manuels Rechnung ging. Ein gutes Omen.

Tatsächlich hatte sie auf einige ihrer Mails Antworten erhalten. Sie klickte sie an, notierte ein paar Fakten und lachte dann laut auf. „Bingo!"

Es lohnte sich eben doch, wenn man unter keinen Umständen eine Verbindung abreißen ließ.

Malta. Wer kam schon auf Malta?

Iris hatte noch niemals davon gehört, dass jemand vor den Nazis nach Malta geflohen war.

Aber vielleicht stimmte das gar nicht. Wahrscheinlich war er erst lange nach dem zweiten Weltkrieg auf Malta gelandet. Genau das würde sie gleich herausfinden.

Zwei Stunden und zahllose Telefongespräche später war es ihr gelungen, das Leben von Ruprecht Eckstein bis auf einen Zeitraum von etwa achtzehn Monaten zusammenzupuzzeln.

„Am 11. Dezember 1940 unterrichtete Ruprecht Eckstein Naturkunde. Es ging um die Mohrrübe. Von seinem Pult aus konnte er auf den Schulhof gucken. Er sah die Wagen vorfahren, alle hörten die schweren Stiefel auf dem steinernen Fußboden. Keiner der Schüler rührte sich. Eckstein unterbrach seine Erklärungen nicht."

Der Schüler, Johannes Eisenberg, der Iris diese Szene schilderte, erinnerte sich noch genau daran,

„dass die Männer anklopften, bevor sie den Klassenraum betraten.

Sie grüßten.

Niemand reagierte.

Die Stille pochte Johannes in den Ohren.

Der Anführer, er trug schwarze Lederhandschuhe und schwarze Stiefel, drehte sich in Zeitlupe zur Klasse um. Dann schlug er die Hacken zusammen und grüßte erneut.

Die meisten Schüler sprangen auf und erwiderten den Gruß. Doch der Anführer war damit nicht zufrieden. Sieben Mal mussten sie aufspringen und grüßen, bis er sich Eckstein zuwandte.

‚Sie grüßen nie?', fragte er leise?

Eckstein hatte begonnen, seine Bücher aufeinanderzustapeln und wollte sie nun in die Tasche stecken.

‚Lassen Sie das, Mann. Sie brauchen keine Bücher mehr!', brüllte der Anführer ihn an.

Eckstein erhob sich, sah uns an und sagte: ‚Das Leben ist ein Geschenk Gottes. Nutzt es weise. Tut euren Mitmenschen Gutes, so wird euch Gutes widerfahren. Gott sei mit euch.'

Bei seinen letzten Worten hatten zwei Soldaten rechts und links von ihm Aufstellung genommen. Zwischen ihnen verließ er den Klassenraum.

Ecksteins ehemaliger Schüler Eisenberg meinte, sich genau daran zu erinnern, dass die ganze Klasse wie betäubt bis zum Klingeln auf den Plätzen sitzen blieb. Niemand stand auf. Niemand sagte etwas.

Die gedrückte Stimmung hielt sich den ganzen Tag.

Eisenberg wusste nicht mehr, wie viel Zeit verging, bis das Gerücht die Runde machte, Eckstein habe Deutschland verlassen müssen."

Eine Episode, die der ehemalige Schüler, heute ein zweiundachtzigjähriger Rentner, der in einem Seniorenstift in Münster lebte, am Rande erwähnte, hatte Iris besonders beeindruckt.

„Natürlich waren wir alle neugierig", hatte er gesagt. „Wir wollten wissen, was aus Eckstein geworden war. Deshalb wechselten wir uns ab, meine beiden besten Freunde und ich. Jeden Tag nach der Schule ging einer von uns am Kalenberger Graben, am Haus des Rektors, vorbei und klingelte. Es öffnete nie jemand."

Iris musste ziemlich lange warten, bis sich der alte Mann gefangen hatte.

Endlich sagte er: „Als ich wieder einmal an der Reihe war, ich weiß genau, es war der 11. Januar, ein unglaublich kalter Tag, standen Möbel vor dem Haus. Auf dem Bordstein. Einige waren zerbrochen oder umgefallen, so als hätte man sie unachtsam abgestellt. Da lag auch ein Stapel Bücher auf dem Gehweg. Sie wellten sich schon von der Feuchtigkeit. Der Wind blätterte sie auf, warf das oberste vom Stapel. Ich konnte nicht anders, ich ging hin und steckte drei Stück ein. Ein Lateinwörterbuch, ein schmales Bändchen mit einer Novelle von Paul Heyse und ein Rechenbuch. Diese drei Bücher besitze ich heute noch."

Auf Iris' Nachfrage, ob er danach noch etwas von Eckstein gehört habe, antwortete Eisenberg: „Ich bin nie wieder hingegangen. Ich wusste instinktiv, dass das das Ende war."

Er hatte ihr angeboten, ihr die Bücher zu zeigen. Iris notierte sich diese Option. Vielleicht waren sie eine interessante Ergänzung für das Buch von Isolde Gerhardt.

Eisenberg hatte ihr einige Adressen und Telefonnummern ehemaliger Mitschüler diktiert. Einige von ihnen waren inzwischen verzogen oder verstorben, doch sie erfuhr von Klaus Havel, „dass Eckstein im Januar 1941 aus der Haft entlassen und nach England verschifft worden war. Seine Mutter arbeitete damals im Rathaus und musste die Pässe für ihn und seine Frau ausstellen."

Mithilfe des Datums gelang es Iris recht schnell, herauszufinden, dass die Margareta, auf der sich Eckstein vermutlich befunden hatte, im Ärmelkanal unterging.

„Frau Eckstein verschwand, und der Rektor selber tauchte erst achtzehn Monate später in Southampton auf.

Nach dem Ende des Krieges arbeitete er für einen Sachbuchverlag. Er reiste um die ganze Welt und kaufte Lizenzen. Offiziell kehrte er nie nach Deutschland zurück.

Doch ein langähriger Mitarbeiter des britischen Verlags, der sich noch an den hageren Deutschen erinnern konnte, erzählte ihr, dass er von einer seiner Einkaufsreisen einen deutschen Bildband über den Wald mitgebracht hatte. Er behauptete zwar, er hätte auf der Messe in Bologna einen Kollegen getroffen, der das Buch im Gepäck hatte. Das klang allerdings unwahrscheinlich. Vermutlich legte er gelegentlich doch einen Zwischenstopp in Good Old Germany ein."

Iris bat ihn um eine Liste der Veröffentlichungen, die Eckstein betreut hatte. Sie wartete bereits in ihrem Posteingang.

Iris war beinahe davon überzeugt, dass Ruprecht Eckstein der Liebe wegen nach Malta gegangen war, beweisen konnte sie das nicht.

Jedenfalls lebte er bis 1982 zur Untermiete in St. Paul's Bay. Eine nette Mitarbeiterin der Stadtverwaltung wollte ihr ein Foto des Grabsteins schicken.

Erleichtert klappte Iris ihren Laptop zu.

Was für ein Leben.

Sie sah auf die Uhr. Eindeutig noch zu früh zum Mittagessen.

Apropos Stadtverwaltung. Kurz entschlossen rief sie eine alte Bekannte im Hildesheimer Rathaus an und bat sie um Informationen über Waisenhäuser in der Stadt.

„So was gibt's nicht wirklich mehr", lachte Elvira. „Wir haben einige Inobhutnahmestellen und dann Pflegefamilien und ..."

„Sorry, ich meine nicht heute", unterbrach Iris sie. „In den Siebzigern und Achtzigern."

„Ach so. Damals gab es drei. Ein städtisches, ein katholisches und ein evangelisches."

„Wohin kamen Kinder, die aus Familien genommen wurden, weil sie straffällig geworden sind?", fragte Iris und hoffte, dass sie Elvira nicht verschreckte.

Prompt fragte die zurück: "Recherchierst du für jemanden, der im Heim missbraucht oder misshandelt wurde? Dafür haben wir extra Sachbearbeiter eingesetzt."

„Nein nein, meine Auftraggeberin sucht einen ehemaligen Schüler, der vorübergehend im Heim gelebt hat."

„Ich würde es zuerst mit dem Städtischen versuchen. Das hat den Vorteil, dass sich alle Unterlagen im Archiv befinden dürften. Entweder findest du ihn, oder du kannst dieses Heim recht schnell ausschließen."

Iris bedankte sich eilig.

Noch war das Archiv geöffnet. Sie stellte ihre Laptoptasche in den Personalraum der Eisdiele und lief die wenigen hundert Meter bis zum Landkreisgebäude.

Das Schicksal von Ruprecht Eckstein fand sie spannend, aber Sebastian faszinierte sie noch viel mehr.

26

Hildesheim, Freitag, 6. Dezember 2013

Einen Moment lang merkte Kofi, dass er in dieser Nacht noch nicht geschlafen hatte. Er saß auf dem Beifahrersitz und hörte mit einem halben Ohr auf das, was Moll ihm von dem Gespräch mit den beiden Nachbarn erzählte.

Berni Meyerhof saß auf der Rückbank und schmollte.

Da das glücklicherweise bedeutete, dass er schwieg, war es Kofi mehr als recht.

War er jetzt eingenickt?

Jedenfalls hatte er nicht mitbekommen, dass Moll auf die Alfelder Straße eingebogen war. Hauptsache, sein Kollege war nicht genauso müde wie er.

Sie parkten in der Nähe der rückwärtigen Eingangstür und brachten Meyerhof in Kofis Büro. Es dauerte eine gute halbe Stunde, bis sie alles vorbereitet hatten.

Nun saßen sie jeder mit einer Tasse Kaffee am kleinen Tisch. Kofi begann mit der Befragung, indem er Meyerhof nach seinen persönlichen Daten fragte.

„Das Haus gehört Ihnen seit ...?", fragte er.

„... seit meine Oma gestorben ist, das war im April."

„Sie waren der einzige Hinterbliebene?"

„Ja, genau. Ich musste nur ein paar Papiere unterschreiben, und schon war alles geritzt." Meyerhof stöhnte. „Hatte ich gedacht. Doch dann fing die Malesse erst an. Versicherungen, Strom und Wasser, außerdem jeden Freitag Straße fegen und ..."

Moll speiste ihn mit einem ,Von-nichts-kommt-nichts' ab und setzte hinzu: „Das kannten Sie von Ihrem Elternhaus bereits. Das hatten Sie nach dem Tod Ihrer Eltern geerbt?"

„Ja, da war das Haus gerade mal fünfzehn Jahre alt, jetzt fangen die ersten Reparaturen an. Sagen Sie mir mal, wovon ich die bezahlen soll?"

Kofi überlegte, ob Moll wohl zuerst nach der Arbeit oder dem Verkauf des Hauses fragen würde.

„Deshalb beschlossen Sie, das Haus Ihrer Großmutter zu verkaufen?"

„War gar nicht so einfach. Will sich ja keiner mehr Arbeit machen. Und Fußbodenheizung wollen alle haben. Können Sie sich das vorstellen, meine Oma und Fußbodenheizung?"

„Es hat Sie verärgert, dass Sie das Haus nicht loswurden?", fragte Moll.

„Verärgert? Quatsch. Das wird schon." Er schlug sich mit der Hand vor den Kopf. „Jetzt ja nicht mehr."

„War das Wohnhaus Ihrer Großmutter gut versichert?", warf Kofi ein.

Meyerhof blinzelte, so als habe er darüber noch gar nicht nachgedacht. „Weiß nicht, denke schon, ja, bestimmt. Jedenfalls kostet mich die Gebäudeversicherung rund zweihundert Öcken im Jahr. Ha, die können erst mal was rüberwachsen lassen."

Kofi beschloss, dass sie nichts zu den Wartezeiten nach einer Brandstiftung sagen würden.

Stattdessen fragte Moll: „Das bedeutet also, dass Ihnen der Brand äußerst gelegen kam?"

„Was soll das denn heißen? Natürlich nicht."

„Wieso nicht? Sie erhalten die Versicherungssumme und können nach dem Abriss der Ruine zusätzlich noch ein Baugrundstück in bester Dorfrandlage verkaufen."

„Meinen Sie, das will einer? Schon möglich."

„Wenn Sie selbst das Gebäude angezündet haben, bekommen Sie natürlich nichts von der Versicherung. Das ist Ihnen klar?", fragte Kofi.

„Ich war's aber nicht."

„Warum sollen wir Ihnen das glauben?"

„Weil's stimmt."

Kofi legte die Zeitung mit der Titelzeile ‚Bevor ich Asylanten in mein Haus lasse, zünde ich es lieber selbst an' vor Meyerhof auf den Tisch. „Ich nehme nicht an, dass der Journalist sich das aus den Fingern gesogen hat."

Berni beugte sich über die Zeitung. „Wieso schreibt der so was?"

„Sie hatten es noch nicht gesehen?"

„Ich lese keine Zeitung, höchstens mal am Sonntag 'ne ‚Bild'."

„Dann nehmen Sie sich die Zeit und lesen Sie den Artikel sorgfältig. Das wird die Versicherung ebenfalls tun."

Kofi konnte die wachsende Panik in Meyerhofs Augen erkennen. Geschah dem Zwerg ganz recht, fand er.

Moll erhob sich und holte neuen Kaffee. Als er zurückkam, fragte er: „Haben Sie das so gesagt?"

Er antwortete nicht sofort, dachte augenscheinlich nach. „Kann mich nicht daran erinnern", murmelte er schließlich.

„Wie viele Menschen nahmen außer Ihnen an der Sitzung teil? Einige werden sich garantiert an den genauen Wortlaut dessen daran erinnern, was Sie gesagt haben."

„Ach, kann schon sein. Man muss ja nicht gleich jedes Wort auf die Goldwaage legen, oder?"

„Muss man vielleicht nicht“, stimmte Moll ihm zu, „aber leider ist Ihr Haus nun angezündet worden.“ Er ließ das Ende des Satzes in der Luft schweben und wartete ab.

Tatsächlich begann Berni, sich aufzupumpen. „Sie können mir gar nichts beweisen.“

„Sagt wer?“, fragte Moll mit dem unschuldigsten Gesichtsausdruck, den er produzieren konnte.

„Was haben Sie denn gegen mich in der Hand? Fingerabdrücke? Klar sind da überall meine Abdrücke, ist ja mein Haus.“

„Haben Sie Feinde?“, fragte Kofi und ging mit Absicht nicht auf Meyerhofs Vorwurf ein.

„Ich? Wieso?“

„Na, das Haus wird wohl kaum Feinde gehabt haben, von daher liegt es nahe, dass Ihnen jemand schaden wollte oder sich an Ihnen rächen.“ Kofi zeigte auf den Artikel. „Nach der Steilvorlage.“

„Feinde? Boah, ey, nee, ich doch nicht. Ich tu' doch keinem was.“ Plötzlich verstummte er, dann sah er verschmitzt von Kofi zu Moll. „Vielleicht hat doch das Haus Feinde.“

„Wie meinen Sie das?“

„Wegen der Asyler.“

„Okay. Geht's etwas ausführlicher?“

„Liegt auf der Hand, finde ich. Denken Sie, Thomas oder Anita wollen so'n Gesocks auf dem Nachbargrundstück? Schön bedanken würden die sich.“

„Verstehe, Sie verdächtigen demnach Frau Breitner und Herrn Westpfahl, die Brandstifter zu sein? Gemeinschaftlich oder doch nur einer von beiden?“

„Warum nicht? Ist doch logisch, oder?“

Moll wiegte den Kopf. „Wir werden dem nachgehen. Gut. Fällt Ihnen sonst noch jemand ein?“

Meyerhof ließ seinen Blick über Molls Gesicht gleiten. „Sie werden es ihnen nicht sagen, dass ich Sie darauf gebracht habe?“

„Doch, ich denke schon. Sie werden gewiss danach fragen.“

Meyerhof sprang auf. „Das dürfen Sie nicht, sonst bin ich unten durch.“

„Setzen Sie sich.“

„Haben Sie gehört? Das dürfen Sie nicht.“

„Setzen!“, brüllte Moll. „Fällt Ihnen sonst noch jemand ein?“

Berni ließ sich auf den Stuhl sinken. „Nein. Verdammt!“

Kofi und Moll nahmen noch Meyerhofs Aussagen zu dem Vorfall in der Küche des abgebrannten Hauses auf. Anschließend ließen sie ihn fast eine Dreiviertelstunde warten, bevor sie ihm erlaubten, die Inspektion zu verlassen.

Gegen halb neun tauchte Gunnar in Kofis Büro auf. „Morgen, was macht ihr?“

„Morgen, wir wollen veranlassen, dass mehr Streifen durch die Straßen fahren, in denen leer stehende Häuser stehen. Wir haben wieder kaum Hinweise auf den Täter.“

„Ich habe ja gestern fast den ganzen Tag in der Nähe der Paul-Heyse-Schule verbracht. Völlig ohne Ergebnis. Auf dem Heimweg bin ich noch mal am Kiosk vorbeigefahren. Da hat mir ein Vögelchen gezwitschert, dass der vierte Mann in der Gruppe um Pepino-Lohstein, Harro und Grebstein Frank heißt. Einen Nachnamen wusste er nicht.“

Gunnar sah sehr zufrieden mit sich aus.

Kofi lächelte ihn an. „Das ist immerhin ein Anfang. Vielleicht kann uns Mareike Schaper, die Streetworkerin, weiterhelfen. Ich versuche gleich, sie zu erreichen."

Moll nickte und fragte: „Wird die Überwachung der Schule heute fortgesetzt?"

„Ja, ich löse den Kollegen zum Mittag ab."

„Gut, da muss sich endlich was regen. Die können schließlich nicht alle abgetaucht sein." Anschließend informierte Matthias Moll den jungen Kollegen über den Brand in Neuhof.

„Meint ihr, die Leiche kann identifiziert werden?", fragte Gunnar.

„Sicher, fragt sich nur, wann", antwortete Moll mit einem Seufzen. „Was haltet ihr von einem ausgiebigen Frühstück? Caroline wird sich garantiert erst am Nachmittag mit ersten Ergebnissen melden."

Kofi stimmte sofort zu. „Ich habe auch Magenknurren. Aber nicht beim Fleischer. Ich will was Süßes."

„Ich wollte euch noch etwas zeigen", wandte Gunnar ein.

„Was?" Moll klang ein wenig gereizt. Wahrscheinlich träumte er bereits von seinem Mettbrötchen.

Gunnar legte eine Zeitung auf den Tisch. „Seite 17."

Irritiert schlug Kofi die richtige Seite auf. Dann sah er, was gemeint war.

„Obdachloser rettet Kätzchen unter Einsatz seines Lebens."

Moll pfiff leise durch die Zähne. „Was wird das denn? Lies weiter."

Kofi überflog den Text und fasste ihn anschließend zusammen: „Irgendjemand hat der Presse gesteckt, dass es Probleme mit der Beerdigung von Pepino-Lohstein gibt. Nun stellen sie seine gute Seele heraus und bitten um Spenden. Er gab sein Leben für die

Kätzchen. Hier gibt es sogar großformatige Fotos von den beiden."

„Wo hat Caroline die überhaupt untergebracht?"

„Zuerst bei einem Tierarzt, danach im Tierheim, so steht es hier jedenfalls. Die suchen nun eine liebevolle Familie, die die Katzen adoptieren möchte, gegen eine großzügige Spende, versteht sich."

„Was für ein Irrsinn!" Moll zog die Zeitung herüber und las den ganzen Artikel selbst noch einmal.

„Was suchst du?", fragte Kofi ihn.

„Irgendeinen Hinweis, aber selbst die vorgeblichen Interviews mit Pepino-Lohsteins Freunden helfen uns nicht weiter."

„Ja, leider haben sie weder Harro noch Grebstein gesprochen."

„Und diese anderen Freunde sagen uns nichts weiter, oder?"

Kofi schüttelte den Kopf. „Abgesehen davon, dass dieser Jochen Küchener, der hier beschreibt, dass Pepino-Lohstein ständig irgendwelche Tierchen aufgepäppelt hat, ebenfalls auf dem Foto zu sehen war, das vor der Jakobikirche gemacht wurde." Kofi ging zu seinem Schreibtisch und suchte das entsprechende Bild heraus.

„Jochen Küchener, dass du dich an den Namen noch erinnerst", sagte Moll bewundernd.

Gunnar räusperte sich. Kofi sah ihn fragend an, doch der junge Kollege äußerte sich nicht. „Haben Sie Küchener schon einmal gesprochen?"

„Küchener ist der Mann, mit dem ich mich am häufigsten unterhalten habe. Er war der Einzige, der überhaupt bereit war, mit mir zu sprechen. Gut, er hat mir jede Menge nebensächliches Zeug erzählt, aber letztendlich habe ich immer herausbekommen, was ich wissen wollte."

Kofi sagte nichts dazu, allerdings dachte er, dass es vielleicht sinnvoll gewesen wäre, wenn ein erfahrener Ermittler diese Storys gehört hätte.

Moll war da scheinbar weniger zurückhaltend. „Was? Er hat aus dem Milieu geplaudert? Los los, Junge, an den Computer, drucken Sie Ihre Protokolle aus. Ich will jede einzelne Episode nachlesen."

„Protokolle?", stammelte Gunnar.

„Selbstverständlich." Moll gönnte ihm nur einen flüchtigen Blick. „Hol sie."

„Ich habe ... keine ... also ... keine ... geschrieben."

„Verstehe, du bist noch nicht dazu gekommen, deine Notizen abzutippen. Mach dir nichts draus, das geht uns allen manchmal so."

Gunnar schien erstarrt. Er schüttelte in Zeitlupe den Kopf. „Keine ... No ..."

Moll fuhr herum. „Du hast dir nichts aufgeschrieben?"

„Nein, ich ..."

„Mein Gott, wie blöd muss man sein? Hat man dir denn gar nichts beigebracht?"

Kofi legte ihm eine Hand auf den Arm. „Lass gut sein. Er kann sicher ein Gedächtnisprotokoll der wichtigsten Aspekte erstellen."

Gunnar nickte ihm dankbar zu. „Klar, unbedingt, auf jeden Fall. Ich erinnere mich genau."

Moll schnaufte. „Na, dann leg mal los, sonst wirst du nicht fertig, bevor du den Kollegen an der Schule ablösen musst."

Gunnar war schon durch die Tür verschwunden, bevor Molls Satz zu Ende war.

Kofi wartete, bis Gunnars Schritte verklungen waren, dann sagte er leise: „Sei nicht so streng. Du schreibst auch nicht alles auf."

Moll klopfte auf seine Hemdtasche. „Mein Notizbuch frisst jede Information." Anschließend klopfte er gegen seinen Schädel. „Und der Rest ist hier drin sicher verwahrt."

„Woher sollte er wissen, dass wir händeringend nach solchen Informationen suchen? Der Junge kann schließlich nicht hellsehen. Du hast ihn mit spezifischen Fragen losgeschickt. Vermutlich hat er bei dem ganzen Rest überhaupt nicht richtig hingehört."

„Das ist ja das Drama dabei. Wir sind selbst schuld."

Kofi lachte. „Lass man gut sein, wahrscheinlich war tatsächlich nichts Brauchbares dabei."

Hildesheim, Freitag, 6. Dezember 2013

Die Archivarin Annika Müller wartete bereits im Vorraum des Hauses am Stein auf sie. Lächelnd ging Iris auf die dunkelhaarige Frau zu, die sie sich deutlich älter vorgestellt hatte. „Guten Tag, ich bin Iris Bender, wir hatten miteinander telefoniert."

„Herzlich willkommen. Ich glaube, ich habe ein wahres Schmankerl für Sie gefunden." Sie reichte ihr ein Paar dünne, weiße Stoffhandschuhe. „Wir müssen in den Keller hinunterfahren."

Iris fragte sich, wovon die junge Frau wohl sprach. Neugierig folgte sie ihr in einen engen Fahrstuhl.

In der unteren Etage brannten Leuchtstoffröhren in schmalen Gängen zwischen großen Metallschränken. Zwischendurch befand sich immer mal ein Tisch mit einem Stuhl davor. Annika Müller begleitete Iris zum letzten Arbeitsplatz. Dort stand eine dunkelgraue Schachtel. Aufkleber wiesen verschiedenste Kürzel und Daten auf, die Iris nichts verrieten. Auch mit dem Namen, Rieger, Olga, konnte sie nichts anfangen.

Annika strahlte sie an. „Sie dürfen den Karton öffnen."

Iris nahm den Deckel ab. Als Erstes stieg ihr der Geruch von altem Papier in die Nase. Dann sah sie Briefe, ein Tagebuch, Ansichtskarten. Fragend blickte sie die Archivarin an. „Was ist das?" Sie befürchtete, dass die Frau sie verwechselt hatte.

Doch die grinste immer noch so breit wie ein Politiker auf Wahlkampftour. „Wir bekommen gelegentlich die schriftlichen Hinterlassenschaften von Privatpersonen angeboten. Diese nehmen wir grundsätzlich erst einmal an, behalten uns aber vor, sie später zu vernichten. Oft genug bewahren wir sie jedoch auf, vor allem, wenn die Menschen ausführlich aus ihrem beruflichen, kulturellen, politischen oder sonst wie spannenden Leben erzählt haben."

„Verstehe, und diese Olga Rieger hatte mit Sebastian zu tun?"

„Nach den wenigen Informationen zu urteilen, die Sie mir geben konnten, ja. Olga Rieger arbeitete gute vierzig Jahre beim Jugendamt der Stadt. Sie hat unter anderem auch einen Sebastian Neubert betreut, der wurde 1972 geboren und ab 1982 vorübergehend vollständig unter die Aufsicht des Jugendamtes gestellt."

„Das klingt in der Tat vielversprechend."

„Sie hat ein Buch geführt, in das sie jeweils Abteilungen für besondere Fälle angelegt hat. Da hat sie ihre Notizen gemeinsam mit Kontaktdaten, Maßnahmen und Ähnlichem eingetragen. Gelegentlich hat sie auch ein Schriftstück, eine Zeichnung oder ein Foto eingeklebt. Darf ich?"

Iris nickte.

Annika griff an ihr vorbei, zog ein recht schweres, gebundenes Buch heraus, das sich weit aufwölbte, nachdem die Archivarin die Schnur darum gelöst hatte. Sie blätterte vorsichtig, fand die richtige Seite und tippte mit dem Zeigefinger auf ein fleckiges Foto, das oben rechts in der Ecke des Blattes klebte. „Das dürfte der Junge sein, den Sie suchen?"

Iris starrte ihn an. Helle, sehr kurz geschnittene Haare, ein schmales Gesicht mit großen Augen. Er schaute den Fotografen mürrisch an. Vorsichtig strich

Iris über das Bild. Er sah überhaupt nicht wie ein Mörder aus.

„Ich lasse Sie jetzt allein. Ich verlasse mich darauf, dass Sie nichts entfernen."

„Ja, herzlichen Dank. Darf ich Seiten abfotografieren?"

„Wenn es sein muss, aber auf jeden Fall ohne Blitz."

„Danke, vielen Dank." Iris fühlte, dass ihr Herz so schnell schlug, als wäre sie die drei Treppen zu ihrer Wohnung hinaufgesprintet. Sebastian Neubert. Sie hatte ihn gefunden. Die Handschrift war klein und steil. Die Tinte war an einigen Stellen verblasst. Trotzdem konnte Iris das meiste entziffern.

6. Dezember 1982

P. P. weist mir einen neuen Fall zu. Unglaublich. Ich soll einen Zehnjährigen im Gefängnis besuchen. Wusste gar nicht, dass das möglich ist.

Sebastian Neubert, geb. am 11.4.1972 in Hildesheim,

Vater, Johannes Neubert, Elektriker, verst. am 26.7.1980, Arbeitsunfall,

Mutter, Margret Neubert, geb. Piel, Schneiderin, verwitwet

Termin für morgen vereinbart.

7. Dezember 1982

War noch nie im Gefängnis. Schwere Türen beeindruckend. Untersuchungshaft, weil die Mutter ihn nicht mehr sehen möchte. Wir sollen ihn aufnehmen. Kommissar Werner erklärt mir den Fall.

Sebastian ist gemeinsam mit einem älteren Freund auf das Dach eines Supermarktes geklettert. Es handelte sich wohl um eine Mutprobe. Dort trafen sie zwei Penner an, die sich vor den Lüftungsrohren aufhielten, vermutlich wegen der aufsteigenden Wärme. Die beiden Jungs ärgerten sich darüber, dass sie das Dach nicht für sich alleine hatten. Sie beschlossen, die beiden Penner zu vertreiben.

Es kam zu einer Auseinandersetzung, zuerst mit Worten, dann mit Taten. Im Verlauf dieser Rangeleien schubste Sebastian einen der Männer in das Lüftungsrohr. Er brach sich das Genick.

Als die Polizei und die Rettungskräfte eintrafen, brüstete Sebastian sich damit, es dem Penner ordentlich gegeben zu haben.

(Anmerkung: Der Herr Kommissar hatte den Eindruck, dass der Junge zu diesem Zeitpunkt noch nicht begriffen hatte, was wirklich geschehen war. Er sah sich als Sieger.)

Sowohl der Freund (den Namen wollte der Kommissar mir nicht sagen) als auch der Penner bestätigten den Hergang der Tat.

Ich musste mich sammeln, bevor ich dem Jungen gegenübertreten konnte.

Er saß zusammengekrümmt auf einer Pritsche. Die Beine angezogen. Als der Polizeibeamte die Tür aufschloss, um mich hineinzulassen, schaute er auf. Sein Mund war zu einem schmalen Strich zusammengepresst. Er umklammerte seine Knie.

„Wann kommt meine Mama?", fragte er mit brüchiger Stimme.

„Ich bin Olga Rieger, ich komme vom Jugendamt der Stadt Hildesheim. Mit deiner Mama habe ich noch nicht gesprochen. Ich bin zuerst zu dir gekommen. Aber wenn du das möchtest, gehe ich als Nächstes zu ihr."

„Geh weg!"

Mehr sagte er nicht, obwohl ich beinahe eine Dreiviertelstunde beim ihm in der Zelle blieb.

Schließlich gab ich auf, teilte ihm aber mit, dass ich morgen wiederkommen und ihn mitnehmen würde.

Eigentlich hätte er das Gefängnis sofort verlassen müssen, doch diesen Fall musste ich erst mit den Mitarbeiterinnen besprechen. Wir mussten die anderen Kinder unbedingt vor ihm abschirmen. Solch eine kaltblütige Brutalität war mir in meiner langjährigen Tätigkeit noch nicht vorgekommen.

(Nachtrag: obwohl er bei unserer ersten Begegnung eher verängstigt gewirkt hatte.)

8. Dezember 1982

Frau Neubert weigert sich, ihren Sohn zu treffen.

„Wo soll ich unterschreiben?", war alles, was sie mich fragte. „Seine Sachen stehen gepackt auf dem Flur. Die können sie gleich mitnehmen", setzte sie hinzu.

Darauf war ich zwar nicht vorbereitet, doch als ich sah, wie wenig er besaß, beschloss ich die Tasche und eine Plastiktüte mitzunehmen. Obenauf lag ein Eichhörnchen aus Stoff. Als es mir herunterfiel, sagte Frau Neubert: „Sie können es vermutlich hier lassen, ein Kuscheltier wird er wohl nicht mehr brauchen."

Ich versuchte noch einmal, sie dazu zu bewegen, ihren Sohn zu besuchen, doch sie wies mir die Tür.

Iris blätterte weiter. Die Einträge auf den nächsten drei Seiten waren so gut wie unleserlich, weil auf der nachfolgenden Seite etwas aufgeklebt worden war. Scheinbar hatte der flüssige Klebstoff die Tinte aufgelöst.

Bei dem aufgeklebten Blatt handelte es sich um die Ladung zur Gerichtsverhandlung.

Sie wusste nicht genau, wie das heute ablief. Ob Kinder vor Gericht erscheinen mussten, auch wenn sie noch nicht strafmündig waren?

Sebastian musste es offensichtlich.

Frau Rieger hatte nach der Gerichtsversammlung notiert, dass Sebastian auf dem Weg dorthin erwartungsvoll, fast fröhlich gewesen sei.

Er betrat den Gerichtssaal und sah sich neugierig um, nicht zu den Richtern, sondern zum Publikum. In dem Moment, als seine Augen sich mit Tränen füllten, wurde mir klar, dass er gehofft hatte, seine Mutter unter den Zuschauern zu entdecken. Er hatte sich schnell wieder im Griff und ging an meiner Seite zu den Stühlen, die man uns zugewiesen hatte.

Er sprach kein Wort. Sah starr vor sich auf den Tisch. Der Richter wertete das als Eingeständnis, dass alles sich so abgespielt habe, wie er es vorgelesen habe. Auf heftiges Drängen und Drohen hin nickte er einmal bestätigend. Dann wurden wir gebeten, draußen zu warten. Der Verteidiger des Jungen flüsterte mir zu, dass man ihm die Berichte des Gerichtsmediziners und die Aussagen der erwachsenen Zeugen ersparen wollte.

Ich fand das nachvollziehbar.

Also warteten wir beinahe drei Stunden auf dem Gang.

Sebastian rührte sich nur einmal. Ich nehme an, dass sein Freund an uns vorbei in den Gerichtssaal ging. Er war gut zwei Köpfe größer als der Junge und mindestens vier oder fünf Jahre älter.

Doch der andere sah an ihm vorbei. Er wurde von seinen Eltern begleitet und abgeschirmt. Er hätte nicht mit Sebastian sprechen können, selbst wenn er es gewollt hätte.

Als Nächstes entdeckte Iris einige Passagen, die Olga Rieger aus dem Urteil abgeschrieben hatte.

Dazu gehörte, dass die Schwere seiner Schuld für bewiesen erachtet wurde. Dass er ob seiner Jugend nicht mit Gefängnis bestraft werden könne, ersatzweise aber für die nächsten fünf Jahre in einem Heim für Schwererziehbare unterzubringen sei. Anschließend sei zu überprüfen, ob es zu verantworten sei, ihn in eine Lehre zu geben.

17. *Januar* 1983

Er spricht nicht. Schulaufgaben erledigt er nur unter Androhung von Strafe.

24. *Januar* 1983

Sebastian tritt in eine Art Hungerstreik. Er verlangt, seine Mutter zu sehen.

30. *Januar* 1983

Kann den Zustand des Jungen nicht verantworten, bringen ihn zur Zwangsernährung ins Städtische.

11. *Februar* 1983

Sebastian wird entlassen. Er wirkt noch schmaler als vorher. Sein blondes Haar scheint alle Farbe verloren zu haben und wirkt beinahe weiß.

Bevor ich ihn abends in seinem Zimmer einschließe, fragt er: „Will meine Mama mich wirklich nicht mehr sehen?"

Ich setze mich auf einen Stuhl am Fenster. „Du hast etwas Schreckliches getan, das kann sie dir nicht verzeihen."

Nie hätte ich gedacht, dass Augen so groß werden können. Er sah mich an, als wollte er in mein Gehirn und mein Herz schauen, um zu prüfen, ob ich die Wahrheit sagte.

Dann wisperte er: „Aber ich war das doch nicht, das muss sie doch wissen."

Iris schrak zusammen, als die Archivarin unvermutet hinter ihr auftauchte. Verstohlen wischte sie sich eine Träne aus dem Auge. Was für eine Geschichte.

„Was für ein Glücksfall", sagte sie.

„Das freut mich für Sie. Wir schließen gleich. Sie müssten bitte Montag wiederkommen."

„Oh, ich habe mir nur anfangs ein paar Dinge notiert. Schade, ich hätte weniger lesen und stattdessen mehr fotografieren sollen."

„Sie wären nur enttäuscht worden. Bei dem Licht bekommen Sie ziemlich schlechte Qualität. Kommen Sie einfach am Montag wieder."

Widerstrebend stand Iris auf. Sie dehnte sich und bemerkte plötzlich, dass sie durstig war und sich nach Tageslicht sehnte.

Schnell verabschiedete sie sich und kündigte an, gleich früh am Morgen, unmittelbar nachdem das Archiv geöffnet hatte, auf der Matte stehen würde.

Annika lachte. „Das dachte ich mir."

Iris überlegte, wie sie die Zeit bis dahin überbrücken sollte. Sie war so gespannt. „Ausleihen darf ich das Tagebuch wohl nicht, oder?"

„Nein, das ist leider unmöglich."

Kaum hatte sie das Gebäude verlassen, vollführte ihr Handy einen wahren Veitstanz in ihrer Hosentasche. Scheinbar hatte sie im Archivkeller keinen Empfang gehabt, sodass nun alle SMS auf einmal zugestellt wurden.

Alle von Kofi.

Was wollte er so dringend?

„Wo bist du?"

„Bitte melde dich!"

„Huhu!"

„Alles okay?"

Die letzte Nachricht lautete: „Ist dein Handy kaputt?"

Iris musste lachen. Typisch Kofi.

Kurz überlegte sie, ob sie ihn anrufen oder ansimsen sollte. Dann wählte sie seine Nummer.

„Hi, was ist so dringend?"

„Die Verschollene, endlich, ich bin fast am Verhungern."

Iris lachte. „Soll ich dich füttern?"

„Nein, mit mir etwas essen gehen. Wenn ich noch einen Abend irgendwelche Mettvariationen zu mir nehmen muss, sterbe ich an Frischfleischvergiftung oder Zwiebelitis."

„Das passt sich gut. Ich habe auch Hunger. Wo bist du?"

Kofi stöhnte theatralisch. „Ist das eine ernst gemeinte Frage?"

„Ja, schon."

„Mein Gott, auf der Arbeit natürlich."

„Ich bin im Archiv, das ist neben dem Museum. Wenn du magst, können wir im ‚Nil' essen."

Kofi juchzte vor Freude. „Geh nicht weg, ich bin schon unterwegs."

Tatsächlich brauchte sie nicht lange zu warten. Nach wenigen Minuten tauchte er auf. Er gab ihr die Hand, zog sie an seine Brust und küsste sie auf beide Wangen. „Du siehst gerupft aus", sagte er.

„Gerupft?"

„Ja, so als hättest du dir die Haare gerauft."

„Das ist gut möglich. Ich habe nämlich recherchiert."

„Dachte ich mir, als du Archiv gesagt hast. Hör mal, können wir heute Abend über alles andere sprechen, nur nicht über unsere Arbeit? Mir steht das alles bis hier." Er hielt die Hand knapp unter seine Lippen.

„Wenn ich nicht endlich mal etwas Erfreuliches, Erbauliches, Witziges höre, gehe ich ein wie ein Karpfen in der Kalahari.“

Iris zögerte. Sie hätte ihm zu gern von ihren Ergebnissen erzählt.

Konnte sie jetzt überhaupt an etwas anderes denken?

Andererseits konnte sie ihn gut verstehen.

Na gut, sie würde es versuchen.

Ihm zuliebe.

Vielleicht war es sogar besser, wenn sie ihm die ganze Geschichte erzählen konnte.

„Ich bin einverstanden“, sagte sie. „Aber du musst mir versprechen, dass wir uns in den nächsten Tagen noch einmal treffen, damit ich dir ausführlich berichten kann, was für eine irre Geschichte ich ausgebuddelt habe.“

Kofi grinste. „Das ist ein Kinderspiel. Ich mag gute Storys. Wir könnten am Sonntag zusammen frühstücken.“

„Abgemacht.“

Nach dem Essen schlenderten sie noch über den Weihnachtsmarkt. Es war nicht mehr allzu viel los. Hauptsächlich die Getränkestände waren noch umlagert. Da sie beide weder Hunger noch Durst verspürten, schlängelten sie sich recht schnell zwischen den Buden hindurch.

Auf dem Marktplatz blieb Kofi plötzlich stehen. Iris dachte, er habe einen Bekannten gesehen.

„Was ist?“, fragte sie, als er einfach stehen blieb, auf niemanden zuging.

„Siehst du die Flaschen da?“

„Natürlich.“

„Was ist das?“

„Die ‚Freundlichen Hildesheimer', das ist ein Zusammenschluss von Gewerbetreibenden, die den Weihnachtsmarkt veranstalten, haben dieses Jahr einen Weihnachtsmarkt-Schnaps brennen lassen. Man bekommt ihn nur hier, nur bis zum Ende des Marktes. Auf den kleinen Flaschen ist der Zuckerhut abgebildet, auf den mittleren das Knochenhaueramtshaus und auf den großen das Bäckeramtshaus und der Rolandsbrunnen." Da er nicht reagierte, fragte sie: „Möchtest du ihn kosten?"

„Was ist das für Material?"

Sie runzelte die Stirn. Manchmal drückte er sich seltsam aus. „Zwetsche, glaube ich."

Er winkte ab. „Nein, die Flasche."

„Da wollten sie auch etwas Außergewöhnliches, deswegen haben sie sich für Arcoroc entschieden. Das Weiß sollte zu Weihnachten passen."

Er sah sich suchend nach allen Seiten um. Dann sagte er: „Ich brauche so eine Flasche."

„Kein Problem, lass uns rübergehen und eine kaufen. Willst du sie verschenken?"

„Nein nein, die ist für Caroline."

Iris biss sich auf die Lippen, damit die gehässige Bemerkung nicht herausrutschen konnte.

„Nicht was du denkst, wir haben an einem Tatort exakt solche Scherben gefunden und konnten uns keinen Reim darauf machen."

28

Hildesheim, Samstag, 7. Dezember 2013

„Nicht schon wieder", grummelte Kofi, als sein Telefon klingelte, während er unter der Dusche stand. Ein Wunder, dass er es überhaupt gehört hatte. Nur, weil er so vorbildlich war und das Wasser abdrehte, solange er sich die Haare wusch.

Jetzt tastete er mit Schaum in den Haaren nach seinem Handy. „Kofi Kayi."

„Endlich. Er ist da. Was soll ich tun?"

„Gunnar, bist du das?"

„Ja, ich kann Moll nicht erreichen. Was soll ich machen?"

„Wo bist du?"

„Vor der Schule, und er ist drin."

„Wer?"

„Grebstein und noch einer."

„Sicher?"

„Ja, sie sind durch das Fenster zum Kohlenkeller eingestiegen, wie sonst auch."

„Ich bin schon unterwegs. Pass auf, dass er nicht wieder verschwindet. Wie viele seid ihr?"

„Ich bin allein."

„Mist, okay, ich kümmere mich drum."

Kofi hielt den Kopf noch einmal unter die Dusche, um das Shampoo loszuwerden. Noch während er sich abtrocknete, wählte er. Zuerst hinterließ er auf allen Telefonen Molls eine Nachricht. Dann rief er die Zentrale an und bat dringend um Verstärkung an der Paul-Heyse-Schule.

Er hatte gerade aufgelegt, da klingelte sein Handy. Molls Nummer. „Gott sei Dank. Wo bist du?“

„Auf dem Weg zu dir. Bin in drei Minuten da. Komm runter.“

„Aye, aye, Sir“, sagte Kofi und beendete das Gespräch.

Sie parkten nicht direkt am Schulgelände, um nicht zu früh die Aufmerksamkeit der Eindringlinge zu erregen.

„Wo ist Gunnar? Hat er dir was gesagt?“, fragte Moll ungeduldig.

„Nein, hab aber auch nicht gefragt.“

Sie sahen sich um. Das Gebäude und der Schulhof waren völlig leer. Es lag noch immer ein kräftiger Rauchgeruch in der Luft. Absperrbänder flatterten im Wind.

„Meinst du, er ist schon reingegangen?“

„Ohne auf Verstärkung zu warten? So blöd ist der nicht.“

Kofi sagte nicht, was er dachte oder befürchtete. Junge Kollegen waren meist viel zu spontan und wollten unbedingt beweisen, dass sie gut waren.

Doch dann entdeckte er Gunnar. Er stand hinter einer Platane und beobachtete die Schule. „Da ist er.“

„Ein Glück“, gab Moll zurück.

Sie gingen zu ihm.

„Zwei, sagst du?“

„Einer ist definitiv Grebstein, jedenfalls, wenn die Beschreibungen stimmen. Der andere könnte dieser Frank sein. Sie hatten beide die Kapuzen über die Köpfe gezogen, sodass ich sie nicht gut sehen konnte.“

Moll zog ein irritiertes Gesicht. „Woher weißt du dann, dass es Grebstein ist?“

„Er trägt immer einen Parka mit seinem Firmenlogo auf dem Rücken. Normalerweise hat er auch noch eine bedruckte Sicherheitsweste oben drüber, aber die war ihm für diesen Zweck wohl zu auffällig."

Moll brummelte etwas, das wie ‚hättest uns diese Infos auch mal früher zukommen lassen können' klang. Laut fragte er jedoch. „Wie lange sind sie schon drin?"

„Elf Minuten."

„Gut, dann lass uns reingehen. Ich sage nur schnell unserer Verstärkung Bescheid, wo sie sich postieren sollen."

Während er seine Anweisungen gab, beobachteten Kofi und Gunnar das Haus.

„Wir werden uns trennen müssen, damit sie auf keinen Fall entkommen können."

„Ich gehe durch das Kellerfenster", schlug Gunnar vor.

„Dann nehme ich den Haupteingang und Moll geht von der anderen Straßenseite aus rein." Kofi seufzte. „Das ist die kürzeste Strecke bis zur Hausmeisterwohnung. Du musst uns also ein bisschen Vorsprung lassen."

Moll nickte. „Gute Idee. Exakt drei Minuten. Dann stehst du am Kelleraufgang, Gunnar, und du an der Brandschutztür, die zum anderen Gebäudeteil führt, Kofi."

„Du kommst auf direktem Weg zur Wohnung. Wenn wir nichts übersehen haben, sind alle drei Fluchtwege versperrt."

„Können wir uns eigentlich sehen, wenn wir unsere Positionen erreicht haben?", fragte Gunnar.

„Gute Frage, weiß ich nicht mehr genau. Praktisch wäre es", überlegte Moll.

Kofi schlug vor: „Wenn wir alle auf unseren Positionen angekommen sind, ohne dass die Eindringlinge die Wohnung wieder verlassen haben, rufe ich euch an. Stellt eure Handys auf Vibration. Anschließend warte ich sechzig Sekunden. Habt ihr eure Stellung noch nicht erreicht, ruft ihr zurück. Dann warten wir noch. Passiert nichts weiter, rufe ich erneut an und danach gehen wir los."

„Klingt nach einem Plan", bestätigte Moll.

„Sofern die Typen in der Wohnung bleiben."

„Lasst uns nicht noch mehr Zeit verschwenden. Wir versuchen es, so wie Kofi es vorgeschlagen hat. Kontrolliert eure Handys, nicht dass plötzlich die ‚Kleine Nachtmusik' oder ‚We Will Rock You' durch die Schule dröhnt."

Kofi brauchte keine drei Minuten, um seinen Platz zu erreichen. Von dort aus konnte er den Rand der Tür zur Hausmeisterwohnung sehen. Sie stand einen Spalt offen. Bis zu dem Ende des Ganges, wo Moll stehen sollte, konnte er jedoch nicht schauen.

Dafür tauchte Gunnar kurz darauf unten im Treppenhaus auf.

Kofi wählte die beiden Nummern in einer Konferenzschaltung.

Keine Antwort.

Er wartete, sah den Sekunden auf seinem Display beim Vergehen zu, als er plötzlich Stimmen hörte. Jemand flüsterte.

Die Tür ging weiter auf.

Schritte?

Dann hallte ein Pfiff durch die Korridore.

Moll! Kofi lief los und hörte, dass auch Gunnar die Treppen heraufrannte.

Zwei Gestalten stürzten durch die Tür, die mit lautem Krachen gegen die Wand flog. Da Moll nur noch wenige Meter von der Wohnung entfernt war und auf sie zurannte, wandten sich die beiden Männer in die andere Richtung. Einer hielt etwas Langes in der Hand. Sie stürmten auf Kofi zu.

Er brüllte: „Polizei, stehen bleiben!"

Die beiden liefen unbeirrt weiter. Jetzt erkannte er, dass der Größere ein Stuhlbein schwang. Obwohl er seine Pistole gezogen hatte, zögerte er zu schießen. Hier im Gang war das lebensgefährlich für alle. Noch dazu rannte Moll ihm entgegen, hinter den Männern her.

„Weg da!", schrie der Kleinere. Sie rasten auf ihn zu. Kofi musste sich entscheiden. Der Linke. Um den anderen musste Gunnar sich kümmern.

Er warf sich zur Seite, um dem Stuhlbein auszuweichen und stellte dem Kleineren im Fallen ein Bein. Der schrie vor Wut und Schmerzen laut auf, als er gegen die Wand prallte. Der andere rannte weiter, brüllte einen Fluch, der im Gang widerhallte.

Kofi schnellte sich hoch und warf sich auf den Mann im Parka, den er für Grebstein hielt.

Etwas Hartes bohrte sich in seine Rippen: Der Rucksack des Mannes, der versuchte, ihn abzuwerfen.

„Mit mir nicht, Freundchen", knurrte er und drehte dem Mann einen Arm auf den Rücken.

Als er ihn hochziehen wollte, stand Moll plötzlich neben ihm und hielt den Mann fest. „Einen haben wir!", keuchte er. Er legte dem Mann Handschellen an. „Alles okay bei dir?", fragte er.

Kofi nickte. „Was ist mit Gunnar?"

Sie konnten hören, dass auf der Treppe gerangelt wurde. Bevor Moll dem Kollegen zu Hilfe eilen konnte, hörten sie ihn rufen. „Er ist mir entwischt!"

Moll rannte in die Wohnung, riss ein Fenster auf und brüllte nach draußen: „Einer kommt raus!"

Kofi hielt in der Zwischenzeit Grebstein fest und betrachtete ihn. Er atmete schwer, seine Haare waren grau und ziemlich verfilzt. Sein Kinn war stoppelig, und der Parka war bei dem Kampf eben aufgerissen. Der Mann trug stabile, schwarze Stiefel und derbe Cordhosen.

„Sind Sie Karl Grebstein?", fragte Kofi ihn.

„Wer will das wissen?" Die Stimme des Mannes klang tief und kratzig, so als hätte er mehr Zigaretten geraucht als John Wayne und der Marlboro-Mann zusammen.

„Kriminalhauptkommissar Kofi Kayi. Beantworten Sie bitte meine Frage."

„Ja, ich bin Karl-Friedrich Grebstein. Warum?"

„Was wollten Sie in diesem Gebäude?"

Er zuckte mit den Schultern, was mit den Händen in Handschellen seltsam aussah. „Nur mal so gucken."

„Sie waren in der Hausmeisterwohnung. Was haben Sie dort gesucht?"

„Einen Platz zum Schlafen?"

„Am frühen Morgen!"

Moll tauchte wieder auf. „Ich geh' mal nach Gunnar sehen."

Kofi zeigte auf den Rucksack. „Ich glaube, dass wir da drin eine Blechdose mit zweihundert Euro Bargeld finden werden."

Auf Grebsteins Hals bildeten sich rote Flecken. „Und wenn schon?"

„Kofi, kommt schnell", rief Moll. „Er hat was abgekriegt."

Kofi packte Grebstein am Arm, klemmte sich den Rucksack unter und zerrte den Mann zur Treppe.

Gunnar saß gegen das Geländer gelehnt und hielt sich den Kopf. Blut sickerte unter seinen Fingern hervor.

Unwillkürlich drückten Kofis Finger den Arm Grebsteins fester. Schließlich quiekte der. „Sie tun mir weh!"

‚Na und', dachte Kofi. „Ist es schlimm? Soll ich einen Notarzt rufen?"

„Kopfplatzwunde", sagte Moll.

„Er hat mich mit dem Schläger erwischt", ergänzte Gunnar.

„Ein Stuhlbein", erwiderte Kofi. „Ich hab's gesehen."

Moll zog Gunnar auf die Beine. „Kannst du gehen?"

„Ich versuch's." Er lehnte schief gegen das Geländer, kam aber auf die Beine. Moll stabilisierte ihn. „Geh du vor und sag den Kollegen Bescheid, dass wir Unterstützung brauchen."

Kofi nickte und schob Grebstein an den beiden Kollegen vorbei die Treppenstufen hinunter.

„Geschieht dem ganz recht", murmelte Grebstein. „Unbescholtene Bürger erschrecken."

Kofi zog eine Augenbraue hoch, erwiderte aber nichts. Legte der sich gerade seine Verteidigungsstrategie zurecht?

Er zog die Haustür auf und rief laut, damit die Kollegen ihn nicht aus Versehen mit dem Flüchtigen verwechselten.

Zwei Kollegen, die er noch nicht näher kannte, kamen zu ihm gelaufen.

„Der andere hat das Haus noch nicht verlassen."

„Wie?" Kofi schaute sich um. „Dann muss er im Keller hocken? Oder er ist auf der anderen Seite wieder nach oben gestiegen. Habt ihr genug Leute zum Absuchen?"

Der Kollege sah ihn mitleidig an. „Wir sind zu viert."

Obwohl er Grebsteins triumphierendes Lächeln sah, sagte er: „Dann lasst ihn laufen. Gunnar ist verletzt, Moll braucht eure Hilfe." Nach einer kurzen Pause setzte er süffisant hinzu: „Unseren Mörder haben wir ja."

„Was soll das heißen?", brüllte Grebstein. „Wen soll ich denn ermordet haben? Du spinnst doch!"

Kofi ließ sich nicht beeindrucken und verfrachtete ihn in den Einsatzwagen.

Gut zwei Stunden später erhielten sie die Nachricht, dass Gunnars Kopfplatzwunde genäht worden war und er mit Verdacht auf eine Gehirnerschütterung über Nacht zur Kontrolle im Krankenhaus bleiben sollte.

„Du kannst nichts dafür", sagte Kofi.

„Das weiß ich auch, aber es fühlt sich anders an. Schließlich bin ich für Gunnar verantwortlich", ergänzte Moll.

„Auf einer Treppe bist du immer im Nachteil, wenn dein Gegner von oben kommt."

„Eben, wir hätten ihn nicht auf der Treppe postieren dürfen."

„Andererseits war er dort am weitesten vom Geschehen entfernt, und das hattest du doch beabsichtigt, oder?"

„Wie man's macht, man macht's verkehrt", seufzte Moll.

Dann grinste er. „Das Schlimmste daran wird der Bericht."

„Dann lass uns jetzt mit Grebstein sprechen. Anschließend können wir beide ein bisschen tippen. Du für den Chef, ich für den Richter."

„Ja, ich denke auch, der hat jetzt lange genug gewartet."

Sie sprachen beinahe drei Stunden lang mit Grebstein. Er gab zu, dass er in der Schule gewohnt hatte. Er bestätigte ebenfalls, dass er Räume vermietet hatte.

„An zwei syrische Flüchtlingsfamilien. Die sollten wegen ‚Dublin 2' nach Italien. Ich hab's nicht richtig verstanden. Aber dass Italien kein guter Ort für Flüchtlinge ist, weiß selbst ich", hatte er erklärt.

„Wo sind die jetzt hin?", fragte Kofi.

„Die bleiben immer nur zwei oder drei Wochen, dann ziehen sie weiter. Keine Ahnung, wo die hin sind."

„Warum war niemand von Ihnen im Haus, als der Brand gelegt wurde?"

Grebstein wand sich, wollte diese Frage ganz augenscheinlich nicht beantworten. Schließlich gab er sich einen Ruck. „Sagen wir es mal so, es gab die Nachricht, dass in Bavenstedt Lebensmittel von einem Lastwagen fallen würden."

Moll lachte. „Oh ja, in manchen Nächten ist die Schwerkraft so stark, dass die Nudeln sogar durch verschlossene Türen fallen."

Grebstein knurrte. „Man muss nehmen, was man kriegt. Jedenfalls brannte die Bude schon, als wir zurückkehrten."

„Warum war Pepino-Lohstein nicht mit Ihnen unterwegs?"

Grebstein zuckte mit den Schultern. „Einer muss immer als Aufpasser da bleiben."

„Haben Sie eine Idee, warum die Schule angezündet wurde?"

„Ich? Nee. Eventuell wollte uns einer loswerden?"

„Wer wusste denn, dass Sie da lebten? Außer dem Hausmeister, meine ich."

Grebstein sah ihn erstaunt an. „Sie wissen? Na klar, das mit der Leiche, da musste er wohl reden, was? Wir waren immer vorsichtig. Vielleicht hat einer von den Anwohnern was vermutet, aber da kümmert sich doch keiner drum."

„Wo haben Sie denn die letzten Nächte verbracht?"

„Hier und da!"

„Geht's etwas genauer?"

„Kann mich nicht erinnern?"

„Waren Sie allein unterwegs?"

„Ja."

„Und Ihren Kumpel von heute Morgen, dessen Namen Sie leider vergessen haben, haben Sie erst vor wenigen Stunden wieder getroffen?"

„Rein zufällig, ja. Kann ich noch einen Kaffee bekommen? Mit viel Milch, bitte."

Moll holte ihm einen, während Kofi fragte: „Und genauso spontan haben Sie dann beschlossen, das Geld zu holen?"

„Je länger es da liegen blieb, umso größer war die Wahrscheinlichkeit, dass es jemand anders fand. Außerdem wollten wir frühstücken. Wir hatten Hunger. Hab ich übrigens immer noch. Dürfen Sie das eigentlich? Mich hier verhungern lassen?"

Moll stellte ihm den Kaffee hin. „Keine Panik. Sie können gleich gehen."

Er winkte Kofi vor die Tür.

„Caroline hat die Scherben mit der Flasche verglichen. Definitiv das gleiche Material. Sie hat sogar das Motiv darauf entdecken können. Der Rolandsbrunnen."

„Das heißt, Pepino-Lohstein wurde mit einer 0,7-Liter-Flasche Weihnachtslikör erschlagen?"

„Sieht so aus. Was hältst du von einem Besuch auf dem Weihnachtsmarkt?"

„Grebstein willst du laufen lassen?“

„Meinst du, er war's?“

„Weniger.“

„Es gibt ein paar Minuten einer Überwachungskamera vom Aufbruch des Lkws auf dem REWE-Gelände in Bavenstedt. Ich könnte wetten, dass wir Grebstein darauf erkennen werden.“

„Wer war's dann? Jemand anders aus der Gruppe? Einer der Flüchtlinge?“

„Ich würde sagen, wir sind wieder bei den Gestalten, die verhindern wollen, dass Asylanten in dem Gebäude untergebracht werden.“

Kofi sah ihn schief an. „Das bedeutet, wir müssen die Anwohner befragen?“

„Sieht wohl so aus.“

„Weißt du, wie viel Aufwand das verursacht?“

„Leider ja. Deshalb sollten wir zuerst zum Weihnachtsmarkt gehen. Die Flasche muss nämlich entweder vor der Eröffnung des Marktes oder gleich danach verkauft oder verschenkt worden sein.“

„So eine große kostet beinahe zwanzig Euro. Ich kann mir nicht vorstellen, dass die Hunderte davon verkauft haben.“

„Genau“, ergänzte Moll, „und schon gar nicht an Obdachlose, oder?“

Bevor sie Grebstein laufen ließen, wiesen sie ihn noch an, sich nicht aus der Stadt zu entfernen, damit sie ihn bei Bedarf erneut befragen konnten. Dass vermutlich eine Anzeige wegen des Angriffs auf Gunnar auf ihn wartete, erwähnten sie vorsichtshalber nicht.

Diese Geschichte war zweitrangig. Sie mussten zuerst den Mörder ermitteln. Unruhe in der Szene konnten sie da am allerwenigsten gebrauchen.

Andererseits überlegte Kofi, ob es den Täter nicht in Sicherheit wiegen würde, wenn sich herumspräche, dass die Polizei einen Verdächtigen eingesperrt hat.

Er konnte nicht erklären, warum, aber er hatte ein ungutes Gefühl, als er vom Fenster aus beobachtete, wie Grebstein das Polizeigebäude verließ. Er schaute sich nicht um, sondern überquerte die Straße - direkt neben dem Zebrastreifen - und verschwand in Richtung Liebesgrund.

„Was ist los?", fragte Moll. „Genießt du die schöne Aussicht?"

„Grebstein. Irgendwie denke ich, wir hätten ihn nicht gehen lassen sollen."

„Warum?"

Kofi zuckte mit den Schultern. „Nur so ein Gefühl."

„Er hat ein Alibi. Und wir haben keinen Beweis dafür, dass er in Neuhof gewesen ist."

„Stimmt alles, hilft mir aber nicht", seufzte Kofi. „Was machen wir als Nächstes?"

„Weihnachtsmarkt und dann Feierabend würde ich vorschlagen."

Kofi nickte, nahm seine Jacke von der Stuhllehne und ging zur Tür. „Hungrig bin ich auch."

29

Hildesheim, Sonntag, 8. Dezember 2013

„Welche Größe wollen Sie?"

„Gar keine."

„Dann Sie gehen weiter."

Moll verdrehte die Augen. „Ich möchte Ihren Chef sprechen."

„Nix Chef, weitergehen."

„Hör mal zu, Freundchen ..." Weiter kam Moll nicht. Der Verkäufer neigte sich über den Tresen und rief: „Nix Freund, weitergehen."

Moll wich keinen Millimeter zurück. Stattdessen zückte er seinen Ausweis. „Kriminalpolizei. Bitte zeigen Sie mir Ihre Arbeitserlaubnis."

„Du Polizei? Ich nix glauben. Das Spielzeug."

„Nun, das werden wir gleich sehen", sagte Moll und ging auf die Seite des Standes zu, an der sich die Tür befand.

Der Verkäufer wartete gerade lange genug, dass Moll ihm den Rücken zukehrte, um über den Tresen zu flanken.

Er landete direkt vor Kofi, der ihn mit einem gezielten Griff unter Kontrolle brachte.

„Was ist denn hier los?" Ein Mann im Anzug kam aufgebracht angelaufen. „Rufen Sie die Polizei, schnell", wies er eine Frau an, die neugierig aus der Bude nebenan spähte.

Doch Moll kam ihr zuvor. „Wir sind schon da." Er zeigte seinen Ausweis.

„Was ist mit meinem Mitarbeiter?"

„Beschäftigen Sie weitere Arbeiter ohne Erlaubnis?"

„Wie, ohne Erlaubnis? Ich verstehe Sie nicht."

„Nun, wir haben diesen Mann nach seiner Arbeitserlaubnis gefragt, und da wollte er stiften gehen."

„Aber der Herr vom Gewerbeaufsichtsamt hat gesagt, dass sie am Wochenende keine Leute für Kontrollen ..." Seine Stimme war immer leiser geworden. Vermutlich merkte er, dass er sich gerade um Kopf und Kragen redete.

„Das heißt also: ja", sagte Moll trocken.

Kofi grinste.

„Wie viele denn?"

„Also, nein, das verstehen Sie völlig falsch." Der Mann wandelte sich in Sekundenschnelle vom erbosten Geschäftsmann zum servilen Dienstleister. „Bitte sehr, es wird doch alles nicht so heiß gegessen, wie es gekocht wird. Ich bin überzeugt davon, dass der Mann morgen alle Papiere ordnungsgemäß vorlegen wird."

Kofi wechselte einen Blick mit Moll. Daran glaubte er nicht wirklich, zumindest zauberte der bis morgen keine echten herbei. Sie würden den Kollegen von der Gewerbeaufsicht einen Tipp geben. Sie wollten eigentlich ganz andere Informationen.

Moll wiegte demonstrativ den Kopf hin und her, so als müsste er sehr angestrengt nachdenken.

Schließlich sagte der Mann: „Kommen Sie, meine Herren, dies ist die Vorweihnachtszeit. Darf ich Ihnen vielleicht einmal eine Kostprobe unseres Hildesheimer Weihnachtslikörs anbieten? Zwetsche. Ganz was Edles."

„Weihnachtslikör?", fragte Moll und schaute interessiert zum Stand.

„Zwetsche?", erkundigte sich Kofi und lockerte seinen Griff um den Arm des Verkäufers. Er trat sogar einen halben Schritt zur Seite, um dem Mann mehr Bewegungsfreiheit zu geben. Doch anfangs reagierte er überhaupt nicht. Dann spürte Kofi, wie seine Muskeln sich anspannten und er sich vorsichtig umsah.

‚Mach keinen falschen Fehler', dachte Kofi. Wenn er ihn angriff, schubste oder gar schlug, müssten sie ihn trotz allem mitnehmen.

Der Chef war bereits im Inneren des Standes verschwunden und winkte mit einer der weißen Flaschen. Mindestens genauso erleichtert wie Kofi nahm er zur Kenntnis, dass der Verkäufer unter Kofis Arm hindurchtauchte und lautlos verschwand.

Er war auch klug genug, nichts dazu zu bemerken.

Moll kostete ein Gläschen und sagte dann: „Ganz ordentlich."

Kofi fand das Zeug zu süß und zu stark.

„Darf ich den Herren denn ein oder zwei Fläschchen für Zuhause mitgeben?", fragte der Mann breit lächelnd.

„Nein danke. Das wäre bei dem Preis unangemessen. Aber Sie könnten uns ein paar Fragen beantworten. Deswegen waren wir ja eigentlich gekommen."

„Fragen?"

„Dieser Likör, in diesen Flaschen, mit diesem Aufdruck, wird ausschließlich auf diesem Markt hier verkauft, ist das richtig?"

„Ja, es handelt sich um eine Sonderabfüllung. Die Flaschen wurden extra für Hildesheim Marketing hergestellt. Man braucht schließlich ein Alleinstellungsmerkmal. Die Menschen lieben Exklusivität. Nur was es nicht überall gibt, ist begehrenswert."

„Verstehe. Am ersten Tag des Marktes, wer hat da den Likör verkauft?"

„Am Samstag? Ich selbst."

„Was schätzen Sie, wie viele Flaschen konnten Sie unters Volk bringen?"

Er schaute verschämt zu Boden. „Vier."

„Den ganzen Tag über?"

„Ja, wir mussten den Preis senken. Jetzt kostet die große Flasche unter zwanzig Euro. Seither gehen sie besser."

„Nur vier, das ist ja überschaubar. Würden Sie sich an die Käufer erinnern, wenn Sie sie noch einmal sehen würden?"

„Kann schon sein, ich denke doch. Wieso?"

„Wir haben Samstagnacht eine zerbrochene Flasche an einem Tatort gefunden", erklärte Kofi.

Der Mann winkte ab. „Das sagt gar nichts. Der Bürgermeister hatte vor der Eröffnung des Marktes hundert Stück als Präsente für die Stadt bestellt."

„Die er bereits verteilt hat?"

„Etwa die Hälfte davon, ja. An alle, die irgendwie zum Gelingen des Marktes beitragen sollten."

„Von der Raumpflegerin, die sich um den Toilettenwagen kümmert, bis zum Dezernenten im Kulturamt, verstehe", murmelte Moll.

„Einige davon werden ihre Flaschen weiterverschenkt haben", mutmaßte Kofi, „weil sie keinen Alkohol trinken oder weil sie jemandem eine Freude bereiten wollten."

„Irgendwer könnte seine Flasche auch fast oder ganz leer getrunken und irgendwo abgestellt haben", ergänzte Moll.

„Wo durchaus einer unserer Kandidaten sie gefunden und mitgenommen haben könnte", ergänzte Kofi die Überlegung.

„Und nun?"

„Jetzt sind wir genauso schlau wie vorher."

„Nicht ganz. Sollte unter unseren Verdächtigen irgendein städtischer Mitarbeiter auftauchen ..."

„Genau", unterbrach Kofi ihn, „wenn wir uns um die Anwohner rund um die Schule kümmern, könnten wir sie bevorzugt behandeln."

Moll lächelte zaghaft. „Das ist immerhin ein kleiner positiver Aspekt."

Da an Molls Zimmertür ein Zettel pappte, der sie zu Caroline bestellte, machten sie auf dem Absatz kehrt.

Sie brauchten nicht anzuklopfen. Ihre Bürotür stand offen. Sie telefonierte, winkte die beiden aber herein.

Moll pflanzte sich auf einen der Besucherstühle, die alle aus einem anderen Jahrhundert zu stammen schienen. Molls war mit rotem Samt bezogen. Caroline saß auf einem, der aus dunklem Holz bestand und kunstvoll verziert war.

Kofi sah sich weiter um. Die Regale an den Wänden waren die gleichen wie in seinem Büro.

Allerdings standen bei ihm keine Warhammer-Figuren zwischen den Büchern.

Caroline verabschiedete sich von ihrem Gesprächspartner und begrüßte Kofi und Moll mit Handschlag.

„Ihr riecht, als hätte ich auch gern etwas davon gehabt. Ihr habt mir nicht zufällig etwas mitgebracht?"

„Alles im Dienste der Ermittlungen", sagte Moll.

„Wir mussten uns quasi opfern, wegen der guten Beziehungen", ergänzte Kofi.

„Wer's glaubt ... Na, egal. Ich bin mit meinen Ermittlungen jedenfalls weitergekommen."

„Sprich, holde Maid", sagte Moll und zückte sein Notizbuch.

„Trotz der erheblichen Verbrennungen ist bei unserem zweiten Brandopfer die Todesursache eindeutig ebenfalls ein Schlag auf den Kopf gewesen."

„Wieder mit einer von diesen speziellen Flaschen?", fragte Kofi.

„Nein, vermutlich mit einem Stuhl- oder Tischbein, jedenfalls einem eckigen Holz. Wieder von hinten, genau wie bei Pepino-Lohstein."

„Lange vor dem Brand?"

„Nein, eher unmittelbar davor."

„Dann ist der Fundort auch der Tatort?"

„Höchstwahrscheinlich, ja. Außerdem gehen wir davon aus, dass wir Harro gefunden haben."

„Wie kommst du darauf?", fragte Moll.

„Wir haben oben im Haus eine Tüte Hundefutter gefunden."

„Damit muss er den Hund von nebenan bestochen haben", sagte Kofi.

„Außerdem haben wir in der oberen Etage einen Rucksack und zwei Kunststofftüten mit Decken und Kleidungsstücken sowie einen Schlafsack gefunden. Die Spuren weisen zudem darauf hin, dass da zwei Mann untergeschlüpft waren."

„Grebstein", sagten Kofi und Moll gleichzeitig.

„Dann wäre es möglich, dass der Nachbar nicht den Täter flüchten gesehen hat, sondern Grebstein", überlegte Moll weiter.

„Ich habe noch etwas für euch. An Bauch und Brust des Toten haben wir Rückstände einer Kunststoffweste gefunden. Die Untersuchungen laufen noch, aber ich denke, es könnte so eine gewesen sein, wie sie neuerdings in Fahrzeugen mitgeführt werden muss."

„Bist du sicher?"

„Ja, wieso?"

„Weil uns Gunnar vor Kurzem erzählt hat, dass Grebstein normalerweise so eine trägt", erklärte Moll.

„Die er bei unserer Begegnung mit ihm allerdings nicht getragen hat“, fügte Kofi hinzu.

„Was sagt uns das?“, wollte Caroline wissen.

„Dass er sie verschenkt hat?“, schlug Kofi vor.

„Dass Harro sie ihm geklaut hat“, setzte Moll dagegen.

„Dass er sie nicht mehr tragen wollte, weil er daran zu leicht zu erkennen war“, gab Caroline zu bedenken.

„Guter Einwand!“, sagte Kofi.

Caroline nickte und sprach weiter: „Außerdem konnten wir in der oberen Etage einige Fingerabdrücke sicherstellen. Abgesehen von denen der Meyerhofs gab es in dem Schlafzimmer der alten Dame etliche neue. Sie passen zu denen in der Hausmeisterwohnung.“

„Eine Person oder mehrere?“, fragte Kofi.

„Eine, allerdings handelt es sich nicht um die Fingerabdrücke des Toten.“

„Also waren sie zu zweit in dem Haus“, stellte Kofi fest.

„Vor allem aber“, sagte Moll mit Grabesstimme, „vor allem aber wissen wir nun, dass Grebstein doch in Neuhof war. Und wehe, du sagst jetzt, dass wir ihn niemals hätten gehen lassen dürfen.“

„Würde ich um keinen Preis“, antwortete Kofi und rollte mit den Augen.

Caroline sah von einem zum anderen. „Heißt das, ihr hattet den Typen bereits?“

„Jedenfalls haben wir seine Fingerabdrücke abgenommen. Eigentlich müssten sie demnächst im System auftauchen. Grebstein, Harro oder dieser Frank, der uns bisher immer entfleucht ist, viel mehr kommen nicht infrage, oder?“

Kofi seufzte. „Wir bitten die Streifen noch einmal, nach ihnen Ausschau zu halten. Wenn die keinen

Erfolg haben, suchen wir morgen selbst an den einschlägigen Plätzen."

Moll wiegte den Kopf. „Ich hab da so eine Idee." Dann schüttelte er sich. „Darüber reden wir später. Jetzt ist erst mal Schluss mit lustig angesagt."

Bevor sie endgültig Feierabend machten, fuhren Kofi und Moll am Klinikum vorbei, um nach Gunnar zu sehen.

Es dauerte eine ganze Weile, bis es ihnen gelang, die Station und danach das Zimmer ausfindig zu machen, wo sie ihn untergebracht hatten.

Sie klopften und schoben die Tür auf, obwohl sie kein ‚Herein' gehört hatten. Gunnar Bergmann lag allein in einem Dreibettzimmer.

Er schien zu schlafen.

Sie schlichen bis zu seinem Bett, stellten die Flasche Orangensaft und die Pralinen auf dem Nachtschrank ab und warteten noch einen Moment. Gunnar röchelte leise, reagierte aber nicht auf sie. Er sah ziemlich bleich aus und hatte eine dicke Bandage um den Kopf.

Moll stieß Kofi an. „Lass uns abhauen."

Kofi hatte das unbestimmte Gefühl, dass Gunnar sich nur schlafend stellte.

Er zuckte mit den Schultern. Ihm konnte es recht sein, dann kam er eben eher nach Hause.

30

Hildesheim, Sonntag, 8. Dezember 2013

Iris Bender wachte schweißgebadet auf. Sie war im Traum wieder und wieder von einem Dach gestürzt. Immer war es anfangs stockdunkel, sie spürte nur, dass sie fiel, erst im letzten Augenblick blitzte es rund um sie herum, und sie zerbarst beim Aufprall.

Sie stöhnte, zog sich die Bettdecke über den Kopf und versuchte, noch einmal einzuschlafen.

Heute war Sonntag. Das bedeutete, sie konnte ausschlafen. In der Nachbarwohnung klingelte kein Wecker, der Typ über ihr duschte nicht, bevor er zur Frühschicht fuhr, und unter ihr begann der Tag auch nicht um sechs Uhr mit dem Frühstücksfernsehen. Das ganze Haus schlief noch.

Nur sie nicht.

Wie blöd war das eigentlich?

Sie wälzte sich von der rechten auf die linke Seite und versuchte, an gar nichts zu denken.

Es gelang ihr nicht.

Was für ein Wunder.

Also begann sie, die Ballade von John Maynard aufzusagen. Die hatte sie schon in der vierten Klasse auswendig gelernt, und immer, wenn sie versuchte, alle Verse wieder zusammenzubekommen, wurde sie unweigerlich müde.

Heute nicht.

Erstens fielen ihr alle Verse sofort ein, und zweitens realisierte sie unversehens, dass die ›Schwalbe‹ in Flammen stand und der Steuermann John Maynard starb, weil er auf seinem Posten geblieben war und die Passagiere rettete.

Sie musste an Kofis aktuellen Fall denken und wurde automatisch noch wacher.

John Maynard war eindeutig die falsche Entscheidung gewesen.

Vorsichtig linste sie auf ihren Radiowecker und bereute es sofort. Zwanzig vor sieben, sie hatte es geahnt.

Kein Mensch wachte freiwillig so früh am Morgen auf, wenn er eigentlich ausschlafen konnte.

Mist.

Egal, bevor sie sich noch länger herumärgerte, konnte sie ebenso aufstehen.

Sie schob ein Bein aus dem Bett und angelte ihren Pantoffel. Warum war der Boden so kalt?

Schluss jetzt.

Entschlossen warf sie die Bettdecke zur Seite und stand auf. Ganz oder gar nicht.

Eine gute halbe Stunde saß sie mit einer Tasse Tee, einer Schale Müsli und ihrem historischen Krimi wieder auf dem Bett. Draußen war es noch immer nicht richtig hell geworden.

Als sie das nächste Kapitel begann, stellte sie fest, dass sie gar nicht wusste, was sie da eben gelesen hatte. Wieso waren die auf einmal alle in Potsdam?

So ging das nicht weiter.

Sie musste etwas unternehmen.

Es war eindeutig noch zu früh, um Kofi anzurufen.

Ihre Mutter weilte in Palma de Mallorca, wie jeden Winter seit acht Jahren, und ihre beste Freundin Antje? Frühstückte sicher gerade mit ihrem Mann.

Blieb ihr nur die Arbeit. Sie musste immer wieder an den letzten Satz denken, den sie im Tagebuch von

Frau Rieger gelesen hatte: „*Dann wisperte er: „Aber ich war das doch nicht, das muss sie doch wissen.“*

In ihrem Kopf löste der Satz Bilder von einem verängstigten Kind aus, das vollkommen verlassen in einer Ecke saß und flehend zu ihr aufschaute.

Welcher war der wahre Sebastian?

Das verängstigte Kind oder der kaltblütige Mörder?

Sie startete den Laptop und betrachtete - noch ein weiteres Mal - die wenigen Daten, die sie sich notiert und inzwischen längst abgetippt hatte, und die Fotos, die sie mit ihrem Handy von einigen Dokumenten gemacht hatte.

Wie die Archivarin angekündigt hatte, war die Qualität miserabel. Die wichtigsten Informationen konnte sie allerdings entziffern.

Sie startete die Suche.

Margret Neubert war ja kein allzu gewöhnlicher Name. In Hildesheim lebten aktuell drei Neuberts mit Einträgen im Telefonbuch, K., Kai und M.

Iris notierte sich die Nummer hinter M. und zögerte einen Moment. Was sollte sie sagen?

Die Wahrheit?

Normalerweise fuhr sie damit immer am besten. Was wäre das Schlimmste, was passieren konnte? Dass Sebastians Mutter einfach sofort auflegte.

Na gut, sie konnte sie beschimpfen. Aber letztlich konnte ihr auch das am A* rm vorbeigehen.

Sie wählte.

Das Telefon klingelte.

„Neubert.“ Eine strenge Stimme.

„Guten Morgen, ich bin Iris Bender. Die Lehrerin, Frau Isolde Gerhardt, die früher an der Paul-Heyse-Schule unterrichtet hat, hat mich gebeten, sie bei ein paar Recherchen zu unterstützen.“

Iris drückte die Daumen. Immerhin konnte sie ihr Anliegen ungestört vorbringen. Als Staubsaugervertreterin hätte sie damit beinahe einen Fuß in der Tür.

„Und was wollen Sie von mir?"

Jetzt galt es.

„Hat Ihr Sohn nicht auch die Paul-Heyse-Schule besucht? Frau Gerhardt sagt, sie hätte ihn in der 6. Klasse unterrichtet."

„Ich habe keinen Sohn."

„Oh, habe ich mich verwählt? Sie sind doch Margarete Neubert, oder?"

„Margret, nicht Margarete."

„Ich verstehe, entschuldigen Sie bitte. Ich sehe gerade, dass da tatsächlich Margret steht." Sie lachte. „Frau Gerhardts Handschrift ist nicht gerade die beste. Sollte man nicht glauben, oder?"

„Frau Gerhardt, sagen Sie?"

„Ja, genau, es muss wohl die 6. Klasse gewesen sein."

„Eher die 4."

‚Strike', dachte Iris und malte einen Kringel auf ihr Blatt. Warten oder weiterfragen?

Warten!

Weiterfragen?

„Ich habe keinen Sohn mehr."

„Das tut mir leid."

Warten.

„Er war ein zartes Kind, immer viel zu klein für sein Alter."

„Ach so, ja, ja, das gibt es."

Warten.

„Falsche Freunde, verstehen Sie, falsche Freunde können alles verderben."

Warten oder fragen?

Fragen! Aber was?

„Hat Ihr Sohn die in der Paul-Heyse-Schule kennengelernt?"

„Auf der Heyse? Nein, vorher schon. In der Steingrube. Er hatte Rollschuhe, müssen Sie wissen. Sportlich war er, ja, ja, von Anfang an, und trotzdem so dürr."

Iris hielt die Luft an. Rede weiter, bat sie in Gedanken inständig. Red weiter.

„Ja, ja, schlechte Freunde, ältere Freunde. Er war doch noch ein Kind."

Iris gab ein zustimmendes und wie sie hoffte, aufmunterndes Geräusch von sich.

„Und dann waren da all die Penner, immer nur saufen und pöbeln. Aber so was beeindruckt Kinder. Alles, was sie von Zuhause nicht kennen, alles, was verboten ist, zieht sie magisch an."

„Kinder eben!" Das war sicherer Boden. Obwohl Iris sich gar nicht sicher war, ob Frau Neubert sie überhaupt wahrnahm.

Plötzlich brüllte sie los: „So was gehört verboten. Wegsperren sollte man die. Alle. Ausnahmslos."

Warten!

Iris schob den Hörer ein wenig von ihrem Ohr weg.

Warten!

Hatte Frau Neubert aufgelegt?

Nein, Iris hörte sie eindeutig atmen. Weinte sie jetzt?

„Frau Neubert? Ist alles in Ordnung?"

„In Ordnung? Was denken Sie?"

‚Ganz falsche Frage', schalt Iris sich. „Ich meine, mit Ihnen." Das klang auch nicht besser.

Frau Neubert schnaubte. „Was wissen Sie schon?" Dann atmete sie geräuschvoll ein und aus. „Welche Informationen wollen Sie denn von mir?"

‚Gute Frage', dachte Iris. Versuchen wir es mal so. „Es würde uns helfen, wenn Sie uns weitere Namen nennen würden, von Mitschülern oder Freunden. Sehen Sie, die Listen der Schule scheinen nicht komplett zu sein. Außerdem haben die Mädchen fast alle geheiratet und heißen nun anders. Mit wem war Ihr Sohn denn befreundet?"

„Er hatte keine Freunde."

‚Aber gerade eben hattest du noch das Gegenteil behauptet', dachte Iris. Doch wenn ich ihr das aufs Brot schmiere, legt sie bestimmt auf. „Wie kam das?"

„Das geht Sie nichts an. Er besuchte vorher eine andere Schule. Nach dem Schulwechsel fand er keinen Anschluss mehr."

„Schade."

„Es hatte auch sein Gutes. Ohne falsche Freunde hat er seinen Weg gemacht. Trotz allem."

„Da können Sie aber stolz auf ihn sein."

Sie lachte humorlos. „Lass man stecken. Das hat nichts mit der Schule zu tun."

„Stimmt schon, aber die Grundlagen werden ja doch dort gelegt, und im Elternhaus, versteht sich. Was hat ihr Sohn denn für eine Ausbildung gemacht?"

„Darüber möchte ich nicht reden. Er will das auch nicht."

„Haben Sie Kontakt zu ihm?"

Schweigen.

‚Mist!' Iris hätte sich am liebsten auf die Zunge gebissen.

Warten.

Und freundlich lächeln.

Sie hatte mal irgendwo gelesen, dass man am Telefon merkte, ob der Gesprächspartner lächelte und entspannt war, ob er stand und sich dem Gespräch zuwandte oder ob man schlecht gelaunt hinter seinem Schreibtisch hockte.

„Was wollen Sie wirklich?“

„Möglichst viel über die Schüler und die Lehrer der Paul-Heyse-Schule zusammentragen. Sicher haben Sie gehört, dass sie abgebrannt ist. Genau einhundert Jahre ist sie alt geworden. Eine aufregende Zeitspanne.“

„Soso.“

„Ja, Frau Gerhardt ist im August in den Ruhestand getreten, und der Brand hat sie dazu gebracht, ihre Idee, möglichst viele Fakten zusammenzutragen, sofort umzusetzen.“

„Da kann ich Ihnen nicht helfen.“

„Das ist schade, trotzdem vielen Dank für Ihre Zeit.“ ‚Hm, das klang jetzt schon fast wie eine Verabschiedung. Das wollte sie ja nun gar nicht. „Kann ich vielleicht Ihren Sohn direkt anrufen? Haben Sie seine Adresse oder Telefonnummer für mich?“

„Nein!“

„Oh, warum nicht?“

„Ich sagte doch schon, ich habe keinen Sohn mehr.“

‚Doof, doof, doof, an diesen Satz hatte sie schon gar nicht mehr gedacht.‘ Iris stutzte. Und wenn es stimmte? Vielleicht war Sebastian tatsächlich tot. Jetzt konnte sie nicht mehr viel verderben.

Deshalb fragte sie: „Wann ist Sebastian denn gestorben?“

„Für mich im Dezember 1982, aber das geht Sie nichts an.“

Aufgelegt.

Iris lehnte sich zurück. Hatte sie überhaupt etwas Neues erfahren?

Auf jeden Fall lebte Sebastian noch.

Wo?
Noch immer in Hildesheim?
Oder im Umland?
Das musste sich doch herausfinden lassen.

31

Hildesheim, Montag, 9. Dezember

Moll ärgerte sich, dass Gunnar noch immer im Krankenhaus lag. Ausgerechnet heute, wo er gut weitere Unterstützung brauchen könnte.

Da war nichts zu machen. Es musste eben so gehen.

Moll seufzte. Im Prinzip lief es jedes Mal genau so ab. Sie gaben sich Mühe, planten, bereiteten den Einsatz minutiös vor, und dann kam etwas dazwischen.

Nun ja, immerhin ging es Gunnar den Umständen entsprechend gut. Morgen, spätestens übermorgen würden sie ihn entlassen. Ob er anschließend gleich wieder dienstfähig war, stand in den Sternen.

Nun standen ihm nur noch vier Teams zur Verfügung.

Er grinste. Ein Mann mehr oder weniger spielte keine entscheidende Rolle.

Seine Papiere hatte er gleich als Erstes vorbereitet, als er morgens zum Dienst kam.

Jetzt blieben ihm noch etwa zehn Minuten, bevor die Einsatzbesprechung begann.

Pfeifend ging er den langen Flur hinunter zu Kofis Büro.

Tatsächlich brannte auch bei ihm schon Licht.

„Moin, wie geht's dir?"

„Hallo Molli, ich habe vorsichtshalber alle Fotos von unseren Verdächtigen auf eine Seite kopiert und für jedes Team ausgedruckt. Man kann ja nie wissen, wem man wo über den Weg läuft."

„Gute Idee."

„Welchen Abschnitt nehmen wir uns vor?“

„Wie wär's mit Sibbesse, Lamspringe, Freden?“

„Sagt mir gar nichts.“

„Dann sollten wir das ändern. Wir fahren zuerst nach Freden. Nach unseren Unterlagen gibt es dort in der Samtgemeinde sieben Gebäude, die bereits länger leer stehen. Zwei davon werden für Asylbewerber hergerichtet. In Lamspringe sind es vier, und in Sibbesse gibt es drei.“

„Mir ist alles recht. Fährst du?“

„Mach ich. Wir besuchen Sibbesse als Letztes, dann nähern wir uns langsam wieder an Hildesheim an. Wenn noch Zeit bleibt, können wir auf dem Rückweg in Neuhof Station machen. Ich würde mir gern mal den Rest des abgebrannten Hauses anschauen, soweit es begehbar ist.“

„Und den Garten. Diese Fußabdrücke würden mich interessieren.“

„Echt, wieso?“

„Na ja, ob sie nur vom Haus wegführen. Irgendwie muss der Typ doch ins Haus hineingekommen sein.“

„Du meinst, die beiden kannten sich?“

„Wenn zwei in dem Haus untergeschlüpft waren und einer geflohen ist, bevor das Feuer gelegt wurde ...“

„Warum hat der, der geflüchtet ist, dem Freund nicht geholfen?“

„Angst? Zu spät gekommen? Dafür kann es, abgesehen von Feigheit, viele Gründe geben. Aber ich verstehe, warum du dir den Garten ansehen möchtest.“

„Und den Feldweg dahinter nach Möglichkeit auch.“

Die Einsatzbesprechung brachten sie schnell hinter sich. Schon nach weniger als einer halben Stunde brachen die Teams auf.

Kofi und Moll fuhren durch Ochtersum aus der Stadt.

„Das ist der Heidekrug, den kennst du ja schon. Danach kommen wir durch Diekholzen. Dann müssen wir über den Roten Berg, fahren durch Sibbesse ..."

„Ich werde es ja gleich sehen. Hübsch hier."

Moll erzählte ihm von Fällen, die er in den verschiedenen Orten, durch die sie kamen, bereits bearbeitet hatte.

„Hier in Wrisbergholzen lebt noch eine echte Gräfin."

„Brauchte die auch schon eure Hilfe?"

„Kann mich nicht erinnern. Diese Dörfer gehören zum Einzugsbereich der Alfelder Kollegen. Wir werden nur bei Kapitalverbrechen hinzugezogen."

Es dauerte länger als Moll erwartet hatte, bis sie das erste Haus in Lamspringe gefunden hatten. Neugierige Kinder begleiteten sie durch die Straße, hielten aber vorsichtig Abstand.

„Fremde fallen in dieser Gegend jedenfalls auf", sagte Moll.

Kofi grinste. „So soll es sein, oder? Guck mal, das da scheint es zu sein."

Moll stoppte den Wagen. „Sieht ziemlich verfallen aus."

Sie stiegen aus.

„Komisch, die Kinder sind weg."

Moll sah sich um. „Stimmt. Hast du bemerkt, wann sie verschwunden sind?"

„Nö. Komm. Wir haben noch ein paar weitere vor uns."

Moll wollte die Gartenpforte aufschieben. Als es nicht funktionierte, hob er die morschen Holzbalken an. Doch statt sich zu öffnen, brach die gesamte Konstruktion in sich zusammen.

Kofi kicherte. „Das ziehn die dir bestimmt vom Gehalt ab."

„Red kein Blech und komm."

Sie gingen hintereinander den schmalen Pfad hinunter. Die Gehwegplatten hatten sich verschoben. Wurzeln und Himbeerranken erwiesen sich als zusätzliche Hindernisse.

„Hier ist seit Monaten niemand entlanggegangen", sagte Kofi.

„Da kannst du recht haben. Lass uns mal nach hinten gucken." Sie umrundeten das Haus. Sie fanden zwar eine zerbrochene Fensterscheibe auf der Rückseite, doch der Staub auf dem Boden im Inneren des Hauses war unberührt.

„Nach menschlichem Ermessen unbewohnt", konstatierte Moll.

„Jedenfalls von menschlichen Lebewesen", setzte Kofi hinzu und wies auf ein Spinnennetz am Fensterrahmen.

Als die beiden Kommissare das Gelände gerade wieder verlassen wollten, standen die drei Zwerge von vorhin vor ihnen auf dem Gehweg. Sie alle hatten die Arme vor der Brust verschränkt. Der Größte unter ihnen stand in der Mitte und trat nun demonstrativ einen Schritt auf die beiden Männer zu. „Was macht ihr da?"

Bevor Kofi oder Moll etwas erwidern konnten, sprach der Junge schon weiter. „Das ist verboten. Lasst euch bloß nicht erwischen." Er räusperte sich. „Sonst setzt es was."

Kofi verbarg sein Grinsen und fragte: „Sagt wer?"

„Ich", antwortete der Knabe ungerührt.

„Okay, und wer hat es dir gesagt?"

„Ich“, sagte eine tiefe Stimme rechts von Kofi.

Er fuhr herum. „Wer sind Sie?“

„Ich denke, die Frage sollten Sie mir beantworten.“ Er hatte ein Handy gezückt und wollte wählen.

„Kriminalhauptkommissar Matthias Moll. Gehört Ihnen das Grundstück?“

„Kripo? Wieso das denn?“, fragte der Mann verdutzt.

Moll und Kofi wechselten einen kurzen Blick. Dann nickte Kofi.

Moll ging näher zu dem Mann hin, während Kofi sich um die Kinder kümmerte.

„Sie wohnen nebenan?“, fragte Moll.

„Ja, mir gehören vier der Häuser in dieser Reihe. Zwei sind vermietet, in einem wohne ich mit meiner Frau, und diese Bruchbude steht seit fast einem Jahr leer.“

„Trotzdem haben Sie alles im Auge?“

„Sie glauben gar nicht, auf was für Ideen unsere lieben Mitbürger so kommen. Dabei sind Gartenabfälle und Sperrmüll noch unspektakulär.“ Er wedelte mit den Händen. „Dass sich Pärchen zum Poppen im Garten verstecken oder die Gören hier im Keller auf Schatzsuche gehen wollen, dafür könnte man noch Verständnis haben, doch Sie glauben gar nicht, was da sonst noch so abgeht.“

Moll schenkte ihm sein strahlendstes Lächeln. „Doch, leider können wir das nur zu gut. Ich nehme jedoch an, dass Sie bisher noch keinen Toten gefunden haben?“

„Kein Scherz?“

„Leider nicht.“

Der Mann schüttelte den Kopf. „Das wär echt ..., nee, ich weiß gar nicht, was ich dazu sagen soll.“

„Halten Sie einfach weiter die Augen auf." Er drehte sich zu den Kindern um. „Und ihr auch, sagt unbedingt Bescheid, wenn Fremde auftauchen."

Die Kinder nickten ernst.

Kofi und Moll verabschiedeten sich freundlich.

In den nächsten beiden Häusern lebten inzwischen neue Besitzer, im dritten befand sich gerade eine Maklerin, die es für ihr Exposé fotografieren wollte.

Bei Freden befanden sich die ihnen bekannten leer stehenden Häuser alle in den kleineren Ortschaften, die ebenfalls zur Samtgemeinde Freden gehörten.

„Hier gibt es bestimmt keine Öffis", sagte Kofi nachdenklich.

„Und wenn hier eine Gruppe Illegaler über die Dorfstraße schlappt, bekommt das auch Oma Ploschke mit, obwohl sie Brille und Hörgerät verlegt hat."

„Meinst du, das ist in Sibbesse anders?", fragte Kofi.

Moll wiegte den Kopf. „Weiß nicht. Freden selbst hat immerhin einen Bahnhof. Nach Sibbesse fahren höchstens Schulbusse."

„Echt? Abgefahren."

„Nee, stimmt nicht wirklich. Aber allzu prall sind die Verbindungen nicht."

„Also eher was für echte Tippelbrüder?"

„Oder jemanden, der untertauchen will?"

„Hast du einen bestimmten Verdacht?"

„Ja, seit eben. Bist du gut zu Fuß?"

„Geht wieder ganz gut, ja. Warum?", fragte Kofi und rieb sich unbewusst über die Hüfte.

„Ich würde gern an dem ehemaligen Gasthaus auf dem Roten Berg vorbeifahren. Man müsste vor einem Wall aus Ästen anhalten und kommt von dort nicht ungesehen zu der Ruine. Weiter unten gibt es in der Haarnadelkurve einen Waldweg. Von da aus können wir von der Rückseite zu dem Haus gelangen."

„Ein perfektes Versteck, oder? Wieso ehemaliges Gasthaus?"

„Das war so bis in die Achtziger ein Ausflugslokal, anschließend ein Bordell und dann eine Asylantenunterkunft. Irgendwann hat es gebrannt, und seither steht es mehr oder weniger leer."

„Mehr oder weniger?"

„Ganz genau weiß ich es nicht, aber eine Zeit lang haben sich diverse Gruppen auf dem Grundstück getroffen, und letztes Jahr soll es verkauft worden sein."

„Warum wird es nicht wieder hergerichtet und genutzt, liegt doch idyllisch?"

„Aber mitten im Naturschutzgebiet und irgendwann im Lauf der Geschichte sind die Nutzungsrechte abgelaufen."

„Na, dann wollen wir uns mal ranpirschen." Kofi lehnte sich zurück und betrachtete die Buchen entlang der kurvigen Straße.

Moll bog ziemlich abrupt von der Landstraße ab. Glücklicherweise war der Boden gefroren, sodass der Wagen zwar über den unebenen Waldweg hoppelte, aber nicht einsank.

Moll ärgerte sich darüber, dass er keine stabileren Schuhe angezogen hatte, sondern gleich auf glatten Ledersohlen durch den Wald schlittern würde. Nun, das ließ sich jetzt nicht mehr ändern.

Kofi war auf der Beifahrerseite ausgestiegen und sah sich um. „Viel Deckung haben wir hier jedenfalls nicht."

Moll zuckte mit den Schultern. „Von der Waldseite aus rechnet der nur mit Wanderern oder einem Förster. Er wird nicht ernsthaft damit rechnen, dass sich die Polizei die Mühe macht, quer durch die Landschaft zu tapern."

Kofi rutschte weg, hielt sich gerade noch am Kotflügel fest. „Manchmal ist es durchaus von Vorteil, dem Klischee zu entsprechen."

Moll beschloss, diesen Einwand zu ignorieren. Er wusste selbst nicht genau, was ihn so sicher machte, dass Grebstein sich auf dem Roten Berg versteckte.

Sie benötigten mehr als zwanzig Minuten, um auf den Kammweg zu gelangen. Plötzlich hörte Moll ein Geräusch. Er streckte seinen Arm aus, um Kofi zu stoppen und hielt dann den Zeigefinger warnend in die Höhe. Kofi lauschte ebenfalls.

Was war das?

Plätscherte da etwas?

Dazu Atemgeräusche?

Sie schlichen möglichst lautlos weiter. Der helle Putz leuchtete durch die kahlen Zweige.

Plötzlich ein Grunzen.

Wildschweine?

Moll beugte sich vor.

Blätter raschelten.

Vielleicht ein Dachs? Er hatte irgendwo gelesen, dass die Geräusche von sich gaben, die sehr menschlich klangen.

Oder hörten sie tatsächlich einen Menschen?

Wenn ja, was trieb er da?

Moll ging noch einen Schritt weiter. Trockenes Laub knirschte unter seinen Schuhen. Verdammt.

Dann sah er ihn.

Er hockte neben einem Buchenstamm.

Mit heruntergelassener Hose.

Als er die beiden Kommissare kommen hörte, sprang er auf, zerrte an seiner Hose, stolperte und fiel mit einem lauten Krachen zu Boden.

„Kallo Grebstein", sagte Moll, „so sieht man sich wieder. Stören wir?"

„Verpisst euch", keuchte der Mann und versuchte, sich aufzurappeln.

„Immer mit der Ruhe", sagte Moll und ließ durch seine Körperhaltung keinen Zweifel daran, dass er Grebstein keine Chance lassen würde, ihnen zu entkommen.

„Wie wär's, wenn Sie zuerst einmal Ihre Kleider richten würde", schlug Kofi vor, und Moll wusste, dass es ihm schwerfiel, sich das Lachen zu verkneifen. „Oder haben wir Sie bei Ihrem Geschäft gestört?"

Moll konnte an den schnell wechselnden Gesichtsausdrücken des Mannes erkennen, dass er seine Optionen prüfte und endlich zu der Entscheidung zu kommen schien, sich zu fügen.

Vorläufig?

Jedenfalls setzte er eine Mitleid heischende Mine auf und sagte: „Nicht mal in Ruhe kacken kann man hier. Was wollt ihr von mir?"

„Och, wir haben nur ein paar Fragen an Sie."

Während Kofi mit Grebstein auf dem ehemaligen Parkplatz der Gaststätte wartete, durchsuchte Moll die Ruine. Er fand das Lager des Mannes in der früheren Schankstube. Rucksack, Schlafsack, zwei Wasserflaschen, eine Decke, ein Esbit-Kocher und einige Lebensmittel.

Hastig prüfte Moll den Inhalt des Rucksacks. Er enthielt einige Kleidungsstücke, eine zerschlissene Wanderkarte und ein paar Kleinteile, wie Streichhölzer, ein Taschenmesser, Bindfaden und so weiter. So eine Schutzweste wie Grebstein sie angeblich ständig trug, fand er nicht.

Er verließ das Haus durch eines der zerbrochenen Fenster. „Möchten Sie Ihre Habseligkeiten mitnehmen?“

Grebstein sah ihn finster an, nickte dann aber. „Besser ist besser, man weiß ja nie, wer hier so herumschleicht.“

32

Hildesheim, Montag, 9. Dezember

„Aber ich war das doch nicht, das muss sie doch wissen. Aber ich war das doch nicht, das muss sie doch wissen. Aber ich war das doch nicht, ..." Gefühlt hatte Iris Bender diesen Satz nun schon tausend Mal vor sich hergesagt. Diesen Satz, der ihr so bedeutsam erschien, den sie nur zu gern geglaubt hätte.

Zehnjährige Kinder begingen keine Morde.

Jedenfalls nicht in ihrer Welt.

Punktum.

Erneut sah sie auf die Uhr. Sie schien stehen geblieben zu sein.

„So schlimm?", fragte jemand hinter ihr.

Iris drehte sich um und erkannte die Archivarin. „Guten Morgen!"

„Es ist zwar noch nicht ganz so weit, aber Sie können meinetwegen gleich mit hineinkommen."

„Oh, danke, dass ist sehr nett. Ich möchte gern wissen, wie es weitergegangen ist. Das ist beinahe so spannend wie ein Krimi."

Annika lachte. „Das höre ich gar nicht so selten, wie Sie vielleicht denken. Allerdings sammeln wir auch alle Kriminalromane, die von Autoren aus dem Landkreis geschrieben wurden. Wenn Sie sich dafür interessieren, kann ich Ihnen die Abteilung gern zeigen."

Iris winkte ab. „Danke, aber im Moment bin ich mit meinen Geschichten, die das Leben schrieb, ganz zufrieden."

„Autobiografien führen wir auch."

„Danke, danke, später vielleicht."

Iris atmete tief durch, bevor sie die Unterlagen an der Stelle öffnete, an der sie am Freitag aufgehört hatte zu lesen.

„Dann wisperte er: „Aber ich war das doch nicht, das muss sie doch wissen."

„Wie meinst du das?", fragte ich, wollte aber eigentlich viel lieber meine Runde beenden und mich an meine Berichte setzen. Später erkannte ich, dass ich ihm hätte zuhören sollen, ja, dass ich hätte insistieren müssen.

Er schien meine Frage nicht gehört zu haben und sagte nur leise: „Warum glaubt sie so etwas?"

„Weil du es gesagt hast. Warum sollte sie das nicht glauben?"

„Sie ist meine Mutter." Er sah immer noch ziemlich erstaunt aus. Ich war es leid, das Gespräch drehte sich im Kreis, also verabschiedete ich mich und ging.

15. Februar 1983

Sebastian lag apathisch in seinem Bett und war auch mit Drohungen nicht dazu zu bewegen, aufzustehen.

Die nächsten Absätze waren ausgebleicht und nicht mehr zu entziffern. Dafür war auf der nächsten Seite ein Brief eingeklebt. Scheinbar war er mit Bleistift geschrieben und mit zwei Buntstiften koloriert worden.

25. Februar 1983

Liebe Mama!

Ich kratulire Dir hertzlich zum Geburtstag. Ich würde mich sehr freuen, wenn du mich zu Deiner Geburtstagsfeier ein-

lahden würdest. Ich brauche keinen Kuchen. Ich will nur bei dir seien. Bitte, kannst Du mich abhohlen!!!

Ich warte am Fenster auf Dich, damit ich dich nicht verpasse.

Heerzliche Grüße und Geburtstagswünsche
von Deinem Basti

Iris musste schlucken, um den dicken Kloß loszuwerden, der sich in ihrem Hals gebildet hatte. Das Wort ‚sehr' war mit beiden Buntstiften dick unterkringelt worden. Um das ‚hertzlich' rankte sich ein Herz und aus allen Is hatte er Kerzen gestaltet. Sie nahm ihr Handy und versuchte, den Brief mit allen Details zu fotografieren. Das funktionierte heute deutlich besser, weil sie sich zwei leistungsstarke LED-Taschenlampen mitgebracht hatte. Sie wusste nicht, ob das erlaubt war, und hatte deswegen lieber nicht gefragt. Schließlich hatte Annika es ihr nicht ausdrücklich verboten.

2. *März 1983*

Natürlich hat seine Mutter ihn nicht abgeholt. Kein Wunder, denn sie hat sich geweigert, den Brief entgegenzunehmen. Bereits drei Tage später lag er wieder in unserem Postkasten.

Sebastian hatte tatsächlich den ganzen Tag über am Fenster des Gemeinschaftsraumes gestanden und hinausgesehen.

Ich informierte ihn darüber, dass der Brief wohl nicht angekommen war, hatte aber das Gefühl, dass er mir nicht glaubte, obwohl ich ihm den Umschlag zeigte.

Stattdessen sagte er: „Vielleicht hätte ich ihr ein Geschenk schicken sollen."

„Sebastian, sie will dich nicht mehr sehen, versteh' das doch."

„Nein, du lügst!" Zum ersten Mal wurde er laut. Er schrie mich an, ging schließlich mit beiden Fäusten auf mich los. Ich hielt ihn fest. Er schrie wie am Spieß, hoch und schrill. Es dauerte lange, bevor sein Geschrei in Schluchzen überging. Am Ende hing er schlapp in meinen Armen.

„Magst du mir erzählen, wie es wirklich gewesen ist?"

Er schüttelte den Kopf.

„Warum nicht?"

„Ich hab's versprochen."

„Wem?"

„Meinem Freund!" Ich musste sehr genau hinhören, um ihn verstehen zu können, denn er flüsterte.

„Du meinst den Jungen, den wir im Gericht getroffen haben?"

Er nickte nur.

„Ist er denn noch dein Freund?"

„Versprechen muss man halten."

Was sollte ich dazu sagen? Im Prinzip hatte er ja recht.

„Es gibt Fälle, in denen muss man ein Versprechen sogar brechen."

„Das glaube ich nicht."

Ich überlegte, wie ich es ihm kindgerecht erklären konnte. Mir fiel nichts Überzeugendes ein.

Zeit gewinnen, hieß die Devise.

„Wie heißt dein Freund denn?"

„Frido!"

„Gut, Frido also. Du hast Frido etwas versprochen?"

„Ja!"

„Was denn?"

Er sah mich prüfend an. Schien zu überlegen, ob er es mir verraten durfte.

Ich ermunterte ihn: „Ihr habt abgesprochen, was du vor Gericht aussagen solltest?"

„Bei der Polizei!"

„Verstehe, bei der Polizei. Erzähl mir doch, was du da ausgesagt hast. Ich war ja nicht dabei."

Wieder legte er den Kopf schief und überlegte. „Stimmt." Iris schlug die Seite um. Das ‚Stimmt' war unten schief an den Rand gequetscht. Scheinbar hatte Frau Rieger in großer Eile geschrieben. Ihre Schrift, sonst akkurat und geradezu druckreif, faserte aus, lief weiter, raumgreifender.

„Ich sollte sagen, ich war's. Weil ich noch so jung bin."

„Langsam, langsam. Was warst du?"

Er sah mich an, als wäre ich schwer von Begriff. „Ich hab den Mann nicht geschubst. Aber Frido ist schon sechzehn. Der geht dafür in 'n Knast. Ich nicht."

Das hörte sich fast stolz an. „Du, ich verstehe dich noch immer nicht. Was für ein Mann?"

„Der Penner. Der hatte da echt nichts verloren." (Ich konnte quasi zusehen, wie er sich in eine Pose hineinsteigerte.)

„Der zweite Penner war auch Zeuge."

Das fiel mir in diesem Augenblick zum ersten Mal ein. Vier Menschen auf diesem Dach. Zwei Jungen, zwei Penner. Ein Toter, drei Zeugen. Warum war mir das nicht früher eingefallen. War das möglich?

„Zeuge wofür?"

„Dass ich's nicht war und dass ich's war."

„Verstehe ich nicht."

Er stand auf, stellte sich auf meine linke Seite. „So war's wirklich." Dann wechselte er nach rechts. „Und so haben wir abgemacht, dass es gewesen ist."

Ich packte ihn am Arm und stellte ihn wieder nach links. „Okay, dann bitte zuerst diese Version. Was habt ihr da oben auf dem Dach überhaupt gemacht?"

Das hätte Iris auch interessiert. Sie musste sich zwingen, die inzwischen ziemlich unleserliche Schrift Wort für Wort zu entziffern und nicht nur zu überfliegen.

Sie setzte sich ein wenig aufrechter hin und blätterte die nächste Seite um.

Wieso ging denn der Text nicht weiter? Auf den nächsten Seiten ging es um eine Elvira und einen Eberhard. Dann folgten zwei Anträge für einen Wintermantel und einen Schulranzen.

Iris bemerkte, dass ihre Finger zitterten, als sie das nächste Blatt aufschlug.

Da die Handschrift der Rieger. Hoffentlich fehlte nicht so viel.

Sie las schnell. Nein, das war viel später.

Ihr Herz pochte wie wild. Das durfte nicht wahr sein.

Dann fielen ihr die Seitenzahlen auf.

Jemand hatte die Blätter falsch zusammengeheftet. Ohne darüber nachzudenken, fuhr sie mit dem Fingernagel unter die rostige Klammer und bog sie auf.

Sie brauchte lange, um die Metallteile aus dem Papier zu zupfen, ohne etwas kaputt zu reißen. Schließlich hatte sie die Seiten, die offensichtlich zu anderen Vorgängen gehörten, herausgesucht und die richtige Reihenfolge wieder hergestellt.

„Da oben sind diese Puster von der Heizung, riesige Kawenzmänner." Er zeigte mit seinen Armen, wie groß die Lüftungsrohre auf dem Supermarktdach waren.

„Im Winter hocken sich die Penner da immer hin, weil es davor schön warm ist. Aber Frido sagt, das dürfen die nicht."

Ich dachte bei mir: ‚Ihr allerdings auch nicht', sagte jedoch nichts.

„Was wolltet ihr denn da oben? Wie kommt man da überhaupt hinauf?", fragte ich.

„Feuerleiter, gar kein Problem. Frido musste mich ein Stück hochheben, bald bin ich alleine groß genug. Uns ist im Winter genauso kalt. Da kann man sich draußen nicht so gut treffen. Deswegen gehen wir da hoch. Frido sagt, da oben darf sich nur wärmen, wer Geld zum Einkaufen hat, also wir."

„Was kauft ihr euch denn so?"

„Wodka, Zigaretten, Kaugummis."

„Du trinkst Wodka?"

„Quatsch, der brennt mir zu dolle. Ich rauche auch nicht, bin Sportler. Aber die Kaugummis sind für mich. Jedenfalls treffen wir uns da oben und hängen ab."

„Ihr hängt ab, und diesmal waren da noch andere?"

„Die Penner, ja, echt abgerissene Gestalten."

„Sagt Frido."

„Sagen alle."

„Ich nicht."

„Sie sind auch erwachsen."

„Das zählt nicht?"

„Erwachsene haben seltsame Regeln." Er sah mich herausfordernd an. „So wie zum Beispiel die mit den Verbrechen. Ich darf jemanden ermorden. Frido muss dafür ins Gefängnis. Wer soll das verstehen?"

Fiel mir ebenfalls schwer.

„Was genau habt ihr euch denn versprochen?"

„Dass ich den Penner geschubst habe."

„Hast du jedoch nicht?"

„Nein, weißt du, was der wiegt? Wie soll das denn gehen?"

„Trotzdem habt ihr es so ausgesagt?"

„Frido hat gesagt, wenn wir alle drei das Gleiche erzählen, kann uns keiner was."

„Wieso hat der andere Penner mitgemacht?"

Sebastian zuckte mit den Schultern. „Ich glaube, der hat gar nichts gesehen."

27. März 1983

Von Pontius bis Pilatus war ich unterwegs. Nichts. Überhaupt keinen Erfolg. Immerhin hat man mir zugehört. Doch niemand will etwas unternehmen. Einige glauben mir noch nicht einmal. Was leider meine eigenen Zweifel zusätzlich befeuert hat. Sebastian erscheint mir aufrichtig, andererseits würde er vermutlich alles tun, um seine Mutter zurückzugewinnen. Trotzdem muss ich es weiter versuchen, etwas zu bewegen.

Die Antworten fallen allerdings wenig ermutigend aus.

„Ist doch vorteilhafter so. Sie haben doch die Mutter kennengelernt. Bei Ihnen ist der Junge viel besser aufgehoben."

„Wer einmal lügt, dem glaubt man nicht."

„Wieso glauben Sie denn, dass der Junge Ihnen diesmal die Wahrheit erzählt hat? Warum sollten die Zeugen im Prozess gelogen haben?"

„So einen Prozess wieder aufzunehmen, ist ein streng reguliertes Verfahren, das dauert Jahre. Bis dahin hat der Junge längst alles vergessen, und wir würden nur unnötig alte Wunden aufreißen."

Bla, bla, bla.

Egal was jeder Einzelne behauptete, in meinen Ohren klang alles nach Ausflüchten.

Es bleibt ein bitterer Nachgeschmack.

25. Mai 1983

Sebastian besucht die Paul-Heyse-Schule. Bisher problemlos. Er ist zu still. Klassenlehrerin Gerhardt ist beunruhigend jung. Wirkte erschrocken, als sie von Sebastian erfuhr.

1. Juni 1983

Ich habe Sebastians Mutter aufgesucht, vorgeblich um sein Fahrrad zu erbitten. Sie wollte mich zuerst nicht hereinlassen. Wirkt verhärmt, weicht meinem Blick aus. Ich war nur in der Küche. Dort gab es keinerlei Hinweise darauf, dass hier einmal ein Kind gewohnt hat.

Ich durfte das Fahrrad mitnehmen.

Sebastian hat sich gefreut, weil er nur noch halb so lange bis zur Schule braucht, wenn er nicht mehr den Bus nehmen muss.

Die Eintragungen bezogen sich nun auf Schulerfolge, Sportereignisse und Sommerfreizeiten. Scheinbar zeigte sich, dass Sebastian schnell laufen konnte. Iris entdeckte etliche Urkunden, die er für Fünfhundertmeterläufe und Sprints erhalten hatte.

Offensichtlich hatte er die Ablehnung seiner Mutter irgendwann überwunden. Neugierig las Iris drei Ansichtskarten, die er von Sportfreizeiten an eine Manuela geschickt hatte, die ebenfalls im Heim wohnte.

Iris blätterte weiter. Schließlich entdeckte sie einen Ausbildungsvertrag.

„Fahrradmechaniker, habe gar nicht gewusst, dass das Mal ein Lehrberuf war." Sie notierte sich die Adresse des Fahrradgeschäftes und klappte die Akte zu.

Ob es das Geschäft noch gab?

33

Hildesheim, Montag, 9. Dezember

Je näher sie Neuhof kamen, umso bleicher wurde Grebstein. Moll beobachtete ihn im Rückspiegel und hatte den Eindruck, dass er sogar leicht zitterte. „Nun, Herr Grebstein, wie lange haben Sie denn gebraucht, von Neuhof bis zum Roten Berg?"

Grebstein funkelte ihn an. „Wer sagt Ihnen, dass ich aus Neuhof gekommen bin?"

Moll grinste so fies er konnte und sagte dann genüsslich: „Ihre Weste."

„Meine was?"

„An der Leiche fanden sich Rückstände einer Warnweste. Sie tragen doch normalerweise so eine, oder? Wo ist Ihre denn abgeblieben?"

Moll erkannte sofort, dass er einen Fehler begangen hatte. Grebstein entspannte sich sichtlich.

„Meine ist in Dripenstedt in einem Mülleimer gelandet. Glauben Sie wirklich, ich laufe noch mit einer derartigen Weste herum, nachdem solche bei einem Einbruch als Tarnung verwendet worden waren?"

„Selbstverständlich erinnern Sie sich nicht mehr, welche Tonne das war?"

„Oh doch, natürlich. Allerdings dürfte die Müllabfuhr inzwischen ganze Arbeit geleistet haben."

Moll knirschte mit den Zähnen. Damit hatte er vermutlich recht. Es half alles nichts, sie mussten sich einen anderen Ansatz einfallen lassen. Er schaute Kofi fragend an. Der nickte vorsichtig. Dann sagte er beiläufig: „Wir brauchen Sie, um die Leiche zu identifizieren."

Grebstein zuckte zusammen. „Nein!"

„Nein?"

„Auf keinen Fall. Dazu können Sie mich nicht zwingen."

„Wie kommen Sie darauf?"

„Ich kenne meine Rechte."

„Ich fürchte, Sie irren sich", sagte Kofi und nahm sein Notizbuch aus der Hemdtasche. Er notierte etwas und ignorierte Grebstein.

Moll bog nach links ab. Er fragte beiläufig: „Meinst du, der Nachbar wartet bereits auf uns?"

Kofi schaute auf seine Uhr. „Garantiert. Wir sind gute zehn Minuten zu spät dran. Das wird Herrn Westpfahl nicht davon abhalten, uns zu erzählen, was er vor und während des Brandes beobachtet hat."

Moll nickte. „Noch besser wäre es, wenn sein Hund uns etwas berichten könnte."

Grebstein ächzte.

‚Na also', dachte Moll.

Kofi klappte sein Notizbuch zu. „Vielleicht verrät er uns ja trotzdem etwas, wenn wir mit unseren Verdächtigen durch den Garten gehen."

„Garten?", gurgelte Grebstein.

„Ja, natürlich", erklärte Kofi. „Herr Westpfahl hat während des Brandes jemanden flüchten sehen, quer durch den Garten, über den Zaun. Wir haben exzellente Fußabdrücke sichergestellt. Leider können wir nicht so gut riechen wie ein Hund, sonst bräuchten wir nur durch die Stadt zu gehen und zu schnüffeln, bis wir den Richtigen gefunden haben."

Die letzten achthundert Meter der Autofahrt schwiegen sie.

Grebstein gab sich betont lässig, als sie vor der Brandruine anhielten. Doch Moll sah, dass seine Fingerknöchel sich weiß abzeichneten, so sehr ballte er die Fäuste.

„Kommen Sie!", sagte er zu Grebstein.

„Was soll ich da drinnen?"

„Nichts. Wir müssen da hinein und können Sie schlecht allein im Auto zurücklassen. Wir wollen uns schließlich gut um Sie kümmern."

Zögernd ging Grebstein auf das Haus zu. Thomas Westpfahl wartete bereits vor der Tür auf sie.

Moll stellte Grebstein als wichtigen Zeugen vor.

Westpfahl musterte ihn eingehend. „Den hab ich schon mal gesehen, oder?" Er trat einen Schritt nach vorn und stand nun dicht vor Grebstein. „Geben Sie es zu!"

„Ich ... ich weiß nicht, wovon Sie reden." Seine Stimme verriet seine Angst, fand Moll und beschloss, noch eins draufzusetzen. Er ging voran, achtete dabei darauf, dass Grebstein zwischen ihm und Kofi blieb. Er löste das Absperrband vom Türrahmen, trat zur Seite und ließ den Mann als Ersten in die Überreste der Küche eintreten.

Dabei hielt er sich so dicht hinter ihm, wie es ihm möglich war, ohne ihn zu berühren.

Trotzdem zuckte Grebstein wie erwartet zurück, als er die Umrisse erblickte, die Carolines Team auf den Boden gezeichnet hatte.

Panisch fuhr er herum, prallte gegen Moll, taumelte in die Küche zurück. Dabei trat er in den Umriss, schrie auf und hechtete zur gegenüberliegenden Wand.

Moll folgte ihm. „Was ist hier passiert?"

„Bringen Sie mich weg von hier."

„Wer ist der Tote?“

„Gehen Sie mir aus dem Weg!“ Obwohl er versuchte, es wie einen Befehl klingen zu lassen, wirkte es weinerlich. Moll hakte nach. „Haben Sie ihn umgebracht?“

„Nein!“

„Wer dann?“

„Ich weiß es nicht.“

„Wirklich nicht?“

„Woher soll ich so einen Irren kennen?“

„Falls es ihn gibt, den geheimnisvollen Fremden.“

Grebstein stöhnte. „Bringen Sie mich hier weg. Dann erzähle ich Ihnen, was ich weiß.“

„Ich glaube Ihnen kein Wort.“

Grebstein packte Molls Arm. „Sie müssen mich beschützen.“

„Beschützen? Interessante Wendung.“

Eine gute Stunde später saßen sie in Molls Büro.

„Beginnen Sie mit dem Brand in der Paul-Heyse-Schule.“

„Was hat das mit Neuhof ... zu ... tun?“

Moll konnte sehen, dass Grebstein während er sprach, verstand, was er ausdrücken wollte.

„Sie meinen ...?“

„Ja, ich denke, die beiden Morde gehören zusammen.“

Grebstein schüttelte den Kopf. „Zum Brand in der Schule kann ich Ihnen überhaupt nichts sagen. Wir waren alle in einer besonderen Mission in Drispenstedt unterwegs. Ich kam erst spät am nächsten Tag zurück. Da war die Feuerwehr schon wieder abgerückt. Keine Ahnung, was vorher geschah.“

Moll und Kofi wechselten einen Blick. Also gut, sie würden später darauf zurückkommen.

Moll fragte: „Wie kamen Sie ausgerechnet auf Neuhof?"

Grebstein zuckte mit den Schultern. „Es stand in der Zeitung."

„Was?"

„Das mit dem leer stehenden Haus."

Moll wunderte sich insgeheim, dass Grebstein regelmäßig Zeitung zu lesen schien. Oder war es nur ein Zufall gewesen?

Kofi sprang ein. „Sie haben von dem Haus gelesen und sind dorthin gewandert?"

„So ungefähr, ja. Wir haben gewartet, bis es dunkel wurde, bevor wir uns auf das Grundstück geschlichen haben. Von dem Hund stand ja leider nichts in dem Artikel."

„Wir?"

„Harro und ich."

„Harro?"

„Hans-Jürgen Mausberg im früheren Leben."

„Was wollten Sie in dem Haus von Herrn Meyerhof?"

Grebstein schaute ihn verblüfft an. „Da soll ein Mann gewohnt haben? Kaum zu glauben. Sah eher nach einer Omi aus. Manche Leute haben schon einen komischen Geschmack."

„Reden Sie nicht um den heißen Brei herum. Was haben Sie gemacht, nachdem Sie im Haus angekommen waren?"

„Ich hab mich in die obere Etage verzogen und mir einen Platz zum Schlafen gesucht. So mit Matratze und Federbett, das hat unsereiner nicht so oft."

„Verstehe", sagte Moll, „und Harro, was hat der getan?"

„Er hat sich noch etwas zu Essen gemacht und wollte dann den Hund des Nachbarn beobachten. Ich habe ihn eindringlich davor gewarnt, in den Garten zu gehen und den Köter mit irgendwelchen komischen Sachen anzulocken." Er schüttelte resigniert den Kopf. „Hat er sich allerdings nicht dran gehalten. Einen ganzen Sack Hundefutter hat er besorgt. Und ob sie's glauben oder nicht, die Töle hat schon nach wenigen Minuten keinen Laut mehr von sich gegeben, wenn wir uns im Haus bewegt haben. Der Harro konnte mit Hunden, echt."

„Sie sind also am Donnerstagabend in Neuhof angekommen?"

„Wenn Sie das sagen. Ich habe keine Uhr und führe keinen Kalender. Wir sind kurz nach Einbruch der Dunkelheit durch den Garten ins Haus geklettert. Später in der Nacht hat es gebrannt."

„Sie haben oben geschlafen, als das Feuer ausgebrochen ist?", erkundigte Kofi sich.

„Genau. Wach geworden bin ich von dem Bellen."

„Da brannte das Haus bereits?"

„Der Köter hat gebellt wie wild. Ich bin ans Fenster und hab gesehen, dass es draußen unnatürlich hell ist. Dann erst ist mir das Rauschen aufgefallen. Ich bin zur Tür, da quoll schon Rauch drunter durch. Deswegen bin ich zum Fenster, hab den Vorhang runtergerissen und bin rausgeklettert."

„Was haben Sie gesehen?"

„Der Anbau, wo die Küche drin war, brannte wie ein Lagerfeuer. Ich dachte, Harro hat beim Kochen nicht achtgegeben. Hab mich noch geärgert, dass der Idiot Feuer legt und mich dann nicht wenigstens warnt."

„Sie haben nicht in der Küche nach ihm geschaut?", fragte Moll.

„Nee, da war kein Rankommen mehr. Viel zu heiß, ich wollte schließlich nicht gegrillt werden."

„Haben Sie sonst noch jemanden bemerkt?"

„Im Nachbarhaus hat eine Frau am Fenster gestanden und telefoniert. Die ruft die Feuerwehr, dachte ich mir. Kurz darauf wurde am Haus auf der anderen Seite eine Gardine weggezogen. Da bin ich abgehauen."

„Warum haben Sie uns das bei unserer letzten Unterhaltung nicht schon erzählt?"

„Wie gesagt, ich dachte ja, Harro hätte das Feuer verursacht. Sollte ich meinen Freund verpetzen?" Er zuckte mit den Schultern. „Ist doch sowieso ein Fall für die Versicherung, und von Harro hätte eh niemand was holen können."

„Deshalb haben Sie die Mücke gemacht? Hatten wir Ihnen nicht deutlich gesagt, dass Sie die Stadt nicht verlassen sollten?"

„Ein kleiner Ausflug in die freie Natur schadet doch niemandem." Er stützte beide Hände auf die Oberschenkel. „Ich habe echt versucht, Harro zu finden."

Kofi gähnte demonstrativ. „Bisher haben Sie uns noch nichts Wesentliches erzählt. Wenn Ihr Freund Harro das Feuer aus Versehen gelegt hat, warum haben Sie dann vorhin verlangt, dass wir Sie beschützen sollen."

Grebstein sah ihn an, als hätte er es mit einem besonders begriffsstutzigen Kind zu tun. „Das kann doch kein Zufall sein!"

„Was?"

„Dass ausgerechnet die Häuser abbrennen, in denen ich wohne. Zuerst die Schule, kurz darauf das Haus in Neuhof."

„Wer hat denn gewusst, dass Sie nach Neuhof wollten?"

„Ich hab's niemandem erzählt, aber Harro kannte ja alle Hunde im Landkreis beim Namen. Ich hab gehört, wie er von Ramses geschwärmt hat, so heißt ja wohl die Töle des Nachbarn, oder?"

„Ich glaube, ja", bestätigte Moll. „Ich meine, dass Herr Westpfahl das erwähnt hat."

Kofi mischte sich ein. „Heißt das, Sie haben das Neuhofer Haus öfter bewohnt?"

Grebstein schnaufte. Nach einer Pause sagte er: „Was denken Sie? So viele leer stehende Gebäude gibt es nun auch wieder nicht. In den Wintermonaten herrscht ziemlicher Andrang."

Moll nickte. „Da Harro gut mit Hunden konnte, war dies einer seiner bevorzugten Plätze."

„Früher oder später musste er dort auftauchen", sagte Grebstein.

Kofi fragte: „Man brauchte nur das Haus zu beobachten, wenn man es auf Ihren Freund abgesehen hatte?"

„Vermutlich!"

„Diese Scheißgruppe"—

„Diese Vierergruppe, Pepino-Lohstein, Harro, Sie und Frank", sagte Moll und beobachtete Grebsteins Gesicht genau, als er den letzten Namen nannte, „verbrachten Sie viel Zeit miteinander?"

Grebstein zögerte kaum merklich. „Nur im Winter und nur, weil die Schule so groß war. Man kann nicht ewig aufeinander hocken."

„Woher kennen Sie sich?"

„Was weiß ich."

„Ein bisschen genauer bitte."

„Pepino ist vor rund drei Sommern hergekommen, aus Bremen, glaube ich, der ist da zweimal beklaut worden und wollte woanders hin."

„Vorher kannten Sie ihn nicht?", fragte Moll.

„Nee, er ist erst vor wenigen Wochen ein bisschen aufgetaut, bleibt lieber allein."

„Harro?"

„Lebte schon auf der Straße, als ich noch gut situiert war. Hab ihn manchmal Aushilfsarbeiten machen lassen. Hat er aber nie lange durchgehalten. Der hatte so was wie einen Verfolgungswahn. Glaubte immer, da wäre jemand hinter ihm her." Er zuckte mit den Achseln. „Jedenfalls hat er mich unter seine Fittiche genommen, als ich ebenfalls auf der Straße gelandet bin."

„Hat sich Harro in letzter Zeit auch verfolgt gefühlt?"

„Ja, deswegen sind wir nicht mehr zur Jakobikirche und zum Weihnachtsmarkt genauso wenig. Dabei sind die Leute da echt großzügig."

Kofi richtete sich auf, als er den Namen der Kirche hörte. „Wieso denn nicht mehr zur Kirche?"

„Harro hat was von einem Racheengel erzählt, mit einem weißen Strahlen um den Kopf."

„Sie haben ihn nicht ernst genommen?"

„Niemand hat Harro ernst genommen."

„Jetzt ist er tot", sagte Kofi.

„Genau wie Ihr Freund Pepino-Lohstein", setzte Moll hinzu. „Welchen Grund könnte es dafür geben? Hat es der Täter eigentlich auf Sie abgesehen, oder ist Ihre kleine Gang jemandem auf die Füße getreten?"

„Gang, wie sich das anhört. Zweckgemeinschaft trifft es eher, für den Winter jedenfalls."

„Ihre krummen Geschäfte könnten kein Grund für die Angriffe auf Sie sein?"

Grebstein stöhnte. „Sie meinen, jemand hat es eigentlich auf mich abgesehen und hat nur versehentlich die anderen erwischt. Hm. Vielleicht haben Sie recht. Je mehr ich darüber nachdenke, umso wahrscheinlicher erscheint es mir." Er schloss die Augen.

Moll fragte sich, ob er jetzt endlich vorhatte, ihnen etwas Handfestes zu präsentieren, oder ob er sich gerade eine hanebüchene Story für sie ausdachte. Blöderweise erschien ihm alles, was Grebstein ihm auftischte, plausibel. Normalerweise besaß er ein gutes Gespür für Lügen, doch bei dem Kerl stand er auf verlorenem Posten. Woran lag es?

Der Mann war weder besonders sympathisch noch unsympathisch. Er wirkte umtriebig, so als wäre er ständig auf der Suche nach einer guten Gelegenheit ... oder auf der Hut?

Grebstein räusperte sich. „Also, da waren so zwei Typen."

„Name, Adresse, Schuhgröße", forderte Moll.

Grebstein sah ihn verwirrt an. „Was?"

„Kleiner Scherz, reden Sie weiter."

„Jedenfalls brauchten diese Typen dringend Lagerraum, nur für ein oder zwei Wochen."

„Was wollten sie unterstellen?"

Grebstein breitete beide Arme weit aus. „Haben sie nicht gesagt. Wer fragt, bekommt unter Umständen Antworten, die er gar nicht hören will."

„Weiter", knurrte Moll.

„Frank hat sie empfohlen."

„Frank?"

„Frank Wieland, der Vierte, der Mann, der mit mir in der Hausmeisterwohnung war, als wir das Geld abholen wollten."

„Immerhin zweihundert Euro. Nicht schlecht für Obdachlose." Kofi malte mit den Fingern Anführungszeichen in die Luft.

Grebstein warf ihm einen abschätzigen Blick zu.

Plötzlich war Moll felsenfest davon überzeugt, dass der Mann eine Show abzog, speziell für sie.

Wenn es ihm nur gelänge, die Wahrheit herauszufiltern.

„Was ist schief gelaufen?"

„Als sie zurückkamen, um ihre Waren abzuholen, war eines der Pakete geöffnet."

„Also wissen Sie doch, was sich darin befand." Kofi klang ungefähr so genervt, wie Moll sich fühlte.

„Wie man's nimmt. In dem Paket befanden sich gefälschte Uhren. So richtige Luxusteile, keine Rolex oder so, aber Schweizer, nur eben, dass sie aus China kamen. Hat der eine jedenfalls behauptet."

„Gesehen haben Sie sie nicht?"

„Er hat mir eine Uhr und eine Pistole vors Gesicht gehalten. Ehrlich! Ich hab mehr auf die Pistole geachtet."

Kofi und Moll wechselten einen Blick. Konnte das stimmen?

„Was wollten sie von Ihnen?"

Grebstein schüttelte den Kopf. „Ist das hier die Polizei oder ein Kindergarten?"

„Reißen Sie sich zusammen."

„Okay, okay, die dachten, wir hätten die Pakete geöffnet. Waren wir aber nicht, waren die Kinder, denke ich jedenfalls."

„Kinder?"

„Von den Libanesen, oben in der ersten Etage. Die sind zumindest von jetzt auf gleich verschwunden, alle zusammen. Ohne sich zu verabschieden, sogar ohne alles mitzunehmen, was ihnen gehörte."

„Haben die Typen Ihnen das geglaubt?"

„Zuerst nicht, dann haben sie alles durchsucht, danach haben sie es geglaubt. Jetzt vielleicht nicht mehr. Sie haben gesagt, falls ihre Uhren auf dem Markt in und um Hildesheim auftauchen sollten, sind wir tot."

„Das sollten wir im Auge behalten", sagte Moll.

„Ich habe natürlich gedacht, die Libanesen machen einen Abgang, die hatten noch Mischpoke in Kiel, dachte echt, die wären auf und davon", sagte Grebstein nachdenklich. „So kann man sich täuschen."

„Dann will ich mal einen Zeichner anfordern. Ich kann doch davon ausgehen, dass Sie uns erstklassige Beschreibungen der Männer liefern können." Eigentlich rechnete er damit, dass Grebstein entweder sagen würde, dass sie fette Sonnenbrillen und Kapuzen getragen hatten oder dass sie immer nur im Dunkeln aufgetaucht wären. Doch unerwarteterweise nickte er bedächtig.

„Denke schon", sagte er. „Einer war weißblond, vielleicht gefärbt, sah ziemlich ungewöhnlich aus. Auffällig, wenn ich krumme Dinger drehe, will ich schließlich nicht auffallen. Der Zweite war deutlich kleiner, dunkelhaarig, breite Schultern. Doch doch, das sollte ich hinkriegen."

Hildesheim, Montag, 9. Dezember

Matthias Moll war mit seinen Ergebnissen überaus zufrieden. Endlich hatte er das Gefühl, dass sich etwas Greifbares abzeichnete. Sobald die Phantombilder fertig waren, wurden sie an alle Dienststellen in Niedersachsen gesandt. Es sollte mit dem Teufel zugehen, wenn sie nicht bald die ersten Hinweise erhalten würden.

Anderenfalls blieb immer noch die Presse.

Moll knetete ein paar Stückchen Gouda unter seinen Mettteig und kostete einen Brocken. Etwas lasch. Nachdem er noch einen halben Teelöffel Pfeffer hinzugefügt hatte, probierte er erneut. Schon besser. Er knetete systematisch, aber vorsichtig, um den Käse nicht zu zerdrücken. Anschließend formte er flache Bouletten, die er gleich ins heiße Fett gleiten ließ.

Eine Seite war gerade angebräunt, als es klingelte.

Kathi rief: „Ich mach auf“, und rannte über den Flur zur Haustür.

Moll erkannte die Stimme seiner Exfrau sofort und wusste auch, dass sie in gelöster Stimmung war.

Sie begrüßte ihn freundlich und setzte sich an den Küchentisch, den er bereits für das Abendessen gedeckt hatte, für zwei Personen allerdings.

Flink stellte Kathi noch ein Gedeck dazu. Ohne ihn zu fragen, ob es ihm recht war. Sollte er sich darüber ärgern? Nein, es wäre sowieso nur eine rhetorische Frage gewesen. Er hätte auf keinen Fall abgelehnt.

Er beobachtete, dass Ella schnupperte, und wusste so, dass sie vermutlich seit Tagen nichts Warmes mehr gegessen hatte.

„Die Kartoffeln werden etwas knapp sein für drei, aber Bouletten habe ich genügend vorbereitet."

Ella lächelte ihn an. „Ich habe nichts anderes erwartet."

Moll stellte die Töpfe mit den Kartoffeln, der Soße, den Möhren und die Pfanne mit dem Fleisch auf den Tisch.

Ella nahm sich zuerst eine Boulette und aß sie aus der Hand. „Köstlich", sagte sie und schloss dabei die Augen. „Warum habe ich mich noch mal von dir getrennt?"

Er lachte trocken. „Weil ich ständig wollte, dass du zum Essen aus deinem Atelier kommst."

„Das kann nicht sein."

Er wollte dieses Spiel in Kathis Beisein nicht spielen. Deshalb fragte er: „Wie war es heute in der Schule?"

Kathi grinste. „Wir haben so viel an unserem Stand auf dem Weihnachtsmarkt verkauft, dass wir heute den ganzen Tag lang Nachschub hergestellt haben."

„Was hast du denn gemacht?"

„Lilli und ich mussten den ganzen Tag lang Etiketten beschriften. Erdbeermarmelade, Rhabarbergelee, Quittensaft, eingelegte Tomaten, getrocknete Steinpilze, mir tut jetzt noch die Hand weh."

„Wieso macht ihr das nicht mit dem PC?"

Kathi sah ihn vernichtend an. „PC-Schrift passt nicht zu Spitzenhäubchen und Omas handgerührter Marmelade. Lilli und ich haben extra drei verschiedene Kalligrafiealphabete gelernt. Inzwischen können wir die, ohne abzugucken."

„Das ist meine Tochter", sagte Ella stolz.

Moll schaute verdutzt auf. Hatte sie tatsächlich zugehört? „Meine aber auch“, sagte er und streichelte Kathi über den Kopf.

„Paps“, sagte sie vorwurfsvoll. „Ich bin doch kein Kleinkind mehr.“ Sie spießte eine Möhrenscheibe auf und fragte dann: „Darf ich morgen wieder mit zu Lilli? Renate, ihre Mutter, will mit uns Lavendelsäckchen herstellen, aus alten Gardinen. Lilli sagt, das ist cool.“ Kathi zuckte mit den Schultern. „Klingt ein wenig altmodisch, finde ich. Aber Lilli und ihre Mutter“, sie zögerte, „und Frau Kaltenberg nennen es Vintage und behaupten, es wäre voll stylisch.“

„Vintage ist tatsächlich ein Trend im Moment“, sagte Ella. „Was hältst du davon, wenn ich auch etwas mit euch mache für euren Schulstand?“

„Was denn?“ Kathi schien nicht so recht zu wissen, was sie davon halten sollte.

„Hm, wir könnten Pinnwände machen. Ich hab jede Menge Korkplatten übrig.“

„Coole Idee.“ Kathi sprang auf. „Das muss ich gleich Lilli erzählen.“

Wenige Sekunden später tauchte sie wieder auf. Sie wirkte geknickt.

„Was ist los?“, fragte Moll.

„Lillis Vater ist so ein Arsch.“

„Warum das denn?“

„Er hat gesagt, sie darf heute nicht mehr telefonieren. Es ist schon zu spät.“

Moll sah auf die Uhr. „So spät ist es noch gar nicht.“

„Sag ich doch. Außerdem nimmt er ihr immer das Handy weg, wenn er schlechte Laune hat.“

„Und warum hat er schlechte Laune?“

„Weil ich seine Frau Renate genannt habe. Sie hat's mir erlaubt. Ehrenwort. Jedenfalls hat er das gehört und dann ist er ausgeflippt: ‚Kein Wunder, dass die Gören keinen Respekt vor uns haben.' Dann hat seine Frau gesagt: ‚Beruhige dich, Basti, welche Laus ist dir denn über die Leber gelaufen?' Da ist er noch lauter geworden. ‚Das fehlt mir gerade noch, dass mich jeder Kreti und Pleti Basti nennt, ich bin der Herr Kreipe, verstanden?' Renate hat uns Zeichen gegeben, dass wir uns verdrücken sollen, deswegen habe ich nicht gehört, was weiter passiert ist. Aber Lilli sagt, dass er sich immer so aufführt, wenn irgendetwas schief läuft. Hoffentlich haben sie ihn nicht entlassen."

„Warum sollte man ihn entlassen?", fragte Moll.

„Lilli sagt, dass er es bisher immer geschafft hat, nach kurzer Zeit wieder rauszufliegen. Warum genau, weiß sie nicht. Allerdings gefällt es ihr überhaupt nicht, wenn er den ganzen Tag zu Hause ist."

Einige Minuten lang sagte niemand ein Wort.

Dann ergänzte Kathi: „Es gehört sich doch nicht, an ein fremdes Handy zu gehen und den Anrufer anzubrüllen, oder?"

„Nein, Mausi, das gehört sich nicht", stimmte Moll ihr zu. „Doch ich bin davon überzeugt, dass Herr Kreipe es gut meint mit seiner Tochter."

Ella hatte ein überaus ernstes Gesicht aufgesetzt. Jetzt legte sie ihre Hand auf Kathis Unterarm und fragte: „Sag mal, Kind, schlägt er Lilli und ihre Mutter?"

„Quatsch!"

„Das kommt öfter vor, als man denkt."

‚Da hat sie leider recht', dachte Moll. Er sah, dass Kathi über die Frage nachdachte.

Dann sagte sie: „Nee, sie sagt, er brüllt immer, meist kurz, und anschließend geht er in seinen Keller und bastelt den Rest des Tages an seinem Fahrrad herum."

Ihr Handy klingelte. Sie schaute auf das Display. Ihre Miene hellte sich auf. „Das ist Lilli." Sie sprang auf und verschwand in ihrem Zimmer.

Schweigend aßen Moll und Ella zu Ende.

Schließlich sagte sie: „Ich nehme Kathi heute mit."

„Warum?"

„Es ist besser für sie. Du bist bis über beide Ohren in deine Ermittlungen eingebunden."

„Du hast alles vorbereitet für deine Ausstellung?"

Sie nickte.

Moll fühlte ein Stechen in der Brust. Er wollte Kathi nicht hergeben. Es war ein gutes Gefühl, abends nicht in eine leere Wohnung nach Haus zu kommen. Essen kochen machte für zwei viel mehr Spaß als für einen allein.

Trotzdem wusste er natürlich, dass Kathi unter der Woche eigentlich bei seiner Exfrau lebte.

Auch wenn es ihm nicht gefiel.

„Okay", sagte er.

Ella drückte seine Faust, die auf dem Tisch neben seinem Teller lag. „Sie kommt am Wochenende wieder zu dir."

„Ich weiß."

„Wenn du magst, kannst du in den Weihnachtsferien mit ihr wegfahren."

Sein Herz machte vor Freude einen Sprung. Eine Woche allein mit Kathi, irgendwo in den Bergen, im Schnee?

Falls er Urlaub bekam.

„Das wäre schön", sagte er spröde. „Möchtest du noch etwas trinken?"

„Nein danke. Ich denke, wir müssen uns auf den Heimweg machen. Kathi muss morgen wieder früh raus."

35

Hildesheim, Montag, 9. Dezember

Kofi wartete vor dem Haus am Trockenen Kamp und musste sich sehr zusammenreißen, um nicht in den Schatten der Eingangstüren nach versteckten Gestalten zu suchen. Es war das erste Mal nach dem Überfall, dass er hierher gekommen war.

Saß da nicht jemand in dem roten Polo?

Hör auf damit, Alter. Du sitzt auch wartend in einem dunklen Auto am Straßenrand.

Trotzdem war er erleichtert, als das Licht im Hausflur anging und die vertraute Silhouette von Iris Bender auftauchte.

Sie parkten am Butterborn und schlenderten die Fußgängerzone in Richtung Marktplatz hinauf.

Hinter dem Almstortunnel teilten sie sich eine Tüte Schmalzkuchen. Kofi fiel auf, dass der Stand der Schulen jetzt am Abend geschlossen war, obwohl ziemlich viele Menschen den Markt besuchten.

Besonders an den Buden, an denen es Glühwein gab, war viel los.

Er merkte, dass Iris fröstelte, und erkundigte sich, ob sie sich in ein Restaurant setzen wollten.

„Was hältst du vom Deseo, oben am PVH?"

„Am wo?"

„PVH, Paul-von-Hindenburg-Platz."

„Ist das weit von hier?"

„Nein, ein paar hundert Meter. Es wird dir gefallen. Leckeres Essen, nette Bedienung und ein annehmbares Ambiente, jedenfalls, wenn es nicht zu voll ist."

„Dann lass es uns da probieren."

Nachdem sie bestellt hatten, fragte Kofi: „Erzähl mal, woran arbeitest du gerade?"

„Eigentlich wollte ich dich nicht wieder mit meinen Recherchen langweilen, aber ich hab da eine Geschichte gefunden, die lässt einen echt verzweifeln."

„So schlimm?"

„Noch schlimmer. Vielleicht, weil es um ein Kind geht, einen Zehnjährigen."

„Okay?"

„Ich habe im Archiv einen Bericht aus dem Waisenhaus gefunden, unglaublich. Außer dieser Frau Rieger hat sich niemand für den Jungen interessiert."

„Ja, diese Waisenhausgeschichten sind wirklich grausam."

„Oh nein, so was ist das nicht. Dieser Junge, Sebastian, Sebastian Neubert, heißt er, soll einen Menschen ermordet haben. Jedenfalls wurde er dafür verurteilt. Es sieht aber so aus, als hätte er anstelle seines Freundes gestanden, weil der bereits strafmündig war."

„Du meinst also, der Fall sollte wieder aufgerollt werden. Ist dieser Neubert dein Auftraggeber?"

„Nein, Isolde Gerhardt, eine Lehrerin der Paul-Heyse-Schule, du weißt schon, die Schule, die gebrannt hat."

Eine Kellnerin brachte die von ihnen bestellten Getränke, einen Teller mit Brot und Besteck.

Trotzdem fragte Kofi: „Du kennst jemanden von der Heyse-Schule? Dass ich da nicht gleich dran gedacht habe. Kannst du mich der Dame vorstellen? War sie lange an der Schule? Mein Gott, das passt ja wie die Faust aufs Auge."

Iris zückte ihr Handy und notierte eine Zahlenfolge auf einer Serviette. „Hier ist ihre Nummer, du kannst sie anrufen. Ich denke, sie freut sich, wenn sie helfen kann. Sie will ein Buch über die Geschichte der Schule schreiben. Suchst du den Brandstifter?"

Einen Moment lang war Kofi verwirrt. Dann lachte er. „Ja, ja, aber lass uns jetzt nicht über brennende Häuser sprechen. Erzähl noch was von deinen Recherchen."

Während des Essens erzählte Iris, wie sie versucht hatte, Kontakt zu Ruprecht Eckstein, dem ehemaligen Schulleiter herzustellen. „Da er 1912 geboren war, erschien es von vornherein unwahrscheinlich, dass er noch lebte. Allerdings reizte es mich maßlos, mehr über ihn in Erfahrung zu bringen. Es kommt kaum vor, dass jemand wirklich spurlos verschwindet und auch verschwunden bleibt." Sie kicherte. „Jedenfalls, wenn es sich weder um einen Verbrecher noch um ein Mordopfer handelt."

„Du hast ihn gefunden?"

„St. Paul's Bay, Malta. 1982 verstorben."

Als sie ihm auch den Rest erzählt hatte, waren sie beim Nachtisch angekommen und beschlossen, dass sie den Glühwein genauso gut hier im Warmen und im Sitzen trinken konnten.

„Wie findest du diese Obdachlosenaktion?", fragte Iris ihn.

Kofi wusste nicht sofort, wovon sie sprach.

„Die ‚Hildesheimer Allgemeine' hat doch über den Katzenretter geschrieben, und jetzt gibt es eine umfangreiche Sammelaktion, Geld, Winterkleidung. Irgendwer hat sogar am Butterborn eine große Wohnung zur Verfügung gestellt, damit niemand auf der Straße schlafen muss."

„Stimmt, habe ich gehört. Kommt denn da was zusammen?“

„Scheint so. Die Kätzchen haben auch schon ein neues Zuhause gefunden.“

Kofi schüttelte den Kopf. „Die Leute sind seltsam, oder?“

„Na ja, jetzt zur Weihnachtszeit sitzt bei allen das Geld etwas lockerer, wenn es um einen guten Zweck geht.“

Kofi überlegte kurz, ob er ihr von den zwielichtigen Geschäften eines Kallo Grebstein mit der Not anderer erzählen sollte. Es schüttelte ihn, wenn er daran dachte, dass dieser Typ verzweifelte Flüchtlingsfamilien abzockte und nun auch noch in einer öffentlichen Feierstunde in der Redaktion der Zeitung eine Geldspende für sich und seine Freunde entgegennahm.

Doch da er spürte, dass ihn allein der Gedanke daran wütend machte, unterließ er es. Stattdessen schlug er vor, noch einen Spaziergang zu unternehmen.

Iris stimmte ihm zu. „Ein bisschen Bewegung ist gar nicht schlecht. Ich hoffe nur, dass es nicht zu kalt ist.“

Kofi grinste. „Ich kann dich ja wärmen, sag einfach Bescheid.“

Sie lächelte und hakte sich beim Gehen bei ihm unter.

Kofi grinste.

Es fühlte sich gut an.

Doch leider war sein Kopf jetzt völlig leer. Ihm fiel nicht ein gescheites Thema ein, über das er reden wollte.

Iris sagte ebenfalls nichts, wirkte aber äußerst zufrieden.

Da entspannte er sich.

Man musste schließlich nicht ständig reden. Schweigen konnte auch ganz schön sein.

36

Söhre, Dienstag, 10. Dezember 2013

Kofi saß in seinem Büro und telefonierte die Polizeidienststellen im Landkreis ab. Sie alle hatten die in ihrem Bereich leer stehenden Häuser überprüft. Niemandem war etwas Ungewöhnliches aufgefallen.

Beinahe erschien die Lage rund um die verlassenen Gebäude zu still.

Gerade wollte Kofi zu seinem Kollegen Moll gehen und ihn fragen, ob sie noch einmal bei Gunnar vorbeifahren wollten, als sich der Empfang bei ihm telefonisch meldete.

„Moin, hier ist ein Frank Wieland, bei Molli ist besetzt, kannst du ihn abholen?"

„Frank Wieland, drahtig, dunkelhaarig?"

„Genau."

„Den suchen wir schon seit geraumer Zeit. Auf keinen Fall weggehen lassen. Ich bin sofort unten."

„Kein Problem."

Auf dem Weg zum Eingang riss Kofi die Tür zu Molls Büro auf und rief: „Frank Wieland ist da, in fünf Minuten bei mir."

Als er mit dem hageren Mann in seinem Büro ankam, saß Moll bereits am Tisch. Er schaute sie erwartungsvoll an.

Wieland nickte ihm zu und murmelte etwas, das durchaus ‚Guten Tag' bedeuten konnte.

„Nehmen Sie Platz!", sagte Moll, ohne den Mann zu begrüßen. „Sie sind Frank Wieland?"

„Ja", antwortete der und setzte sich auf die Stuhlkante. Seine Jacke behielt er an, zog sie fester zu, so als wäre es in Kofis Büro noch kälter als draußen.

Kofi griff ein. Er wollte nicht, dass Wieland sich in sein Schneckenhaus zurückzog und ihnen nichts mehr erzählte, weil Moll ihn in die Enge trieb, indem er auf Gunnar zu sprechen kam. Obwohl er das natürlich gut verstehen konnte. Allerdings war es ihm bedeutend wichtiger, den Brandstifter und Mörder zu fangen.

„Weshalb haben Sie uns denn aufgesucht?"

Ein misstrauischer Blick traf ihn. Dann sagte Wieland: „Ich hab das von Harro gehört."

„So?", gab Moll dröhnend von sich. „Gehört oder gesehen?"

Wieland hielt seinen Blick auf Kofi gerichtet und ließ sich nicht irritieren. „Gehört, am Kiosk. Zuerst Pepino, jetzt Harro. Keiner von beiden hat irgendjemandem etwas zuleide getan."

„Haben Sie eine Idee, warum es die zwei getroffen hat?"

Er zögerte. „Kallo, sehen Sie, irgendwie hängt alles mit Kallo zusammen."

„Mit Herrn Grebstein?"

„Ja. Genau. Sicher. Muss doch so sein."

„Wie kommen Sie darauf", fragte Kofi und warf Moll einen warnenden Blick zu.

„Er war mit Harro in Neuhof."

„Und wo waren Sie?", warf Moll ein.

Jetzt wandte Wieland sich doch zu ihm um. „Im Wohnheim, da können Sie nachfragen. Man muss sich dort anmelden, wenn man kommt, und wieder abmelden, sobald man geht. Die haben das sogar schriftlich."

Kofi räusperte sich, um Wielands Aufmerksamkeit zurückzugewinnen. „Woher wussten Sie, dass die beiden nach Neuhof wollten?"

„Harro war ein echter Hundenarr. Hat sogar immer Hundefutter mit sich rumgeschleppt. Der hat in ziemlich regelmäßigen Abständen die gleichen Orte aufgesucht, möglichst nah am Stadtrand. Aus irgendeinem Grund wollte er lieber in der Stadt bleiben."

„Können Sie uns die Orte auflisten, an denen er sich häufiger aufhielt?"

„Denke schon. Jedenfalls, wenn Sie die Hundenamen zuordnen können."

Moll sagte: „Bleiben wir erst einmal in Neuhof."

„Ramses, der Schäferhund neben dem leeren Haus heißt Ramses. Ein echter Wachhund. Nur mit Harro hatte man eine Chance, da rein und raus zu kommen, ohne dass er Theater gemacht hat. Eine kleine Bellerei, wenn er ankam, dann gab's Leckerli und Stille."

Kofi überlegte, ob es tatsächlich möglich war, dass Ramses' Herrchen das unterschiedliche Bellen einordnen konnte. Warnendes Bellen wegen eines Fremden ließ ihn zum Fenster eilen, doch wenn der Hund einen Bekannten begrüßte, brauchte er sich nicht darum zu kümmern. Vermutlich.

„Woher wissen Sie, dass Kallo Grebstein mit Ihrem Freund Harro unterwegs war?"

„Ich sollte ebenfalls mitkommen."

„Sind Sie aber nicht."

„Nee, keinen Bock auf Kallo. Mann, der nervt echt, ständig will er was unternehmen, was aufreißen. Der kann nicht still sitzen."

„Befreundet sind Sie aber?"

Wieland wiegte den Kopf hin und her. „Befreundet. Ist ein großes Wort. Weiß nicht. Wo Kallo ist, gibt's immer was zu essen und der eine oder andere Euro fällt auch ab. Außerdem hat man mit ihm immer ein Dach über dem Kopf. Aber dafür das ganze Herumgerenne, nee, ohne mich."

Kofi musste jetzt doch mal eine Frage dazu stellen. „Wieso lebt er dann auf der Straße?"

„Wer? Kallo?"

Kofi nickte.

Wieland winkte ab. „Der tut nur so. Will einfach keine Steuern mehr zahlen."

Kofi fand das eigentlich nicht weiter überraschend. Das war genau der Eindruck, den er auch von Grebstein gewonnen hatte. Der machte noch aus Scheiße ein Geschäft.

Moll richtete sich auf. „Sie wollen uns also sagen, dass Grebstein Harro auf dem Gewissen hat. Zuerst erschlägt er seinen Kumpel, dann zündet er das Haus an, um den Mord zu vertuschen. Sehen Sie das so?"

Wieland sah ihn überrascht an. „Nein, so eigentlich nicht." Dann zuckte er mit einer Schulter. „Na ja, vielleicht doch. Irgendwer muss es gewesen sein. War ja sonst keiner dabei, oder?"

Kofi seufzte. „Nun, augenscheinlich hat es jemand auf Ihre Vierergruppe abgesehen."

„Vierergruppe? Ich verstehe nicht."

„Sie, Pepino-Lohstein, Harro und Grebstein."

Wieland musterte ihn überrascht. Dann murmelte er: „Reiner Zufall."

„Sie haben zusammen in der Hausmeisterwohnung der Paul-Heyse-Schule gewohnt. Sie und Grebstein haben das Geld aus der Küche geholt."

„Sie haben unseren Kollegen Bergmann die Treppe heruntergestoßen", warf Moll ein.

„Trotzdem Zufall, Jochen Küchener war am Tag vorher ausgezogen, und eigentlich hätte sich am Abend ein Bekannter aus Hannover zu uns gesellt.

Kofi nahm es erst einmal hin, dass Wieland leugnete, dass die vier eine feste Gruppe gebildet hatten. Er überlegte, wie er weiter vorgehen sollte. „Herr Grebstein hat uns erzählt, dass Sie Waren gelagert haben, und sich daraus ein Problem entwickelt hat", formulierte er vorsichtig.

„Die dämlichen Fälschungen meinen Sie?"

„Fälschungen?"

„Uhren, T-Shirts, Handtaschen, Handys, was immer Ihr Herz begehrt."

„Da gab's Ärger?", wiederholte Kofi noch einmal.

„Ärger? Ja, schon, vielleicht, ein bisschen."

„Erzählen Sie uns die Episode ein wenig ausführlicher", forderte Kofi ihn auf.

„Da gibt's nicht viel zu erzählen. Eins von den schwarzen Kindern ist an die Kisten gegangen und hat zwei oder drei Uhren abgeschleppt."

„Darüber waren die Besitzer verärgert?"

„Ja, aber hauptsächlich, weil Kinder schnattern. So 'ne teure Uhr bei 'nem Illegalen, das kommt doch sofort raus, wo die Sachen her sind."

„Wie haben Sie das Problem gelöst?"

„War kein Problem. Die Mutter hat die Uhren zurückgebracht, und die Familie ist weitergezogen. Die Kinder können eh kein Wort Deutsch."

Das hatte ihnen Grebstein ein wenig anders dargestellt.

„Ist noch mehr abhandengekommen?"

„Habe ich nichts von mitbekommen. Kann aber sein."

Moll fragte langsam: „Könnte es sein, dass Grebstein selbst Waren an sich genommen hat, um sie zu verkaufen?"

Wieland wirkte überrascht. „Zuzutrauen wär ihm das schon. Doch das wäre kaum jemandem aufgefallen. Ist ja bei den Uhren auch nur deswegen schief gegangen, weil die die Kartons aufgerissen haben. Hätten sie ein ganzes Paket mitgenommen, wär nix passiert. Da können Sie einen drauf lassen."

Kofi wunderte sich. „Wieso? Wie viel wurde denn da gelagert?"

„Keine Ahnung, aber es kamen ständig andere Leute, einen Karton holen, fünf Kartons bringen, echt wie im Taubenschlag."

„Wer hat den Warenumschlag kontrolliert?"

„Grebstein. War irgend so ein technisches Ding, 'ne App oder so. Die haben ihre Handys voreinander gehalten, und dann wusste Kallo, was er rausgeben sollte."

„In welchem Gebäudeteil waren die Sachen denn gelagert?"

„Im Keller unter der Eingangshalle."

„Verstehe, ist das Lager geräumt worden, bevor das Haus gebrannt hat?"

„Nicht, dass ich wüsste."

„Dann hätten die Auftraggeber, denen die Waren gehörten, jetzt schon einen Grund, sauer auf Sie zu sein?"

„Auf mich? Nee. Ich hatte nix mit denen zu tun. Nur Kallo."

„Harro und Pepino auch nicht?"

„Auf keinen Fall. Vielleicht haben die uns mal gesehen, möglich. Aber getroffen haben sie sich nur mit Kallo allein."

Kofi konnte erkennen, dass Moll in die gleiche Richtung dachte wie er. Hatten es die Brandstifter auf Grebstein abgesehen und hatten aus Versehen die beiden anderen erwischt?

Das Ganze hatte nur einen gravierenden Schönheitsfehler: Grebstein befand sich gar nicht in der Schule, als sie angezündet wurde.

„Sie sagten vorhin, Grebstein wäre dabei gewesen, als Ihre Freunde starben. Zu dem Zeitpunkt, zu dem die Schule in Brand gesetzt wurde, befand er sich aber in Bavenstedt."

Wieland nickte anerkennend. „Sie wissen eine Menge. Ja, Kallo hat den Bruch organisiert, er hat uns sogar die Westen besorgt, damit wir alle gleich aussehen und nicht zu identifizieren sind. Aber während des Besuchs auf dem Gelände habe ich ihn nicht gesehen."

„Wäre es möglich, dass Sie ihn übersehen haben?"

„Möglich ist alles, aber nicht wahrscheinlich."

Das Telefonklingeln verhinderte, dass Kofi die nächste Frage stellen konnte.

Moll nahm ab, hörte zu, grunzte und stand auf. „Es brennt ein leer stehendes Haus in Söhre. Wir müssen los."

„Ich habe noch zwei Fragen. Herr Wieland, welchen Beruf haben Sie erlernt? Und wo können wir Sie finden, wenn wir weitere Fragen haben?"

„Ich habe Gärtner gelernt und mich aufs Bäumefällen spezialisiert, warum?"

„Interessiert mich einfach. Wo werden Sie sich aufhalten?", fragte Kofi und zog seine Jacke an.

„Die in der Unterkunft werden Ihnen sagen können, wo ich bin. Ich sag' denen Bescheid."

„Okay, danke. Bitte kommen Sie mit. Sie können meiner Kollegin noch Ihre Aussage über Ihren Angriff auf Kommissar Bergmann in der Schule zu Protokoll geben."

Wieland stöhnte. „Das war doch kein Angriff. Der stand im Weg rum."

„Das können Sie ja aussagen, die Entscheidung trifft später ein Richter."

„Kann ich es nicht Ihnen erzählen? Sie waren doch dabei."

„Wir haben jetzt keine Zeit mehr."

„Sie müssen nach Söhre, verstehe. Glauben Sie, jetzt hat's Grebstein erwischt?"

37

Hildesheim, Dienstag, 10. Dezember 2013

Nur eine gute Stunde später standen Kofi und Moll wieder im Büro. Kein Toter in Söhre. Scheinbar hatte eine weggeworfene Zigarettenkippe den Brand ausgelöst.

Erleichtert stellte Kofi seine Kaffeetasse auf dem Tisch neben seinem PC ab. „Ich brauche keinen weiteren Toten vor Weihnachten", sagte er. „Was meinst du, sind diese ominösen Händler hinter Grebstein her?"

Moll trank einen großen Schluck Kaffee. „Wenn er die Schule und damit das Warenlager angesteckt hat, durchaus."

„Warum sollte er das tun? Niemand schlachtet die Gans, die goldene Eier legt. Und ich wette, er hat an jeder Transaktion mitverdient", überlegte Kofi.

„Lass uns das Szenario mal ein klein wenig umgestalten. Stell dir vor, Grebstein kehrt als Erster aus Bavenstedt zurück und trifft in der Schule auf Pepino-Lohstein, der gerade ganz gemütlich das Geld zählt, das er mit den Fälschungen verdient hat, die er aus dem Keller geklaut hat."

„Klasse Idee, Grebstein flippt aus, erschlägt Lohstein und zündet alles an, um den Schlamassel zu vertuschen."

„Oder noch abgefeimter: Grebstein selbst hat die Sachen weggeschafft, wartet jetzt, bis Ruhe eingekehrt ist und verschachert sie dann auf eigene Rechnung."

„Würde ich ihm glatt zutrauen, aber wie konnte er große Mengen transportieren, und wo hat er sie untergestellt. Im Gasthaus am Roten Berg war jedenfalls nichts davon."

Moll klatschte in die Hände. „Trotzdem eine gute Variante, ich setz' mich mal an meinen PC und formuliere eine Anfrage an alle Dienststellen im Landkreis. Vielleicht ist jemandem etwas aufgefallen. Was machst du?"

„Ich bin da auf einen älteren Mordfall gestoßen, in dem die Heyse-Schule ebenfalls eine Rolle gespielt hat. Da will ich mal ein bisschen schnüffeln."

„Viel Spaß. Sehen wir uns zur Mittagspause?"

„Unbedingt."

Um die alten Akten zu sichten, musste Kofi in den Keller hinabsteigen und tatsächlich warten, bis jemand durch die Gänge geschlurft kam und sie ihm gebracht hatte.

Viel stand nicht drin.

Interessant war jedoch, dass Sebastian Neubert damals beschuldigt worden war, einen Obdachlosen ermordet zu haben, der sich auf dem Dach eines Supermarktes an der Abluftröhre wärmte.

Ausgerechnet einen Obdachlosen.

Das hatte Iris nicht erwähnt.

Der Junge war in ein Heim gesteckt worden, weil die Mutter sich außerstande sah, ihn zu erziehen und zu versorgen.

Spannend fand Kofi allerdings, dass in diesem Zusammenhang der Name Grebstein auftauchte.

Grebstein, Karl-Heinz und Grebstein, Ursula, Erziehungsberechtigte des minderjährigen Karl-Friedrich Grebstein.

Sebastian sagte damals vor Gericht aus, dass er den Mann geschubst habe. Sein älterer Freund, Karl-Friedrich, und ein weiterer Obdachloser, Ewald Köster, bestätigten, dass sich der Vorfall so abgespielt habe.

Da Sebastian noch so jung war, kam keine Gefängnisstrafe in Betracht. Zweifel am Tathergang gab es keine.

Allerdings entdeckte Kofi noch eine handschriftliche Notiz, dass sich eine Olga Rieger Monate später gemeldet habe. Sie betreue den Jungen, und er habe ihr erzählt, dass sein Freund den Mann geschubst habe und ihn zu der Aussage überredet habe, weil er noch zu jung sei, um bestraft zu werden. Sebastian wolle nun zu seiner Mutter zurückkehren und deshalb würde er jetzt die Wahrheit sagen.

Die Notiz besagte noch, dass der Polizist, der dieses Gespräch geführt hatte, Frau Rieger empfohlen hatte, sich an einen Anwalt zu wenden.

Kofis Herz raste. Er kopierte sich die wichtigsten Seiten und rannte nach oben zu Moll.

Gemeinsam überprüften sie den Namen Sebastian Neubert in der Datenbank. Entdeckten ihn aber nicht.

„Ich hätte meinen Namen an seiner Stelle auch geändert", sagte Moll grollend.

Zehn Minuten später waren sie zu Isolde Gerhardt unterwegs. Die alte Dame wartete schon am Fenster ihres Hauses ihrer Wohnung auf sie. Sie hatte Kaffee aufgebrüht und Kekse auf den Tisch gestellt. Lächelnd bot sie ihnen Sitzplätze an. „Frau Bender hat mich gewarnt, dass gleich zwei Kommissare kommen werden, aber dass wir einen Schwarzen in der Stadt haben, wusste ich noch gar nicht."

„Ich bin erst seit einer Woche in Hildesheim", erklärte Kofi und legte ihr ein Foto vor. „Erkennen Sie jemanden darauf?"

„Darf ich?", fragte Isolde und zeigte auf das Bild. Als Kofi nickte, nahm sie es in die Hand und betrachtete es eingehend.

Kofi dauerte das zu lange. Deshalb stand er auf und trat hinter sie. „Wir möchten zum Beispiel wissen, ob Sie diesen Mann hier erkennen?“ Er zeigte auf Frank Wieland.

„Sie haben sich alle verändert, natürlich.“

„Könnte das Sebastian Neubert sein?“, fragte Kofi eindringlich.

„Neubert?“ Isolde sah ehrlich erschrocken aus. „Der Mörder?“

„Ist er's?“

Isolde schüttelte energisch den Kopf. „Auf keinen Fall.“

„Wieso nicht?“

„Er war blond, richtig blond, beinahe weiß, kein Albino. Nun gut, Haare könnte man färben, aber der Körperbau passt nicht. Neubert war zwar auch hager, so wie der da, jedoch mindestens doppelt so groß, schon als Zehnjähriger.“

Kofi sah, dass Moll sich etwas notierte, und nickte. Es ging voran.

„Erkennen Sie sonst noch jemanden?“, fragte er und setzte sich wieder.

„Karl-Fiedrich Grebstein, der ist zwar nie bei uns zur Schule gegangen, doch seine Firma hat eigentlich ständig irgendwelche Arbeiten bei uns erledigt. Und daneben, den kenne ich, Jochen heißt er, genau. Jochen. Jetzt hab ich's, Jochen Küchener.“ Stolz ließ sie das Foto sinken. „Er muss zwei oder drei Jahre älter gewesen sein als Sebastian Neubert. Wissen Sie, mir war der Junge ja immer suspekt. Obwohl, hat sich bei uns nichts zuschulden kommen lassen. Immer ordentlich und korrekt, solange er nicht auf Schwierigkeiten stieß. Anstrengen war nie sein Ding. Entweder etwas klappte sofort, oder es war doof.“

„Fällt Ihnen noch etwas ein? Hatte er Freunde? Wissen Sie vielleicht, was er nach der Schule gemacht hat?"

„Nein, ich nicht, Frau Bender hat mir allerdings berichtet, dass sie vermutlich herausgefunden hat, wo er seine Lehre begonnen hatte. Wir treffen uns übermorgen. Soll ich Sie anrufen, wenn ich es weiß?"

„Vielen Dank, das ist nicht nötig. Wir fragen Frau Bender einfach selbst."

„Der Sebastian Neubert war in Mathematik äußerst talentiert. Zahlen offenbarten ihm ihre Geheimnisse freiwillig. Doch mit Rechtschreibung, Zeichensetzung und Grammatik stand er auf Kriegsfuß. Seine Schrift, die reinste Sauklaue. Schönschreiben war eine Tortur für ihn. In Leibeserziehung war er so lala. Turnen und Klettern ging, aber Bälle waren quasi seine Feinde. Nie wieder hab ich einen Jungen gesehen, der so ungeschickt war. Ich glaube, er hat nie auch nur einen Ball gefangen. Rennen konnte er wie der Teufel. Ich erinnere mich an einen Stadtwettkampf. Fünfhundertmeterlauf. Sebastian hatte alle Vorrundenrennen gewonnen. Nun ging es um die letzten Läufe. Ich glaube, es waren noch zehn oder zwölf im Rennen. Es sollten noch welche ausscheiden und am Ende würden die letzten fünf um den Stadtpokal laufen.

Sebastian wurde Zweiter. Das hieß, er hatte sich für den Endlauf qualifiziert. Doch er trat nicht mehr an. Er verließ das Lauffeld und zog sich um."

„Warum das denn?", fragte Kofi.

Isolde zuckte mit den Schultern. „Er behauptete, der Erstplatzierte habe ihn beim Start behindert, deswegen habe er verloren."

„Traf das denn zu?"

„Vermutlich nicht. Sowohl am Start als auch am Ziel befanden sich jede Menge Zuschauer. Irgendjemandem wäre das aufgefallen."

„Hat er öfter so reagiert?"

„Ja, leider. Deswegen erzähle ich es Ihnen. Sebastian suchte immer die Schuld bei anderen. Erinnern Sie sich, dass Sie nach seiner Ausbildung fragten?"

Kofi und Moll nickten.

„Ich kann mir kaum vorstellen, dass er sie abgeschlossen hat. Eine Kritik und er konnte explodieren. Der wäre spätestens nach sechs Wochen geflogen."

„Manchmal wächst sich so etwas aus."

„Manchmal, ja", sagte Isolde zweifelnd. „Möchten Sie noch einen Kaffee?"

Da die beiden ablehnten, sagte sie: „Jochen Küchener ist übrigens Elektroinstallateur geworden."

„Wie ist er dann vor der Kirche gelandet", fragte Kofi.

„Ein Autounfall. Er hat dabei seine Frau und seine beiden Töchter verloren."

„Wer war schuld?"

„Er selbst, ist wohl angetrunken gefahren. Hat ihn komplett aus der Bahn geworfen."

‚Lauter tragische Gestalten', dachte Kofi. ‚Haben eigentlich auch Kinder diese Schule besucht, die sich zu glücklichen Erwachsenen entwickelt haben?'

Isolde schien seinen Blick richtig gedeutet zu haben. „Sie müssen nicht denken, dass wir nur Idioten unterrichtet haben. Aber die Schwierigen bleiben einem besser in Erinnerung, schließlich muss man sich um diese stärker bemühen."

Als Kofi und Moll wieder in ihrem Wagen saßen, sagte Moll: „Jochen Küchener ist unter Garantie jener Küchener, von dem uns Frank Wieland erzählt hat."

„Der eigentlich am nächsten Tag zu den vieren ziehen wollte."

„Der die Schule vermutlich wie seine Westentasche kannte."

„Den knöpfen wir uns vor."

Kofi fühlte, wie sein innerer Jäger sich bereit machte, die erste Witterung aufnahm.

38

Hildesheim, Dienstag, 10. Dezember 2013

Matthias Moll hätte einen ruhigen Abend zu Hause vorgezogen, aber er verstand, dass Kofi die Unruhe gepackt hatte. Also hatten sie sich darauf geeinigt, noch eine Runde über den Weihnachtsmarkt zu drehen. Er glaubte zwar nicht, dass sie so großes Glück haben würden und Jochen Küchener sich auch heute auf dem Markt herumtrieb. Andererseits: ausschließen konnte man es ebenfalls nicht mit hundertprozentiger Sicherheit. Sie würden sich einen zentralen Platz suchen und die Augen offen halten.

Es dauerte eine gute halbe Stunde, bis sie einen der Stehtische erobern konnten, und schwärmten nun abwechselnd aus, um sich etwas zu essen und zu trinken zu besorgen.

Kofi hatte sich für Prager Schinken, Glühwein und Maronen entschieden. Doch Moll dachte, wenn er nichts bekam, was aus Hackfleisch hergestellt worden war, konnte er ebenso gut etwas Süßes verspeisen. Deshalb stellte er eine Tasse Kakao neben seinen Teller mit Nutella-Crêpes und eine Tüte Schmalzkuchen.

Kofi sah ihn verdutzt an. „Ich dachte, du stehst nicht auf Süßes?"

„Nervennahrung. Du wirst sehen, im Zuckerrausch kommen mir die besten Ideen." Moll hätte Kofi gerne gefragt, wie es mit Iris Bender lief, verkniff sich die Frage aber. Er war sich nicht sicher, ob sie bereits so vertraut miteinander waren. Schließlich ging ihn das

Liebesleben seines Kollegen eigentlich nichts an. Andererseits war er eben neugierig.

Inzwischen fühlten sich Molls Zehen wie dicke, kalte Klumpen an. Er hatte keine große Lust mehr, noch länger hier herumzustehen, da sah er Lillis Vater über den Marktplatz auf sie zukommen. Seine weißblonden Haare wirkten gerade grün, da er unter der Standbeleuchtung des Likörstandes hindurchging.

Doch er bemerkte sie nicht, wollte augenscheinlich in die Tourismuszentrale, denn er trug einen Stapel Broschüren.

Er war beinahe hinter dem Rolandsbrunnen verschwunden, als jemand seinen Arm packte. Lillis Vater fuhr herum, erkannte den anderen Mann offenkundig und wich zwei Schritte zurück.

Moll tippte Kofi an und flüsterte: „Vater Kreipe, aber wer ist der andere?"

Kofi lehnte sich über den Tisch. „Mit der Kapuze nicht zu erkennen."

„Du bleibst hier stehen, ich gehe von hinten an den Brunnen, da können sie mich nicht sehen. Vielleicht erkenne ich die Stimme."

Ohne Kofis Zustimmung abzuwarten, bewegte er sich durch die herumstehenden Gruppen auf den Brunnen zu. Er war noch nicht ganz angekommen, als er Kreipes Stimme hörte. „Lass mich in Ruhe."

Offensichtlich kannten sie sich also.

„Was willst du hier?"

War das Kallo Grebstein? Moll lauschte mit angehaltenem Atem und beugte sich ein wenig vor, um die beiden beobachten zu können.

„Ich arbeite hier und ich hab's eilig. Was man von dir nicht sagen kann, oder?"

„Du arbeitest? Ausgerechnet hier? Von wegen, du spionierst mir hinterher. Harro hat dich gesehen."

Er stieß Kreipe vor die Brust.

„Fass mich nicht an, du Penner", zischte Kreipe, wich aber vorsichtshalber noch einen Schritt zurück.

„Wer ist wohl der Penner? Immer noch die alten Sprüche. Nichts dazugelernt, was? Mann, verschwinde wieder in dem Loch, in dem du dich die ganzen Jahre verkrochen hattest."

„Du hast mir gar nichts zu befehlen. Dir werd' ich's zeigen. Noch mal legst du mich nicht rein. Du nicht."

Kreipe war jetzt ebenfalls lauter geworden. Die Broschüren in seinen Händen wackelten gefährlich. Doch er bemerkte, dass sie als Streithähne jetzt die Aufmerksamkeit der Umstehenden erregten, und sprach leiser weiter. „Geh mir einfach aus dem Weg, mehr verlange ich gar nicht."

„So weit kommt es noch. Du Opfer", sagte Grebstein mit gesenkter Stimme.

Dann schlug er zu. Zuerst in Kreipes Bauch, sodass er die Hände herunterriss, um sich zu schützen. Die Broschüren segelten zu Boden. Der nächste Schlag traf Kreipes Kinn. Er torkelte nach hinten.

Moll erreichte Grebstein, bevor er zum nächsten Schlag ausholen konnte. Er packte ihn, drehte ihm den Arm auf den Rücken und warnte ihn: „Ganz ruhig jetzt, sonst verbringen Sie die Nacht bei uns."

Grebstein zappelte noch ein wenig, gab aber sofort nach, als er Moll erkannte.

„Der Pisser hat angefangen", behauptete er.

Inzwischen war auch Kofi bei den dreien angekommen. Er half Kreipe auf die Beine. „Sind Sie verletzt?"

Der schüttelte den Kopf und sah ängstlich auf den Ring Neugieriger, der sich um sie zu bilden begann.

Kreipe flüsterte: „Können Sie die wegschicken? Ich kann kein Aufsehen brauchen. Ich will diesen Job behalten."

Kofi verstand und führte ihn zum Brunnen, sodass sie zumindest von einer Seite abgeschirmt waren. Dann sprach er ein junges Pärchen an: „Wären Sie so nett, die Papiere aufzuheben? Danke schön."

Augenblicklich verschwanden die Ersten. Als er hinzufügte, dass er jetzt die Protokolle der Zeugen aufnehmen wollte, löste sich der Kreis komplett auf.

„Danke", sagte Kreipe.

Grebstein funkelte ihn noch immer an. Doch Lillis Vater wich seinem Blick aus.

„Möchten Sie Anzeige erstatten?", fragte Moll.

Kreipes Lippe blutete ein wenig, ansonsten sah er unverletzt aus. Er schüttelte den Kopf. „Nein, nein, bloß kein Aufsehen."

„Loser!", sagte Grebstein verächtlich und spuckte ihm vor die Füße.

Moll sah, dass Kreipe zwar die Fäuste ballte, aber ganz offensichtlich nicht auf die Provokation einsteigen wollte. Bemüht ruhig fragte er: „Können Sie ihm einen Platzverweis erteilen?"

„Wollen Sie ihn wirklich nicht anzeigen? Er hat sie angegriffen. Das ist Körperverletzung, Herr Kreipe."

Bei der Nennung seines Namens zuckte er zusammen. „Nein, schicken Sie ihn einfach weg."

Dafür breitete sich ein triumphierendes Lächeln auf Grebsteins Gesicht aus. „Machen Sie sich keine Mühe. Ich bin schon weg."

Tatsächlich entfernte er sich zielstrebig vom Marktplatz. Er ging in Richtung Fußgängerzone davon, ohne sich noch einmal umzudrehen.

Kofi und Moll sahen ihm hinterher.

„Wir hätten ihn nach Küchener fragen sollen", sagte Kofi.

„Ich glaube nicht, dass er uns in der Verfassung irgendetwas Brauchbares erzählt hätte", antwortete Moll. Dann wandte er sich an Kreipe. „Sie müssen sich das nicht gefallen lassen. Schlafen Sie drüber, Sie können auch morgen noch Anzeige erstatten. Wir machen sowieso einen Bericht. Das heißt, unsere Zeugenaussagen haben Sie sicher."

„Einen Bericht, wieso?" Kreipe schien nicht begeistert.

„Für die Akten", Moll lachte „ und für unser Überstundenkonto. Worum ging es denn bei Ihrem Streit?"

Kreipe verzog das Gesicht. „Das weiß man bei ihm nie so genau."

„Sie kennen sich schon länger?", wollte Moll wissen.

„Seit wir Kinder waren, wir haben beide in der Nordstadt gewohnt."

„Aber Freunde waren Sie nie?"

Wieder zog ein Schatten über Kreipes Gesicht. Er seufzte. „Da haben Sie vermutlich recht. Als Kind will man so was ja nicht wahrhaben. Ich hab ihn immer bewundert und war überglücklich, wenn ich auf seinen Streifzügen dabei sein durfte." Er schüttelte den Kopf. „Allerdings habe ich mir bei diesen Unternehmungen meistens irgendwelchen Ärger eingefangen." Er lachte, erschrak und fuhr mit dem Finger über die verletzte Lippe. „Durch Schaden wird man klug."

Resigniert zeigte er auf die Broschüren am Boden. „Die meisten sind wohl hin." Er begann, sie aufzusammeln. Kofi und Moll halfen ihm.

Er bedankte sich. „Dann will ich mal neue holen, die in der Tourismuszentrale warten sicher schon auf mich. Und ... danke für Ihre Unterstützung." Damit drehte er sich um und ging mit großen Schritten davon.

„Weg isser", sagte Kofi. „Worum ging es eigentlich?"

Moll schürzte die Lippen. „Weiß ich auch nicht so genau. Jedenfalls bezogen beide Kampfhähne sich tatsächlich auf irgendein Geschehen in ihrer gemeinsamen Vergangenheit."

„Also hat Kreipe die Wahrheit gesagt?"

„Scheint so."

„Vielleicht ging's um eine Frau?", schlug Kofi vor.

Moll lachte. „Geht's nicht immer um eine Frau?"

„Oder um Geld!"

„Macht oder Liebe, kannste einem erfahrenen Kollegen glauben."

Hildesheim, Dienstag, 10. Dezember 2013

Als Moll endlich in seiner Wohnung ankam, blinkte der Anrufbeantworter. Sofort zückte er sein Handy. Sieben entgangene Anrufe, alle von Kathi.

Auf dem Anrufbeantworter hatte sie nur ein halb geschluchztes, vorwurfsvolles ‚Paps' hinterlassen.

Die Nachrichten auf dem Handy waren umfangreicher. Sie jammerte, dass ihre Mutter sich wieder im Atelier verkrochen habe, weil sie das Konzept der Ausstellung umstrukturieren musste. „Paps, sie hat mir einen Becher Ultramarinblau zum Frühstück hingestellt." Das letzte Wort versank in einem Schluchzer.

Oh Mann, darauf hatte er nun überhaupt keine Lust mehr. Weder auf eine Auseinandersetzung mit seiner Exfrau noch auf das Gejammer seiner pubertierenden Tochter. Dieses Hin und Her musste ein Ende haben. Es machte ihn wahnsinnig, und Kathi begann augenscheinlich, sie gegeneinander auszuspielen.

Sie wollte immer bei dem sein, der ihr die größte Aufmerksamkeit schenkte oder ihre Wünsche erfüllte. Sie wusste genau, welche Vorfälle ihn wütend machten. Hoffte sie nun, dass er wie ein Ritter auf weißem Pferd und in glänzender Rüstung vor der Wohnung seiner Exfrau auftauchen würde, um seine Tochter vor dem Verhungern zu retten?

Auf keinen Fall.

Sie war alt genug, um sich selbst Frühstück zu machen. Im Notfall, also falls Ella gar nichts eingekauft hatte, konnte sie sich auf dem Schulweg etwas beim Bäcker kaufen. Daran ging eine Fünfzehnjährige nicht zugrunde.

Garantiert nicht.

Außerdem hatte sie sich das selber ausgesucht.

Sie war gefragt worden.

Von der Scheidungsrichterin.

Vom Jugendamt.

Mehrmals.

Sie wollte bei ihrer Mutter bleiben.

Unter der Woche.

Wegen der Schule, wegen ihrer Freundinnen, wegen des Sports.

Moll lief im Wohnzimmer auf und ab.

Alles gute Gründe, die er nachvollziehen und sogar verstehen konnte.

Ihr vertrautes Zimmer im vertrauten Haus, denn er hatte angeboten, auszuziehen, weil Ella auf das Atelier angewiesen war.

Sein Fehler.

Sein Fehler?

War er zu großzügig gewesen?

Er seufzte. Nein. Er hasste Ella ja nicht. Er konnte nur nicht mehr mit ihr zusammenleben, hielt dieses in regelmäßigen Abständen wiederkehrende Chaos einfach nicht mehr aus.

Er hatte die Reißleine gezogen, hatte sie ziehen müssen.

Kein Fehler.

Und Kathi?

Nächtelang hatte er darüber nachgegrübelt. Würde es ihr schaden? Sicher. Doch schadete ihr die augenblickliche Situation nicht mindestens genauso?

Er hatte sich die Entscheidung nicht leicht gemacht.

Hatte er insgeheim gehofft, Kathi würde mit ihm gehen?

Klar. Gehofft hatte er das, allerdings hatte er auch immer gewusst, dass sie das nicht tun würde. Wer das Haus behielt, bekam Kathi. Instinktiv war ihm das klar gewesen, doch bewusst eingestanden hatte er es sich erst vor Gericht.

Nun kam sie am Wochenende zu ihm.

Theoretisch.

In seinem Beruf gab es keine festen Wochenenden wie bei anderen Menschen. Manchmal lag sein Wochenende Donnerstag und Freitag, manchmal hatte er dienstags und mittwochs frei. Es gab sogar Wochen, da konnte er nicht einmal einen Tag zu Hause bleiben.

Anfangs hatte das gut funktioniert.

Sie hatten sich für ihre Familienwochenenden abgesprochen. In den letzten Wochen allerdings hatte Kathi begonnen, eigene Pläne zu machen und in die Tat umzusetzen.

Sie rief an und bat ihn, sie von hier nach da zu bringen. Wie letztens, als er sie und ihre Freundin vom Sport abholen und nach Bad Salzdetfurth fahren sollte.

Im Prinzip hatte er nichts dagegen einzuwenden. Aber es musste alles im Rahmen bleiben.

Er bemerkte, dass er immer noch wie ein Tiger im Käfig auf und ab ging.

Sollte er sie jetzt noch anrufen?

Er ahnte, dass sie vor dem Telefon saß oder ihr Handy und das Mobiltelefon neben dem Bett oder sogar auf ihrem Kopfkissen liegen hatte.

Es war jedoch schon viel zu spät. Morgen früh musste sie in die Schule.

Er würde sie jetzt auf gar keinen Fall abholen.

Also konnte er sich auch die Diskussion ersparen.

Gar nicht zu antworten, war gleichwohl keine Option.

Müde schaltete er den Computer an und schickte ihr eine E-Mail.

„Hallo Süße, bin zu spät von der Arbeit gekommen. Wir reden morgen nach der Schule. Mach's gut. Paps."

Er drückte auf Senden und hoffte, dass die E-Mail ihr Handy nicht dazu brachte, irgendwelche Töne von sich zu geben und sie zu wecken, falls sie schon schlafen sollte.

Dann ging er ebenfalls ins Bett, nachdem er sein Handy in die Küche gelegt und den Stecker des Festnetztelefons aus der Steckdose gezogen hatte.

40

Hildesheim, Mittwoch, 11. Dezember 2013

Kofis Handy hatte bereits geklingelt, während er noch mit dem Fahrrad auf dem Weg zur Arbeit war. Jetzt hatte er sein Rad abgeschlossen und ging den Flur zu seinem Büro hinunter. Da klingelte es erneut.

Er schaute auf das Display.

Iris.

Was wollte sie so früh?

Hoffentlich war ihr nichts passiert. Hätte er doch lieber anhalten und nachsehen sollen?

Er rannte in sein Büro, machte den PC an und nahm das Gespräch entgegen.

„Kofi hier, was brennt?"

„Brennt? Nix brennt. Ich hab das Ende der Geschichte."

Erleichtert ließ Kofi sich auf seinen Stuhl fallen. „Welche Geschichte?"

„Die von dem Jungen, der angeblich jemanden ermordet haben soll."

„Ach so, den meinst du." Innerlich rollte Kofi mit den Augen. Weshalb war das so dringend? „Erzähl."

Iris' Stimme klang so aufgeregt, dass er sich wunderte.

„Okay, wo fange ich am besten an? Egal. Ich habe mich gestern mit einem alten Herrn getroffen. Herr Schleiermann, Konrad, arbeitete von 1980 bis 2011 im Fahrradhaus Wehrmaker. Ich habe gar nicht gewusst, dass Fahrradmechaniker auch mal ein Lehrberuf war. Herr Schleiermann war sogar Meister. Jedenfalls hat er Sebastian ausgebildet."

„Zum Fahrradmechaniker?“

„Genau, und er hat die Lehre geschafft, musste ein halbes Jahr verlängern, aber dann hat es geklappt. Herr Schleiermann hat mir jede Menge Anekdoten erzählt. Sebastian muss anfangs bei jeder Kleinigkeit in die Luft gegangen sein.“

„Okay.“ Kofi wusste noch immer nicht, worauf sie hinauswollte.

„Er erinnerte sich an das erste Rad, das Sebastian richten sollte. Ich wusste ja nicht, wie man das früher gemacht hat.“ Sie lachte. „Vermutlich könnte man das heute auch noch so machen, aber die meisten kaufen sich wohl ein neues, wenn das alte eingedellt ist.“

Sie sprach so schnell, dass Kofi keine Gelegenheit zum Einhaken fand.

„Sebastian sollte damals einen Reifen richten, indem er neue Speichen einsetzte und entsprechend spannte. Schleiermann sagte, er habe dafür drei volle Tage und mindestens dreimal so viele Speichen wie nötig gebraucht. Aber am Ende sei er sehr stolz auf das Ergebnis gewesen. Und nach dem Ende der Lehre konnte er einen Reifen richten, ohne nachzumessen. Super Augenmaß, sagt Herr Schleiermann.“

„Verstehe“, warf Kofi ein.

„Der Hammer kommt jetzt. Er bekam nach der Ausbildung eine Anstellung und ...“ Sie betonte jedes einzelne Wort. „ ... und er hat die Auszubildende aus der Buchhaltung geheiratet und ihren Nachnamen angenommen.“

Das erschien Kofi eine sinnvolle Maßnahme. So konnte er verhindern, dass irgendwer zufällig auf seine Vergangenheit stieß. Wenn er tatsächlich eine Familie gründen wollte, war es vernünftig, dafür zu sorgen, dass seine Kinder nicht von den Ereignissen in seiner Lebensgeschichte beeinträchtigt wurden.

Iris lachte schon wieder. „Anfangs wollte Herr Schleiermann mir den neuen Namen nicht verraten. Angeblich haben sie es ihm damals alle versprochen. Ich musste echt mit Engelszungen reden, aber schließlich hat er mir sogar einen Scan von einem der Hochzeitsfotos geschickt. Unglaublich."

Kofi verstand nicht, was daran unglaublich war.

„Danach war es für mich eine Kleinigkeit, ihn zu finden. Sebastian Kreipe wohnt heute mit Frau und Tochter in Bad Salzdetfurth. Na, wie gefällt dir das?"

Obwohl der Name Kreipe in Verbindung mit Bad Salzdetfurth sofort alle Alarmglocken bei Kofi klingeln ließ, wusste er noch immer nicht, worauf sie hinauswollte.

Ihre Stimme klang enttäuscht, als sie fragte: „Freust du dich gar nicht? Wie oft bekommt ihr euren Verdächtigen inklusive Adresse frei Haus geliefert?"

„Verdächtigen?"

„Mann, du stehst im Moment aber auf dem Schlauch. Das Phantombild. Heute in der Zeitung."

Während Kofi noch nach einer halbwegs intelligenten Antwort suchte, flog die Tür zu seinem Büro auf. Moll warf ihm die Hildesheimer Allgemeine auf den Tisch.

„Kommunikation ist alles!", rief er und platschte mit der ganzen Handfläche auf die Zeitung. Kofi sah sofort, was er meinte. „Was ist das?"

Moll grummelte: „Das sind die beiden Phantombilder, die nach Grebsteins Angaben gezeichnet wurden."

„Der verarscht uns", keuchte Kofi. Dabei bemerkte er zum einen, dass Gunnar hinter Moll in sein Büro getreten war und zum anderen, dass er immer noch sein Handy am Ohr hielt und eigentlich mit Iris sprach.

„Moment", sagte er zu Moll und Gunnar, „ich muss eben das Gespräch beenden." Er nahm das Mobiltelefon hoch und sagte: „Jetzt verstehe ich, was du meinst. Du hast das Phantombild von Sebastian Kreipe in der Zeitung gesehen, und deshalb hast du mir diese Geschichte erzählt. Endlich ergibt alles einen Sinn."

„Ich dachte, ihr hättet diese Bilder an die ‚Allgemeine' gegeben und damit um Hilfe gebeten." Iris klang jetzt so verwirrt wie Kofi während ihres ganzen Gespräches.

„Das ist irgendwie an uns vorbeigegangen. Du, ich muss Schluss machen. Ich melde mich später noch einmal bei dir. Auf jeden Fall herzlichen Dank für deine Unterstützung."

Er drückte das Gespräch weg, ohne auf ihre Antwort zu warten.

„Gut, dass du wieder fit bist, Gunnar."

Der lächelte traurig. „Innendienst, vier Stunden pro Tag, Wiedereingliederung."

„Er hat die Phantombilder und die Nachricht, dass sie an die Presse gehen sollen, eben in seinem E-Mail-Fach gefunden."

„Ganz toll", sagte Kofi. „Was will Grebstein damit bezwecken?"

„Ich verstehe nicht, wovon du sprichst", sagte Gunnar mit einem äußerst gequälten Gesichtsausdruck.

„Setz dich. Ich bring dich kurz auf den neuesten Stand."

Kofi berichtete von ihren eigenen Ermittlungen und ergänzte dann die Informationen, die er eben von Iris erhalten hatte.

„Sebastian Kreipe aus Bad Salzdetfurth also. Warum lockt Grebstein uns auf die Fährte seines alten Kumpels?"

„Weil er noch ein Hühnchen mit ihm zu rupfen hat", schlug Gunnar vor.

„Schon, aber sobald wir ihn überprüfen, finden wir bestimmt heraus, dass es sich bei Kreipe nicht um den ominösen Lagermieter handelt", warf Kofi ein.

„Ist das so?", fragte Moll. „Vielleicht ist er es ja doch."

„Mensch Molli, der hat Frau und Kinder und geht einer geregelten Beschäftigung nach", sagte Kofi.

„Im Moment, ja. Wisst ihr, was ich glaube?" Theatralisch schaute er von einem zum anderen. Beide schüttelten die Köpfe. Kofi lag eine sarkastische Bemerkung auf der Zunge, doch er hielt sie zurück.

„Grebstein und Kreipe, damals Neubert, nicht wahr?"

Kofi nickte.

„Die beiden Jungs, Grebstein vierzehn oder fünfzehn, Neubert gerade mal so zehn Jahre alt, klettern auf dieses Supermarktdach. Grebstein schubst den obdachlosen Mann, der fällt, meinetwegen unglücklich, und stirbt. Er überredet Sebastian Neubert, die Schuld auf sich zu nehmen, weil er ja noch nicht strafmündig ist."

„Das stimmt zwar", führte Kofi den Gedanken fort, „trotzdem verändert sich Sebastians Leben enorm. Das Jugendamt greift ein, seine Mutter wendet sich von ihm ab, er landet im Heim."

„Und niemand glaubt ihm."

„Trotzdem rappelt er sich auf, absolviert eine ordentliche Lehre, gründet eine Familie und findet einen Arbeitsplatz, der ihn zum Marktplatz in Hildesheim und vor die Jakobikirche führt."

Moll nickte. „Bei seinen Gängen durch die Innenstadt entdeckt er Grebstein unter den Pennern."

Kofi verdrehte die Augen. „Eine Ausdrucksweise hast du manchmal."

„Keine Zeit für political correctness. Sagtest du nicht, dir hätte jemand so was erzählt, von einem Typen mit Heiligenschein, der sie beobachtet hätte?" fragte Moll.

„Da sagst du was. Ich bin morgens zu Fuß gegangen, da ist er mir begegnet, das muss gleich nach unserem seltsamen Besuch vor seinem Haus gewesen sein."

Gunnar unterbrach sie. „Ihr kennt den Mann?"

Moll nickte. „Seine Tochter Lilli ist neuerdings mit meiner Kathi befreundet."

„Ui", machte Gunnar.

Kofi ließ sich nicht ablenken. „Die beiden Punks haben gesagt, dass der Mann sie öfter zu beobachten schien, versteckte sich dazu sogar hinter der Litfaßsäule."

„Das würde bedeuten", fügte Moll hinzu, „dass die beiden sich tatsächlich aus den Augen verloren hatten."

„Oder sich aus dem Weg gegangen sind."

„Beinahe dreißig Jahre lang."

„Und dann entdeckt Sebastian den Mann, der für sein Unglück verantwortlich ist."

„Den er dafür verantwortlich macht."

„Meinetwegen."

„Trotzdem ist es durchaus vorstellbar, dass er beschließt, sich an ihm zu rächen. Besser spät als gar nicht."

„Genau", sagte Kofi aufgeregt. „Erinnerst du dich, was dieser Likörtyp gesagt hatte? Jeder, der zum

Gelingen des Weihnachtsmarktes beigetragen hat, bekam eine Flasche von diesem Likör."

„In der weißen Flasche."

„Bingo!", rief Kofi. „Sebastian Kreipe ist unser Mann."

„Nicht so schnell", widersprach Moll. „Ich frage mich immer noch, warum hat Grebstein diese Show mit dem Phantombild abgezogen? Ich meine, er hätte uns einfach die wahre Geschichte erzählen können."

Kofi schüttelte den Kopf. „Ich denke, er wollte nicht, dass die ganze Sache noch einmal aufgerührt wird. Mord verjährt nicht. Wir sollten Sebastian für ihn aufspüren. Den Rest wollte er selbst erledigen."

Moll wurde so bleich, dass Kofi dachte, er würde gleich umkippen.

„Was ist los?"

„Deshalb hat Kreipe gestern Abend so entsetzt geguckt und Grebstein so gestrahlt. Ich habe Kreipe mit seinem Namen angesprochen, seinem neuen Namen."

41

Hildesheim, Mittwoch, 11. Dezember 2013

Moll war als Erster aus Kofis Büro gerannt. „Wir fahren nach Bad Salzdetfurth, Sebastian Kreipe …"

Er hatte den Satz noch nicht zu Ende gesprochen, als der Kollege am Empfang ihn unterbrach: „Da läuft gerade ein Einsatz. Die Bad Salzdetfurther Kollegen sind ausgerückt. Ein Nachbar hat zwei vermummte Gestalten auf das Grundstück gehen sehen. Er dachte, dass es sich vielleicht um die Brandstifter handeln könnte."

Kofi und Moll riefen gleichzeitig: „Grebstein und Frank!"

Moll drehte sich zu Gunnar um. „Du gehst zum Richter und besorgst uns einen Durchsuchungsbeschluss und einen Haftbefehl. Wir melden uns, sobald wir wissen, was sich vor Ort getan hat."

Während er sprach, spürte er, dass sein Handy vibrierte. Dafür hatte er jetzt wahrlich keine Zeit. Er ließ es zappeln.

Er sprang hinter das Lenkrad und war bereits angerollt, bevor Kofi die Tür zugezogen hatte.

„Schnapp dir das Funkgerät und versuche, mehr herauszufinden", befahl er.

Kofi nickte. Er erhielt allerdings nur die Nachricht, dass die Kollegen auf dem Rückweg zur Dienststelle waren. „Wir sollen sie dort treffen", sagte er zu Moll. „So wie es sich anhört, haben sie nur einen erwischt."

Moll warf ihm einen gereizten Blick zu. „Ich habe euer Gespräch hören können." Er fischte sein Handy aus der Hosentasche und hielt es Kofi hin. „Es rappelt dauernd. Einfach nur aufklappen."

Kofi drehte das Mobiltelefon in der Hand und klappte die Abdeckung auf. „Voll cool. Beam me up, Scotty. Wo hast'n das Teil her?"

„Schwätz nicht, schau nach."

„Ella!"

„Meine Ex. Normalerweise ist sie nicht so hartnäckig. Egal. Klapp wieder zu, kümmere ich mich später drum."

Kofi zögerte. „Vielleicht ist es wichtig."

„Wahrscheinlich ist ihr das Blau zu dunkel geraten oder der Gips umgekippt."

Moll wusste selbst nicht, warum er so kratzbürstig war. Er seufzte. „Ich kann es überhaupt nicht leiden, wenn einer versucht, mich an der Nase herumzuführen."

Kofi lachte. „Das kann ich nachvollziehen. Geht mir ganz genauso.

Die Bad Salzdetfurther Kollegen fuhren zur gleichen Zeit auf den Hof der Dienststelle wie die beiden Kriminalkommissare.

Moll stellte sich und Kofi vor.

Der Ältere antwortete: „Ich bin Gustav, das ist mein Partner Jürgen, wir haben leider nur einen der beiden erwischt."

Das hatte Moll bereits gesehen. Sein Handy vibrierte schon wieder. Er zerrte es hervor und bellte: „Jetzt nicht, ich muss arbeiten."

Zu den Kollegen sagte er: „Das ist Frank Wieland."

„Ein alter Bekannter?"

„Randfigur. Was ist mit Kreipe?"

Gustav zuckte mit den Schultern. „Will keine Anzeige erstatten."

„Das heißt, er ist momentan zu Hause?", fragte Moll. Er überlegte, ob sie sofort hinfahren und ihn verhaften sollten.

Kofi schien seinen Gedanken erraten zu haben. „Lass uns erst hören, was Frank Wieland zu sagen hat."

Moll nahm ihn zur Seite. „Warum? Kreipe ist unser Hauptverdächtiger, Quatsch, er ist unser einziger noch verbliebener Verdächtiger."

Kofi legte ihm eine Hand auf den Arm. „Ich bin mir da überhaupt nicht so sicher wie du."

Moll fuhr zu ihm herum. „Warum?"

„Grebstein führt uns wie Marionetten vor."

„Grebstein ist eine Lusche. Glaub's mir, Kreipe ist unser Mann."

„Er hat eine Frau und eine Tochter. Der läuft uns nicht davon. Komm, lass uns hören, was Wieland zu sagen hat."

Inzwischen hatten die beiden Bad Salzdetfurther Frank Wieland aus dem Auto geholt und bugsierten ihn ins Gebäude.

Es dauerte nur wenige Minuten, bis alle fünf um einen Tisch herumsaßen. Gustav und Jürgen waren damit einverstanden, dass die Hildesheimer die Befragung leiteten, da sie selbst nicht in dem Fall steckten. Auf dem etwas wackeligen Tisch standen zwei Flaschen Brennspiritus, die Wieland bei sich getragen hatte.

Kofi stellte die erste Frage: „Was wollten Sie am Haus von Herrn Kreipe?"

„Wer sagt denn, dass wir zu diesem Herrn wollten? Ich kenne den überhaupt nicht."

Moll grunzte bösartig.

„Mit wem waren Sie bis eben in Bad Salzdetfurth unterwegs?", fragte Kofi.

„Ich, ich war ganz allein", stotterte Frank Wieland mit treuherzigem Augenaufschlag.

Moll klatschte mit der flachen Hand auf den Tisch. „Hören Sie auf, uns zu verarschen!"

Wieland zuckte zurück, sagte aber nichts.

„Herr Wieland, Sie wissen, dass wir in zwei Mordfällen ermitteln. Sie und Herr Grebstein stecken mittendrin. Überlegen Sie sich genau, ob Sie einen Mörder decken wollen, oder ob Sie lieber dazu beitragen wollen, dass wir ihm das Handwerk legen."

Wielands Gesichtsausdruck hatte sich verändert, während Kofi gesprochen hatte. „Grebstein hat mich überredet, ihn zu begleiten."

Kofi lehnte sich vor. „Was wollte er von Kreipe?"

„Mir hat er gesagt, der Kerl braucht einen Denkzettel."

„Denkzettel?"

„'Ne Abreibung."

„Warum sollten Sie sich daran beteiligen?"

Wieland zögerte, er schien die Wörter durchzukauen, bevor er sie sagen konnte. „Er hat behauptet, der Kreipe hat Harro und Pepino auf dem Gewissen."

„Sie wollten Ihre Freunde rächen?", fragte Kofi.

„Nein. Kallo sagte, dass wir uns beeilen müssen, weil er der Polizei so viele Hinweise gegeben hat, dass sie ihn bald fassen würden. Er wollte ihm vorher nur persönlich ein Veilchen verpassen."

„Und Sie?"

„Ich hätt' ihm in die Eier getreten."

„So weit ist es aber nicht gekommen. Was ist passiert?"

Frank zögerte wieder. „Wir wollten uns von hinten an das Haus heranschleichen. Da grenzen immer zwei Gärten aneinander."

„Verstehe, und dem Besitzer des anderen Hauses sind Sie aufgefallen?“

„Er sah ja eher aus wie der Hausmeister, hat aber Rabatz gemacht wie ein Hamster auf Dope. Dachte wohl, wir wollten das Haus neben seinem anzünden, da es seit Ostern leer steht.“

Kofi gab sich gelassen. „Könnte das daran liegen, dass Sie Spiritusflaschen dabei hatten?“

„Wir wollten ihm nur Angst einjagen.“

In Kofis Rücken ging die Tür auf. Jemand flüsterte etwas, und Moll verließ den Raum. Er hörte noch die nächste Frage, die Kofi stellte.

„Wohin könnte Grebstein verschwunden sein?“

„Keine Ahnung.“

Die Frau, die ihn aus dem Verhörzimmer gebeten hatte, fragte: „Sie sind Matthias Moll?“

Er nickte irritiert.

„Ich habe eine Nachricht für Sie. Von Ihrer Frau.“

„Von wem?“ Moll konnte es nicht glauben.

„Warten Sie, ich hab es aufgeschrieben. Ihr Kollege Gunnar Bergmann hat es eben durchgegeben.“

Moll nahm ihr den Zettel aus der Hand. Das war ja geradezu unglaublich. Dann erstarrte er.

„Kathi ist heute Nacht abgehaun. Sie wollte zu Lilli.“

Er las den Text noch einmal.

Das durfte nicht wahr sein.

Er zückte sein Handy und merkte, dass seine Hand zitterte. Entschuldigend sagte er: „Meine Tochter, Pubertät, gerade etwas schwierig.“

„Ella?“

„Endlich. Warum legst du auf, wenn ich dich anrufe?“

„Weil ich arbeiten muss. Bist du sicher, dass Kathi in Bad Salzdetfurth ist? Warum ist sie nicht zur Schule gegangen?“

„Studientag, deshalb wollte sie ja zu dir."

Er unterbrach sie. „Hat sie ihr Handy dabei?"

„Ja, ich denke schon."

Moll beendete das Gespräch ohne ein weiteres Wort. Er musste zweimal drücken, bevor er die richtige Kurzwahltaste erwischte.

Kathis Handy klingelte.

Niemand nahm ab.

Es klingelte noch einmal.

Keine Reaktion.

Noch ein Klingelton.

Ein Fiepen.

„Paps?"

„Kathi, geht es dir gut?"

„Paps?" Ein Schluchzer. „Hier ist Chaos. Ich hab Angst."

Dann hörte Moll eine zornige Männerstimme, anschließend einen Protestschrei von Kathi, gefolgt von einem grauenhaften Knirschen.

Stille.

„Kathi!", schrie Moll. „Kathi?"

Er unterbrach die Verbindung, wählte erneut.

Eine freundliche Stimme teilte ihm mit, dass der angerufene Teilnehmer derzeit nicht erreichbar war.

Moll wusste in den ersten Sekunden nicht, was er nun tun sollte. Er atmete tief durch und stürzte zurück in das Verhörzimmer.

Er packte Frank Wieland an der Schulter und zog ihn zu sich heran. „Wo ist Grebstein? Was hatte er vor?"

Kofi warf sich dazwischen. „Moll, hör auf. Was soll das?"

„Kathi ist bei Kreipe im Haus."

Kofi verstummte.

Alle sahen Frank an. Schließlich sagte Kofi: „Wollten Sie das Haus der Kreipes anzünden? Hat Grebstein das noch immer vor?"

Frank Wieland nickte stumm.

Gustav sprang unvermittelt auf. „Ich alarmiere die Feuerwehr. Los kommt, worauf wartet ihr noch. Wir müssen dahin."

Moll war im ersten Augenblick so verdattert, dass er nicht sofort reagierte. Doch dann nickte er.

Kathi!

Er musste Kathi da rausholen.

Unbedingt.

Jetzt, auf der Stelle.

Ohne darüber nachzudenken, lief er hinter Kofi und den beiden Bad Salzdetfurther Kollegen her.

Sie sprangen alle in den Einsatzwagen. Kofi saß hinten neben ihm. Er sagte etwas, doch Moll konnte ihn nicht verstehen.

Wie war Kathi überhaupt nach Bad Salzdetfurth gekommen?

Er hatte gedacht, sie wäre bei Ella.

Ella.

In Sicherheit.

Warum hatte er Ellas Anruf den ganzen Morgen ignoriert? Er hätte sofort drangehen sollen.

Kofi rüttelte an seiner Schulter. „Matthias, alles in Ordnung?"

„Was? Ach so, ja." Was sollte die Frage. Natürlich war gar nichts in Ordnung.

„Du siehst aber nicht so aus."

„Wie meinst du das?"

„Vielleicht ist es besser, wenn du im Wagen bleibst", sagte Kofi.

„Was soll der Mist. Auf gar keinen Fall. Ich hole Kathi da raus ... und wenn der Mistkerl ihr was getan hat, dann ..."

„Moll!" Kofi unterbrach ihn barsch, klang fast wütend der kleine Kerl. „Komm runter, ja! Du bist Kriminalkommissar im Dienst und kein Freizeitbulle auf Rachetour."

Moll schwieg erschrocken.

Kofi hatte recht. In seinem Kopf brodelte eine Wut, die ihn am klaren Denken hinderte. Sie brauchten einen kühlen Kopf, mussten überlegt auf die Situation reagieren, die sie in wenigen Minuten vorfinden würden. Er benahm sich wie ein hysterischer Pavian.

„Sorry", murmelte er und schob alle Gedanken an verstümmelte Kinderleichen, brennende Häuser und ähnliche Vorfälle weit von sich.

Wieder spürte er Kofis Hand auf dem Arm. „Noch ist gar nichts passiert. Die Kollegen haben das Funkgerät eingeschaltet. Einen Feueralarm würden wir sofort mitbekommen. Noch ist alles ruhig."

Moll nickte. Machte er sich völlig umsonst Sorgen?

Konnten sie einfach zur Familie Kreipe fahren, klingeln und Kathi abholen?

Kathi! Er seufzte.

Diese Ungewissheit.

Nein, Kathi hatte geschrien, jemand hatte ihr das Handy weggenommen.

„Wie lange noch?"

„Wir sind gleich da", sagte Gustav und bog nach rechts ein.

Moll erkannte die Straße wieder. Genau hier hatte er die beiden Mädchen vor wenigen Tagen abgesetzt.

„Das dritte Haus ist es", sagte er und hörte selbst, dass seine Stimme brüchig klang.

Der weiße Bungalow wirkte auch diesmal unbewohnt, obwohl der Schneemann vor der Tür immer noch wacker seine Laterne hochhielt.

Gustav bremste ab, ließ den Wagen vor dem Nachbargrundstück ausrollen.

„Und nun?“, fragte Jürgen.

Keiner der Männer schien aussteigen zu wollen.

„Einer von uns sollte klingeln gehen“, schlug Gustav vor. „Wir waren ja vorhin schon einmal hier und haben mit ihm gesprochen. Ich könnte ihm ja mitteilen, dass wir den Täter verhört haben und keine Gefahr mehr für ihn und sein Haus besteht. Vielleicht kann ich ihn überreden, dass er mich hineinlässt.“

„Wir anderen könnten uns um das Haus herumschleichen und nachgucken, ob man durch die Fenster etwas sehen kann.“

„Das ist die beste Idee, die wir haben. Hat jemand von euch die Festnetznummer der Familie Kreipe? Wir könnten es klingeln lassen, während du an der Tür mit ihm verhandelst. Vielleicht kann eines der Mädchen abheben oder er wird unruhig und lässt die Tür unbeaufsichtigt.“

Gustav forderte die Nummer über Funk an. Dann stiegen sie aus, alle vier schlossen die Türen lautlos.

Vorhänge vor den Fenstern an der Vorderfront verhinderten, dass im Haus jemand bemerkte, dass drei Männer geduckt durch den Garten schlichen.

Gleichzeitig ahnte Moll, dass sie auch von hinten nichts sehen würden. Trotzdem war es vermutlich gut, dass sie sich strategisch verteilten. Fenster einschlagen konnten sie auf jeder Seite.

Moll beschloss, nicht so weit um das Haus herumzugehen, weil er unbedingt hören wollte, was Sebastian Kreipe sagte. Er stand jetzt zwischen dem Haus und der Garage. Hinten an der Garage war ein Holzschuppen angebaut, in dem augenscheinlich Gartengeräte aufbewahrt wurden.

Vorsichtig presste Moll sein Ohr gegen die Scheibe. Er hörte die Klingel.

Sonst nichts.

Ein Auto näherte sich auf der Straße, bremste ab, fuhr vorbei, hielt scheinbar vor einem der Nachbarhäuser.

Schritte!

Moll hörte Schritte. Schritte auf Holz.

Da kam jemand eine Treppe herunter.

Gleich darauf klopfte es an der Haustür.

Dann rief eine Männerstimme: „Hören Sie mich? Verschwinden Sie!"

Sebastian Kreipe.

„Oberkommissar Gustav Schwertlein, wir haben vorhin schon einmal gesprochen. Bitte machen Sie die Tür auf."

„Das würde Ihnen so passen. Gehen Sie weg."

„Ich will Ihnen doch nur helfen", rief Gustav offensichtlich durch die geschlossene Haustür.

„Mir helfen? Lachhaft! Hilf dir selbst, sonst hilft dir keiner."

„Das stimmt nicht, Herr Kreipe, lassen Sie uns bitte in Ruhe über alles sprechen."

„Sehr gut", murmelte Moll, „sprich ihn persönlich an, verwickele ihn in ein Gespräch." Ob er jetzt das Telefon im Haus klingeln lassen sollte? Nein, erst nachdem Kreipe die Tür geöffnet hatte.

Los, nun mach schon.

Molls Handy vibrierte. „Verdammt, nicht schon wieder."

Er zog das Telefon heraus und schaute auf das Display. Gunnar.

Er schlich einige Schritte vom Gebäude weg, drückte auf die Taste und flüsterte: „Ja!“

„Wir haben Frau Kreipe an ihrem Arbeitsplatz gefunden. Sie ist auf dem Weg nach Hause. Die Kollegen aus Bad Salzdetfurth haben die Zufahrt zu den Straßen vor und hinter dem Haus abgesperrt. Seid ihr schon sicher, dass die Mädchen sich im Objekt befinden?“

„Nein, verdammt!“

„Ich hätte hier noch die Mobiltelefonnummer von Lilli Kreipe für euch. Nützt die was?“

Moll überlegte. „Könnte einen Versuch wert sein. Gib sie durch. Danke.“ Er notierte sie auf seinem Unterarm und beendete das Gespräch.

Er musste sich ganz schön verrenken, um die Nummer lesen zu können. Mit zitternden Fingern tippte er sie in seine Kontaktliste. Hoffentlich erkannte er den richtigen Zeitpunkt zum Anrufen.

Er lief geduckt zur Hauswand zurück. Kreipe und Gustav schienen immer noch miteinander zu sprechen.

Das war ein positives Zeichen.

Worüber sprachen sie?

Über Grebstein?

Moll runzelte die Stirn. War das eine gute Idee?

„Lassen Sie mich mit Ihrem Grebstein in Ruhe. Ich will den Kerl nie wieder sehen. Dabei bleibt es.“

„Da gibt es verschiedene Möglichkeiten. Wir können ihm einen Platzverweis ...“

Moll fragte sich, warum Kreipe nicht einfach wegging. Warum ließ er sich auf das Gespräch mit Gustav ein?

„Hören Sie", sagte Kreipe gerade, „was könnten Sie schon dagegen unternehmen, wenn ein Verrückter in mein Haus eindringt. Bis die Polizei ausgeschlafen hat, sind wir längst alle tot."

Im Haus krachte etwas.

Kreipe schlug mit der Faust gegen die Tür und brüllte: „Hauen Sie endlich ab."

Moll hielt das Handy in der Hand. Festnetz oder Lilli?

Er wählte Lillis Nummer.

Sie nahm ab und schrie: „Hilfe! Helfen Sie uns, bitte."

Ihre Stimme war immer leiser geworden. Scheinbar hatte ihr jemand das Handy weggenommen. Allerdings hatte derjenige die Verbindung nicht unterbrochen, hielt aber offenbar das Mikrofon zu.

Moll hörte nur gedämpfte Geräusche.

Dann drang wieder Lillis Stimme aus dem Lautsprecher. „Es tut mir leid. War nur ein Scherz. Ich kann gerade nicht sprechen. Auf Wiederhören!"

„Lilli", rief Moll. „Ist Kathi bei dir?"

„Ja. Ich muss jetzt auflegen. Wirklich." Das letzte Wort verwandelte sich in einen Schluchzer. Danach war die Verbindung unterbrochen.

Ein Finger tippte auf Molls Rücken. Er fuhr herum. „Was?"

Gustav stand vor ihm. Er schüttelte den Kopf. „Kreipe ist quasi von der Tür geflohen. Da stimmt irgendetwas ganz gewaltig nicht."

„Ich habe seine Tochter Lilli auf dem Handy angerufen. Sie ist im Haus. Kathi auch. Vielleicht hat er das Klingeln gehört."

„Draußen war es nicht zu hören."

Plötzlich tauchte eine kleine Gestalt neben ihnen auf.

Moll und Gustav erschraken gleichermaßen. „Wie kommen Sie denn hierher?"

Frank Wieland legte einen Finger an den Mund und bedeutete ihnen, mit ihm zum Zaun zu gehen. Erst als sie hinter einer der Tannen standen, sagte er: „Ihre Kollegen haben mich hergefahren."

„Warum?"

„Sie haben mich nie gefragt, warum Kallo Grebstein mich mitgenommen hat."

„Sie sollten ihm beim Tragen helfen. Sie sollten gefangen werden, falls irgendetwas schiefgeht ..."

Frank Wieland schüttelte den Kopf. „Ich sollte an der Tanne, die an der Rückseite des Hauses steht, hinaufklettern, ein Fenster aufhebeln, einsteigen und Grebstein hineinlassen. Sie erinnern sich: ich habe früher Bäume gefällt, dazu muss man an ihnen hinaufklettern können."

Moll und Gustav wechselten einen Blick.

Moll fragte: „Und? Haben Sie?"

Frank schüttelte den Kopf. „Sie haben uns ja bereits auf dem Weg zum Haus erwischt." Er holte tief Luft. „Aber Grebstein ist trotzdem drin."

„Wie?" Moll war verdattert. Doch sein Gehirn begann sofort, die Puzzlesteine zusammenzusetzen.

„Er hat die beiden Mädchen in ein Schlafzimmer eingesperrt. Ihre Kleidung sieht nass aus."

„Nass?"

Wieder zuckte Frank Wieland entschuldigend mit den Achseln. „Er hat Molotowcocktails rund um das Bett gestellt, auf dem die Mädchen sitzen."

Gustav unterbrach ihn. „Woher wissen Sie das?"

„Ich bin an dem Baum dort hochgeklettert und konnte so ins Fenster gucken."

„Hat er sie bemerkt?"

„Nee, er war gerade damit beschäftigt, dem blonden Mädchen das Handy abzuknöpfen."

„Das ist Lilli, Kreipes Tochter. Haben die Mädchen Sie gesehen?"

Frank nickte. „Die andere, ja."

„Das ist Kathi, meine Tochter."

„Schon klar."

„Was glauben Sie, was er vorhat?"

„Mir hat er gesagt, er will dem Kreipe einen Schrecken einjagen. Ihm zeigen, dass er auch im eigenen Haus nicht sicher ist und sich gar nicht so viel darauf einbilden muss, dass er in einem Bungalow wohnt und wir auf der Straße."

„Das haben Sie ihm geglaubt?"

„Klar. Kreipe hat dafür gesorgt, dass wir mehrmals am Tag vom Weihnachtsmarkt vertrieben wurden, und dann hat er oft gegenüber der Kirche gestanden und hat uns beobachtet. Der hatte uns auf dem Kieker, echt!"

„Nicht Sie, nur Grebstein", sagte Moll. Dann wandte er sich an Gustav. „Sie müssen auf jeden Fall verhindern, dass Kreipes Frau hier auftaucht. Sie darf nicht ins Haus. Aber nehmen Sie ihr für alle Fälle den Schlüssel ab. Ich glaube allerdings, dass der Schlüssel von innen steckt oder sogar eine Kette vorgelegt wurde."

„Was hast du vor?", fragte Gustav.

„Wir holen die Mädchen da raus. Herr Wieland und ich müssen ein bisschen was vorbereiten. Sie helfen mir doch, oder?"

„Unbedingt."

„Gut. Gustav, versammeln Sie die Kollegen vor dem Gebäude. Spielen Sie lauthals Schmierentheater. Verhaften Sie irgendwen. Halten Sie ein vorbeifahrendes

Auto an. Egal was, nur sorgen Sie dafür, dass die Aufmerksamkeit aller Personen im Haus sich zwangsläufig nach vorne richten muss. Kriegen Sie das hin?"

„Ja, aber was wollen Sie unternehmen?"

„Keine Zeit für lange Erklärungen. Wir wissen nicht, was sich da drinnen gerade abspielt."

Gustav schlich davon.

Moll drehte sich zu Frank Wieland um. „Können Sie auch Schlösser knacken?"

Wieland nickte.

Moll zeigte auf den Geräteschuppen. „Sollte nicht allzu anspruchsvoll sein."

„Okay."

Wieland ging über die Wiese auf den Schuppen zu und schaute sich das Schloss in der Tür an. „Das geht flugs."

„Prima, dann mal los."

Tatsächlich zog Wieland einen Satz Dietriche aus der Hosentasche und öffnete die Tür innerhalb weniger Sekunden. Er drückte sie auf und fragte: „Was suchen Sie?"

Moll grunzte und schob ihn beiseite. „Eine Leiter und einen Wasserschlauch." Er konnte sehen, dass Wieland zu verstehen begann.

„Ich gehe mal davon aus, dass Sie für die Molotowcocktails normalen Spiritus verwendet haben. Nichts, was man nicht mit Wasser löschen kann."

„Nicht, dass ich wüsste."

„Gut!" Moll hatte den Gartenschlauch entdeckt. „Jetzt müssen wir nur noch hoffen, dass der Anschluss sich in der Garage befindet, und das Wasser nicht abgestellt wurde." Er seufzte. „Aber eigentlich bin ich mir ziemlich sicher, dass Kreipe regelmäßig das Streusalz von seinem Wagen abwäscht."

Die Tür zwischen Garage und Schuppen war nicht verschlossen. Der Wasseranschluss saß über einem Handwaschbecken. Scheinbar arbeitete Kreipe öfter in der Garage. Moll klickte den Schlauch ein und betete, dass er lang genug war. Danach zeigte er auf die Garagenwand. „Wir nehmen die Leiter, die sieht lang genug aus."

Wieland ging hinüber und hob sie herunter. Er folgte Moll, der den Schlauch abrollte.

„Dieses Fenster?"

Wieland nickte und stellte die Leiter lautlos neben das Fenster.

Sie drückten sich gegen die Hauswand und warteten gemeinsam darauf, dass Gustav und die Kollegen vorn mit dem Aufruhr begannen.

Als Erstes hörten sie einen lang gezogenen Pfiff. Anschließend herrschte noch einige Sekunden Stille. „Das ist unser Signal", flüsterte Moll.

Während Frank Wieland wie ein Äffchen die Tanne hinaufkletterte und den Wasserschlauch hinter sich herzog, packte Moll die Leiter und wartete auf Wielands Signal. Der brachte sich unten vor dem Fenster in eine stabile Position und sah ihn fragend an.

Moll nickte.

Daraufhin schlug Wieland das Fenster ein und richtete den Schlauch in das Zimmer.

Moll konnte die Mädchen schreien hören. Grebstein brüllte ebenfalls etwas. Schnell schob Moll die Leiter vor die Fensteröffnung. Sofort hing der Geruch nach Spiritus in der Luft.

Etwas rauschte.

Wieland schrie: „Los, kommt her, steigt raus." Er reckte ihnen die Arme entgegen.

Moll sah Feuer aufflackern. Es rauschte.

Wieland drehte den Schlauch auf und zielte mit dem Strahl in das Zimmer.

Moll sah, dass Arme nach Wielands Händen griffen.

Kathi.

Er rief ihr von unten zu, dass sie sich beeilen sollte.

Sie zögerte. Dann erkannte sie ihn und schwang ihr Bein über das Fensterbrett.

Wieland hielt den Strahl an ihr vorbei auf das Zimmer gerichtet.

Jetzt stand Kathi auf der obersten Sprosse.

Ihr Rock brannte.

Noch hatte sie das nicht bemerkt. Moll hoffte, dass sie nicht in Panik geriet. Sie kletterte schnell.

Warum trug sie mitten im Winter einen Rock, der um sie herumflatterte? Immerhin hatte sie auch eine Strumpfhose an, aber keine Schuhe, wie er soeben erschrocken feststellte.

„Kathi, komm, beeil dich!"

Oben am Fenster konnte er den weißblonden Haarschopf von Lilli sehen, sie beugte sich aus dem Fenster, schien sich allerdings davor zu fürchten, auf das Fensterbrett zu klettern. Wieland packte sie am Oberarm und zog sie zu sich heran.

Da tauchte ein Mann in der Fensteröffnung auf. Er brüllte laut, riss an Lilli und zerrte sie ins Zimmer zurück. Mit der anderen Hand versuchte er, Wieland vom Baum zu stoßen.

Dann entdeckte er die Holme der Leiter.

„Kathi, komm, spring, ich fang dich auf", rief Moll.

Kaum hatte er ausgesprochen, begann die Leiter zu schwanken. Moll stemmte sich dagegen. Kathi war noch zu hoch.

Und was war mit Lilli?

Plötzlich sauste der Gartenschlauch haarscharf an ihm vorbei. Moll duckte sich, versuchte, den tanzenden Schlauch abzuwehren. Doch da er noch Wasser spuckte, erwies sich das als schwierig.

Kathi schrie auf, als der kalte Strahl sie traf.

Moll warf einen kurzen Blick nach oben. Immerhin schien ihr Rock gelöscht. Über ihr hing Wieland ziemlich schief von seinem Ast.

Da tauchte Sebastian Kreipes schmerzverzerrtes Gesicht hinter Grebstein auf. Kreipe rammte Grebstein, bückte sich und hebelte Grebstein über die Fensterbank. Der klammerte sich an Wieland fest. Der Ast der Tanne, an dem Wieland sich festhielt, beugte sich tiefer. Andere Äste darunter gaben zuerst nach, schnellten dann zurück.

Wieland konnte sich nicht mehr halten und fiel, in Grebstein verkeilt, herunter. Es krachte laut, als sie auf den gefrorenen Boden prallten.

Kathi war inzwischen so weit unten angekommen, dass Moll ihre Beine erreichen konnte. Als sie seine Berührung fühlte, ließ sie sich fallen.

Moll ließ die Leiter los und geleitete Kathis Körper sicher auf den Boden, dann riss er sie an sich, drückte sie fest gegen seine Brust und küsste ihre Haare.

Sie schluchzte. „Der Mann wollte uns verbrennen."

„Psst, meine Liebe. Das war nur eine Drohung. Grebstein wollte Kreipe erpressen. Er hätte euch nichts getan, sonst hätte die Erpressung ja nicht funktioniert. Alles ist gut."

Er drückte sie noch fester an sich, versuchte aber gleichzeitig, zu erkennen, was mit Wieland und Grebstein geschehen war.

„Molli, alles klar?"

Er hörte Kofis Stimme, konnte ihn allerdings nicht sehen.

„Wir sind hier oben. Das Feuer ist gelöscht. Lilli ist in Sicherheit."

Im selben Augenblick tauchte Gustav neben ihm auf und kümmerte sich um Wieland und Grebstein.

In der Ferne hörte er Sirenen.

Sein Handy vibrierte.

Obwohl ihm nicht danach war, Kathi loszulassen, nahm er das Gespräch an. „Es ist alles in Ordnung, Ella", sagte er und legte wieder auf.

Langsam, Schritt für Schritt ging er gemeinsam mit Kathi um das Haus herum zum Wagen.

42

Hildesheim, Freitag, 13. Dezember 2013

Iris Bender saß an ihrem Bürotisch im Eiscafé und las den Aufmacher der Hildesheimer Allgemeinen nun schon zum dritten Mal. Sie wartete auf Frau Gerhardt, doch ganz untypisch war die heute nicht pünktlich.

Erst die Kätzchen, dann die Mädchen: Obdachlose als Lebensretter.

Gleich darunter zeigte ein großes Foto die Zuschauermenge, die vor dem Grundstück wartete. Von hinten war ein Mann zu sehen, der ein Mädchen vom Haus weggeleitete. Iris wusste, dass das Moll war, mit seiner Tochter Kathi im Arm. Auf dem kleineren Foto daneben lächelte ein ziemlich zerschundener Frank Wieland. Der Held des Tages. Der Retter der Mädchen. Er sah dankbar aus, dass er noch lebte, fand Iris. Darunter gab es ein Bild, auf dem Kofi mit Kallo Grebstein und Sebastian Kreipe, alias Sebastian Neubert, zu sehen war. Jedenfalls ging sie davon aus, dass es so war. Da alle Gesichter unkenntlich gemacht worden waren, konnte sie sich nur bei Kofi sicher sein.

‚Der Hildesheimer Kriminalpolizei ist ein spektakulärer Coup gelungen. Mit Unterstützung ihrer Bad Salzdetfurther Kollegen schnappten sie den Brandstifter, der die Paul-Heyse-Schule in Hildesheim und das Einfamilienhaus in Neuhof angezündet hatte. Die Ermittler vermuten, dass der gleiche Mann auch die Morde begangen hat.'

„Ich hab's schon gelesen!"

Iris zuckte zusammen, als Isolde Gerhardt sich neben ihr auf einen Stuhl plumpsen ließ.

„Haben Sie ihn ebenfalls erkannt?"

„Ja, natürlich. Ich hatte ja gestern schon herausgefunden, dass er bei der Hochzeit den Namen seiner Frau angenommen hatte." Sie lächelte. „Ich habe Kofi", sie zeigte mit dem Finger auf sein Bild in der Zeitung, „die entsprechenden Informationen zur Verfügung gestellt. Deswegen konnten sie so rechtzeitig eingreifen."

Isolde schüttelte den Kopf. „Er ist nicht aus dem Sumpf herausgekommen."

„Wie meinen Sie das?"

„Einmal Verbrecher, immer Verbrecher."

„Oh, nein, das verstehen Sie falsch. Sebastian hat sich nichts zuschulden kommen lassen. Er hatte eine Arbeitsstelle bei den ‚Freundlichen Hildesheimern' angenommen und hat dabei den Mann entdeckt, der ihn als Zehnjährigen hereingelegt hatte."

„Die Rache ist mein, sagt der Herr."

„Er wollte keine Rache, er wollte Gerechtigkeit. Da er sich nicht hundertprozentig sicher war, den richtigen Mann entdeckt zu haben, hat er mit mehreren der Nichtsesshaften gesprochen. Die haben Grebstein davon erzählt, und der fühlte sich bedroht. Deshalb begann er, die Mitwisser, also die, mit denen Sebastian gesprochen hatte, zu verfolgen und dabei Spuren zu legen, die Sebastian zum Verdächtigen machten."

„Sag ich's doch: Einmal Verbrecher, immer Verbrecher. Dieser Grebstein war mir schon immer suspekt. Er kroch ständig in irgendwelchen Ecken herum und tauchte immer völlig unvermutet irgendwo auf." Sie kicherte. „Einige Kollegen behaupteten, der habe Geheimgänge angelegt."

„Auf jeden Fall kannte er sich wohl ziemlich gut aus in Ihrer alten Schule."

„Meinen Sie, Sebastian würde mit mir sprechen, wenn alles vorbei ist?"

„Dazu kann ich Ihnen nichts sagen. Rufen Sie ihn im neuen Jahr einfach an. Aber ich wüsste da noch jemand anderen, der nicht nur liebend gern mit Ihnen sprechen würde."

Isolde sah verwirrt aus. „Wer?"

„Nikolaus Eckstein, der Sohn des Schulleiters, den ich für Sie suchen sollte."

„Nikolaus, woher?"

„Er wohnt auf Malta. Ich habe ihn angerufen. Über Weihnachten besucht er Verwandte in Hannover. Er will sich mit Ihnen treffen und Ihnen die Tagebücher seines Vaters leihen. Für Ihr Buch."

„Tagebücher?" Isolde schlug die Hände vors Gesicht und schluchzte vor Freude.

Hildesheim, Freitag, 13. Dezember 2013

Kofi saß vor seinem PC und mühte sich mit dem Protokoll, als es klopfte. Gunnar steckte den Kopf herein. „Darf ich?"

„Klar. Was gibt's?"

„Ich bin so froh, dass alles gut ausgegangen ist, mit Moll und seiner Tochter und so."

Kofi seufzte theatralisch. „Noch besser wäre es, wenn nicht ständig einer von euch im Krankenhaus wäre."

Gunnar erschrak. „Ist Moll schwer verletzt?"

„Nein, nein, er sitzt nur am Bett seiner Tochter und hält Händchen."

„Bei einer Fünfzehnjährigen?"

„Es war wohl ein ziemlicher Schreck. Kathi ist heimlich zu Lilli abgehauen. Schlechtes Gewissen bei ihr. Moll hat Kreipe auf dem Weihnachtsmarkt mit seinem Namen angesprochen und damit Grebstein die Möglichkeit gegeben, ihn zu finden. Schlechtes Gewissen bei ihm. Ella hat sich in ihrem Atelier vergraben und nicht gemerkt, dass Kathi abgehauen ist. Noch mehr schlechtes Gewissen. Das kann dauern."

„Dieser Grebstein ist ganz schön durchtrieben, oder?"

„Mit so einem perfekten Team wie unserem konnte er es trotzdem nicht aufnehmen."

„Meinst du echt?" Gunnar errötete leicht.

„Logo, so wie du hier die Stellung gehalten und uns rechtzeitig die richtigen Informationen zugespielt hast, das war Meisterklasse. Ohne deine Unterstützung hätten wir es sicher nicht geschafft."

Gunnar grinste. „Du meinst, als Grebstein mich die Treppe heruntergeschubst hat, hat er quasi den Grundstein für seinen Sturz aus dem Fenster gelegt. Das gefällt mir."

„Mir auch", sagte Kofi. „Komm, wir gehen einen Kaffee trinken."

„Hast du am Wochenende schon was vor?", fragte Moll.

„Eigentlich nicht, warum?"

„Am Samstag beginnt Ellas Ausstellung im Stammelbachspeicher. Da gibt's immer Sekt und Fingerfood. Hast du Lust?"

„Auf Fingerfood? Kostenlos? Immer", antwortete Kofi lachend. „Wann soll's denn losgehen?"

DANKSAGUNGEN

Ich bedanke mich ganz herzlich bei meinen drei Männern, für ihre Unterstützung mit Ideen, Kritik, Ansporn, Essen und Trinken, sowie für einen ruhigen Platz zum Schreiben.

Herzlichen Dank an Paul Heyse, ich habe seine Novellen gern gelesen.

Besonderen Dank an Herrn Riethmüller, der wie immer ein grandioses Titelbild geschaffen hat.